A Lucila

La Independencia de Pedro Sánchez

Pedro Sánchez Carrero

La Independencia de Pedro Sánchez
© Pedro Sánchez Carrero, 2021

Diseño y Maquetación:
Javier Jiménez de Molina

ISBN: 9798482289075

PRELUDIO

Suena el despertador, me levanto, le abro la ventana al gato y voy al baño. Me siento en la taza; como hombre, si no lo has probado, te lo recomiendo; no tienes que apuntar, no salpica y es muy cómodo; puedo descansar la cabeza entre las manos y mis ojos —párpados hinchados todavía— no tienen necesidad de esforzarse; corro el riesgo de quedarme dormido de nuevo, pero la postura no es muy cómoda así que no será por mucho tiempo. Mi gata no ha tenido bastante con haber dormido en mi cama acurrucada sobre mis pies, en su mantita en el mejor de los casos; entra y me maúlla; se frota con mis tobillos, con mi ropa interior, con mis rodillas; la acaricio y ronronea; se tira al suelo entre mis pies y me enseña la panza en señal de plena confianza. Me levanto y tiro de la cadena.

Me veo en el espejo como una sombra, un espejismo (es redundante porque es el origen de la palabra). Haga el clima que haga, me lavo la cara con agua fría; es una costumbre heredada de mi padre y él la heredó de mi abuelo. Recuerdo la palangana en la casa de los padres de mi madre; una palangana antigua insertada en un armazón con su propio espejo; el mueble debía ser un artículo relativamente lujoso a mediados del siglo pasado, ¿quizás?. Siempre me pareció elegante, o al menos llamativo; los desconchones en la laca blanca dejaban ver el negro; no estoy seguro de si era metal viejo u otra capa de laca. Me seco la cara descuidadamente y salgo del baño. Parece que mis ojos pueden abrirse un poco más. Voy a la cocina con los gatos detrás, maullando. Me interrumpo para ponerles algo de comida en el plato.

Abro la cafetera italiana, descargo el barro apelmazado de café usado en el cubo de basura orgánica, lleno el depósito de agua, saco el bote metálico del frigorífico, echo una cucharada de café nuevo en el filtro, enroscar, poner al fuego y apoyarse en la encimera a esperar en semipenumbra; esperar el sonido del vapor empujando el agua en un mecanismo que desconozco; lo que conozco es esto: en ocasiones, se me olvida echar agua en el depósito del café; en ocasiones, echo el agua y cuando voy a echar mano del café no queda; en ocasiones, voy a tirar los posos y se me ha olvidado poner una bolsa de basura en el cubo; en ocasiones, parece que estoy enroscando bien la cafetera pero al cerrarla se ve el metal de rosca, ¿me entiendes? Cuando parece que lo tienes que forzar, porque piensas que igual ha quedado algo de poso de café en la rosca, a veces emite incluso un corto chirrido desagradable, y al terminar te das cuenta de que la parte de arriba está como inclinada respecto a la parte de abajo. Desenroscas y vuelves a enroscar, pero ya no te fías; pasa también con las botellas y te quedas con la duda de si está bien cerrada y la puedes tumbar, o se te va a llenar el cajón de la fruta del frigorífico de agua, zumo o refresco de cola (muy bien evitando la publicidad no remunerada, pero sabes de qué refresco te hablo, ¿verdad?). Suena el bendito borboteo del café y es un momento muy importante en tu vida. Si en el lapso de tiempo en el que hierve el agua has decidido aprovechar para hacer otras cosas y por casualidad se te olvida que tienes la cafetera puesta, puede que te acuerdes por el olor a café quemado que se extiende por la casa. Sabe horrible. Es horrible. El momento de alarma también es horrible, sobre todo porque te acabas de levantar. Además está el miedo a que la cafetera explote; pensarás que es absurdo, porque cuento con que sepas más de mecanismos a presión que yo, pero siempre he tenido ese miedo. Mi hermana tiene una cafetera de esas modernas, de las de cápsula. Está mal pensada porque el depósito de agua es para varias tazas, pero la cápsula, teóricamente, es individual; si has llenado mucho el depósito de agua y se te olvida que has puesto café, la máquina sigue echando agua y más agua hasta que pones perdida la máquina y la encimera. Puede que sea así para cambiar de taza a lo Indiana Jones en el templo perdido; la escena en que cambia el ídolo de piedra por un saquito de arena; no lo sé; no me veo. El café de la máquina sale pulcro y con su capa de espuma; nunca sé si es porque le echan detergente a la cápsula individual. No seamos exagerados. Puede que no sea detergente sino otro producto químico que no sea nocivo. El café sale muy bonito, pero no me lo creo. Creo más en el ligero sabor metálico de la cafetera italiana de toda la vida.

Mi hermana trabajó en una ONG que reivindicaba los precios justos en el comercio con los países que llamamos el tercer mundo. He oído mucho hablar del primer y tercer mundo pero no del segundo. Lo acabo de mirar en internet y parece ser que es un término de la guerra fría. El primer mundo lo componen los países alineados con Estados Unidos o al capitalismo, el segundo mundo lo componen los países alineados con la Unión Soviética o al comunismo-socialismo, y el tercer mundo los países no alineados con ninguno de los dos anteriores. Vive y aprende. Siempre pensé que estaba asociado al nivel de riqueza de los países. El caso es que mi hermana me hacía de canguro frecuentemente y me llevó varias veces a la ONG. Es posible que eso me causara algún trauma. Recuerdo un día que estaban hablando de café (vagamente, podría ser un recuerdo inventado). Me pareció entender que en un periodo de diez años se importaba la misma cantidad de café en España y se vendía mucho más. Se supone que mezclaban el café con garbanzos molidos o incluso con detergentes, para el tema de la espuma. No me hagáis mucho caso, ni sé quién lo decía, ni sé si sus comentarios estaban fundamentados. Dejémoslo como leyenda urbana. Planeo poner la etiqueta «ficción» en la portada del libro y rezar para que nadie me denuncie por esto ni por otras muchas cosas. Aunque tampoco tengo mucho para perder.

No sé si mi hermano sigue bebiendo café. Tenía una de esos recipientes con el filtro incorporado; de lo que metías el agua hirviendo con el café, todo junto, y luego presionabas un émbolo, empujando la mezcla; teóricamente, sólo quedaba arriba el agua y el café quedaba abajo, aplastado; la realidad es que siempre se cuelan posos de café que puedes masticar mientras te lo tomas. No me gusta ese aparato. También mi hermano me instruyó en la costumbre de tomar café soluble. Antes de que me lo enseñara mi hermano, yo pensaba que se hacía echando leche caliente sobre el polvo del café. La forma correcta es echar agua sobre el café y después añadirle la leche. La verdad es que sin leche no está muy bueno y yo procuro no tomar lácteos. Es por un tema de la paleodieta, o al menos tiene que ver. Después de lo que he dicho del café, prefiero no meterme en más líos. De todas maneras tengo un bote en casa. Tengo también un amigo argentino que tomaba este tipo de café y el chabón lo llevaba a la escala siguiente. Si mezclas el café con el azúcar en la taza, añades un poco de agua, o un poco de soda como decía mi amigo, y lo bates...Lo bates fuerte hasta que se mezcla bien, formando una pasta de color café muy claro, algo que podrías untar en una galleta (solo de trigo sarraceno, según la paleodieta) y luego lo expandes por los laterales interiores de la taza. Al batirlo, el aire entra en la mezcla —la verdad es que es mejor hacerlo en un vaso— y cuando echas el agua hirviendo sobre ella, va soltando el aire poco a poco y genera mucha espuma. En un vaso de cristal puedes ver la masa deshacerse y las finas burbujas subiendo; recuerda a las pintas de esa famosa cerveza negra irlandesa de la que tampoco voy a hacer publicidad. Es bonito de ver.

Conocí a una chica que estaba en contra de todo esto que te estoy contando; era una purista; era camarera especializada en locales de café especializados... O algo así. Mostraba su desprecio por el café casero y las formas expuestas de prepararlo, en especial por el azúcar. Una defensora del amor condicional. Me llevó a una cafetería especializada, muy chic, muy top. Me dio un café frío porque era verano; creo recordar que era de Etiopía. No estaba mal. Tenía razón: un café bueno, sin azúcar, arroja una amalgama de sabores como el vino. Me gustó. Pero echaba de menos otras cosas, como por ejemplo prepararlo. Una parte de rutina, otra de café, otra de descuido, otra de azúcar y una de indiferencia.

Pones el café en una taza y te sientas por la mañana, te fumas un cigarrillo (tampoco recomendado por la paleodieta; ni por los médicos, creo) y disfrutas del post-sueño. Después de eso puedes ir a la ducha, unos quince o veinte minutos. La ducha es un lugar muy bueno para pensar y despejarte; también para masturbarte. Te vistes, te preparas y sales de casa hacia tu lugar de trabajo. Depende de lo que te has demo-

rado con el despertador, el desayuno y la ducha —el tráfico también
es un factor—, puedes tomarte otro café. Te sientas a trabajar y traba-
jas. No importa que estés dormido todavía porque el resto del mundo
también lo esta. Me parece un milagro que la sociedad funcione estando todos como estamos por las mañanas; también me parece que
explica muchas cosas de nuestra sociedad. También puedes tomar café
a media mañana. Café, charla con los compañeros de trabajo. Trabajar
por la mañana tiene la ventaja de que cuando te das cuenta ya casi es
hora de comer. Comes; café; un poco más de trabajo y otra vez a casa.
Puedes echar una siesta corta y levantarte en media hora, o cuarenta y
cinco minutos, y volver a tomar café. También puedes echar la siesta en
modo profesional, ruleta rusa: sin poner el despertador; en este caso te
levantas sin saber qué hora es; en ocasiones, no sabes ni el día. El resto
de la tarde puedes dedicarte a lo que quieras. Mejor dicho: el resto de
la tarde puedes dedicarte a lo que puedas. Es agotador trabajar por las
mañanas. La mayoría de la gente ve la televisión.

La televisión es otro asunto moderno complicado. Ahora tienes
que elegir. Elegir es complicado. Antes teníamos solo dos canales. Uno
para todo el mundo y otro para gente de cultura. Antes teníamos solo
dos partidos políticos. ¿Por qué hacéis a la gente elegir? La gente no
quiere elegir ni está preparada. Recuerdo cuando fui a Brasil, con mi
amigo argentino, el del café soluble. Es una historia graciosa. Era la
primera vez que salía de mi país e iba con un poco de miedo; el padre
de mi amigo mandó un taxi al aeropuerto de Sao Paulo a recogernos
y el taxista, que era de pueblo, no sabía salir del parking; mi amigo me
había estado contando historias tenebrosas de Brasil, de las favelas, del
crimen en Sudamérica... Ya por la ciudad, se perdió varias veces y yo
pensaba que iban a vender mis órganos en el mercado negro. Pero eso
es otra historia. El caso es que en el supermercado había muchísimas
marcas de refrescos de cola; me pareció alucinante. En España teníamos dos. Dos marcas de cola, dos marcas de detergente, dos marcas de
café. Todo esto de las moderneces está volviendo a la gente gilipollas.
¿Hablo como un viejo? Hablo como un viejo. Dos canales teníamos.
Ahora hay que elegir. Bueno, elegir entre lo que te ponen delante, pero
en todos los aspectos de la vida pasa eso mismo. Hay muy pocas perso-

nas capaces de elegir lo que no se pone ante sus ojos; salirse de la senda. También hay poco tiempo, tomando en cuenta las rutinas que llevamos. Pasas un buen rato eligiendo lo que vas a ver, ves un poco la tele y a dormir. Hay variables, por supuesto; todo lo que te digo no es todo lo que hay; hay videojuegos, quedar con amigos, ir al cine, al teatro, al gimnasio, a pasear, etc. Estoy hablando de generalismos.

Todo esto del despertador, el café, la ducha... Son simulacros de despertar. No estás despierto realmente. Sólo estás un poco más presente y más consciente de tu cuerpo. Pero la mente sigue soñando. Bueno, podemos decir que está dormir, despertar y soñar; soñar es algo que sucede durante todo el día, salvo en ratitos muy cortos y muy determinados. Puedes decir que es pensar, pero pensar es un verbo ¿Quién está pensando? Está pensando el cerebro solo; me puedes decir que es tu cerebro, luego eres tú quien piensa, pero no es voluntario la mayor parte del tiempo. Podríamos decir que es una forma pasiva de pensar: se piensa. Durante el día se piensa. Es involuntario a menos que estés concentrado en una tarea, que estés pensando en la mejor manera de resolver lo que tienes delante. Entre estos breves periodos de actividad, en realidad, estás soñando. Te levantas por la mañana y hay un vacío, pero enseguida empiezas a imaginar. Vas al baño, de pie o sentado, da igual, tu cerebro está generando imágenes; imaginando la ropa, el tráfico, lo que sea. El modo aleatorio tiene mucho que ver con la vista: vas por la calle y ves una bufanda que te recuerda a tu viaje a Escocia en la década de los noventa, cuando todavía eras joven, tu piel estaba tersa, tu carne apretada, tu pelo era precioso... Un perfume te recuerda aquel día de lluvia en el que te refugiaste en unos grandes almacenes y el paraguas estaba carísimo, así que estuviste mirando perfumes para esperar a que escampara y en ese momento, ¡zas! El amor de tu vida... O de un rato, al menos. ¿Nunca has jugado a ver de dónde viene un pensamiento? Ya sabes: estás pensando en algo y de repente piensas «cómo he acabado pensando en esto» y empiezas a tirar del hilo hacia atrás y resulta que vas rebobinando pensamientos hasta llegar a que viste un coche rojo. Incluso cuando hablas con otra persona; no estás viendo el teléfono, o a la persona que tienes delante, o la pantalla, estás imaginando lo que te está contando. Igual que cuando lees, no estas viendo estas letras, estás viéndote con el teléfono en la mano, en un plano mejor o peor, depende de tu afición al cine.

También están esos sueños recurrentes que llamamos deseos. Imagina que te gustaría conocer a tu cantante favorita, a tu grupo de rock favorito, aunque no sepas tocar, aunque sea para ir de compras, o de cañas. Tu creador de contenido en tu red social de vídeo favorita. Tengo una amiga que era periodista y entrevistó a Paul Auster; me contaba que Paul (le tuteo en mi cabeza) le dijo que se había pasado la vida encerrado en un cuarto; qué envidia; lo de pasarse la vida encerrado en una habitación no, lo otro, lo de entrevistar a Paul Auster. Aunque, la verdad, no hubiera sabido qué preguntarle, porque yo no soy periodista. Bueno, también está pasado de moda ser periodista; ahora cualquiera puede informar en un medio de comunicación público, o en las redes sociales; es muy importante la opinión de todos; todo el mundo es el cuñado de alguien. Esos sueños pegados al fondo del baúl que se levantan y mueven la colita en cuanto ves a tus ídolos por la tele. Es una parte de tu identidad; te identificas con ese sueño y te hace ilusión conocer a gente con ese mismo sueño, a menos que te entren los celos y «¡quita, perra! ¡Antonio es mío!». En esos sueños no tienes que hacer absolutamente nada, están ahí.

Hay otros como las profesiones que se reiteran y son mucho más identitarios, como lo que quieres ser de mayor. Estos sueños tampoco son tuyos; no se sabe si quieres ser algo, o tienes algún color favorito, o sabes la respuesta a estas preguntas porque alguien te ha hecho la pregunta muchas veces. Hay una historia circulando por internet —no se si es cierto, como todo esto que te cuento— sobre John Lennon. Parece ser que su profesora le preguntó qué quería ser de mayor, y John (le tuteo en mi cabeza) respondió «quiero ser feliz»; es otra forma correcta de aproximarse a esa cuestión. Pero no somos todos John Lennon (aunque un poco sí, gracias a Dios). En general, respondes bombero, policía, etc. Yo por ejemplo, quería ser policía; cuando tuve dieciocho años empecé a trabajar de vigilante y me di cuenta de que no era lo mío. No quería decirle a la gente lo que tenía que hacer; tengo un primo policía y nos invitó un día a su casa, en un pueblo de Toledo. Mi padre y él se habían comprado sendos pastores alemanes; mi padre una hembra y mi primo un macho. El pastor alemán de mi primo se estaba poniendo muy pesado y mi primo le ordenó «siéntate»; el pastor alemán se sentó inmediatamente, al igual que todos los invitados. Uno tiene ese tipo de sueños, pero hay que regarlos, o en ocasiones el sueño te riega a ti. Otro de mis primos ha sido campeón de judo, o subcampeón; no importa, es un fiera y en mi cabeza todos mis primos son campeones. Imaginad las horas de gimnasio; la gente lo deja. Mi primo y su sueño, unos días mi primo regando el sueño, otros días el sueño regando a mi primo, todos esos años. Además no va dando la chapa con el judo, tiene otras cosas; es una parte de él muy íntima, como es íntimo el judo mismo; imaginad a mi primo en el tatami agarrando al judo por la solapa y el judo agarrándole a él, retorcidos, rojos, sudando y sin aliento; luego mi primo sale del gimnasio y no te da la chapa; imagino que el judo está con mi primo de una forma silenciosa.

Todos esos políticos que vemos en las noticias, en gran número, han estado persiguiendo ese sueño desde muy jóvenes. Los presidentes del gobierno —sólo desde el comienzo de nuestra nueva democracia—, imagino que han estado persiguiendo su sueño desde que eran niños. En un momento dado pensaron «es que es muy difícil, porque solo una persona puede ser presidente del gobierno». Estudiaron (algunos), se inscribieron en un partido, estuvieron cerca de otros políticos a los que admiraban, envidiaban, odiaban, o todo a la vez y en un momento dado vieron que su sueño de la infancia era posible. Imaginad ese momento: el tipo pensando «joder, es que soy presidenciable»; empieza el lío. Se pone a tramar, a ganar puntos en el partido, a salir por la tele, a hacerse amar, a hacer odiar a sus rivales; dejando a gente en la estacada, girando noventa grados o más de su ideología inicial (o a la que le ha tocado adscribirse), etc. Pensarás que soy duro, pero yo me lo imagino así; hay ministros homosexuales que han votado en bloque con su partido en contra de la unión de parejas homosexuales; luego ves fotos de su boda homosexual a la que ha invitado a todos los que votaron en contra del matrimonio homosexual, poniendo cara de modernos; hay que tener un estómago especial para ser político. Es sólo un ejemplo, pero hay más así. Sales por la tele anunciando que eres un patriota y te dedicas a exportar el culo de tus vecinos por cuatro duros; yo realmente creo que los políticos se sienten patriotas; el tema es que un político es, por definición, muy bueno convenciendo; imagino que eso es lo que pasa cuando se levantan por la mañana y van al espejo, ojos hinchados todavía, y se ponen a contarse a sí mismos quienes son. También podría ser mera capacidad de olvidar. Dicen que si le tiras una hemeroteca a un político empieza el exorcismo.

Vamos a la actualidad: Pedro Sánchez. Pedro Sánchez, Presidente de España. ¿Sabéis los años que ha estado dando la brasa para ser presidente? Hubo un momento en el que su partido le echó. Cuenta la leyenda que Felipe González tuvo una gesta parecida; los descreídos dirán que fue una estratagema política para no verse ahogado en una elección imposible. El tipo se montó en su coche, fue por toda España dando mítines en contra de los Barones de su partido y al final salió reivindicado como líder. Poco después, a través de una moción de censura contra M. Rajoy (del cuál también se pueden contar muchas gestas), es elegido Presidente de España. Pero volviendo al tema de los sueños, que es de lo que hemos venido a hablar. Intentemos volver al origen del sueño de ser presidente de España (de cualquier país, en realidad). Sigamos con la idea de que el Sr. Sánchez —o el Sr. Rajoy, por no polarizar— quería ser presidente del gobierno desde que era un niño; después de verles en la tele durante muchos años —hombres compuestos, estructurados, elegantes— no nos descuadra que pudieran tener un sueño tan perfilado de pequeños; una meta clara; a diferencia de otros niños que dicen disparates como «quiero ser rey; quiero ser princesa; quiero ser científico», podemos visualizarlos con sus camisitas, sus corbatitas y sus pantaloncitos de pinzas, su corte de pelo impecable; totalmente serios afirmando «quiero ser presidente». Podemos soñar con la maestra preguntándoles «¿por qué quieres ser presidente» y ellos respondiendo con una sonrisa sobria «para ayudar a mi país». Hasta las concursantes de concursos de belleza dan esas respuestas complacientes. Una vez me presenté para un ascenso y mi jefa me preguntó por qué quería ser jefe intermedio; yo le respondí muy calmado que pensaba que tenía cosas que aportar debido a mi experiencia... cosas; mientras por dentro gritaba «por el dinero, joder, que todo hay que explicártelo». Por el dinero. Pero ser presidente no es por el dinero; también es por el dinero pero no nace de ahí. Entiendo que en esencia se trata del poder, la posición social. Ningún niño te dice que quiere ser mendigo, trabajar en una cadena de comida rápida haciendo hamburguesas, o ser teleoperador. Médico, quiero ser médico. Quiero ser alguien en esta sociedad y la cabeza visible de esta sociedad es el presidente. Tiene más poder el banquero, pero eso tampoco lo dice ningún niño.

Recuerdo una frase de una serie de televisión que hablaba de política «todo en la vida tiene que ver con el sexo, menos el sexo, que tiene que ver con el poder». Haciendo un burdo reduccionismo a los documentales de primates, el jefe de la manada es el que copula con las hembras. «Quiero ser el macho alfa, todavía no sé para qué, no lo entiendo, pero intuyo que tiene que ser bueno». La premisa de una sociedad ordenada empieza por la ficción de que estudiar mucho, trabajar duro y cumplir con la ley, va a garantizarte una vida digna. Con la experiencia, la fantasía se va diluyendo. Todo el mundo sabe que la cadena de sufrimiento comienza por abajo y, cuando sube el nivel de la mierda, es mejor vivir en el ático.

El Sr. Sánchez sigue creciendo, llega a la adolescencia, estudia, inicia su carrera política, estalla la crisis de las subprime, llega a la secretaría de su partido. Aparecen formaciones políticas nuevas amenazando el bipartidismo, como los refrescos en Brasil: todos en fila en un largo pasillo de supermercado; y el termómetro electoral se vuelve gilipollas; la gente tiene que elegir y la gente no está preparada para elegir ni quiere; Pedro Sánchez negocia, no negocia, le echan, vuelve, pierde, hace una moción de censura; negocia, no negocia, con ese no te alíes, con ese no te alíes, con ese no te alíes y sale presidente. Gobierna con una gota de sudor resbalando por la frente y la espalda de la camisa empapada. Cuando cree que todo va —más o menos, va— Covid 19. Un chiste del universo. Mucho antes de todo esto, cuando era la oposición, se oía al partido gobernante imprecarle «Vd. quiere ser presidente sólo por ser presidente» y él simplemente ignoraba el comentario; omitía responder a ese ataque a dicha alusión a su vanidad como único motivo; podía haber sacado el meme de Spiderman señalándose a sí mismo; podía haber respondido con el gran dicho castellano «habló de putas la Tacones». ¿Qué tipo de acusación es esa? «Quieres ser presidente porque eres vanidoso». Pues como todos, ¿no? Oigan, señores, que hay maneras de servir a tu país sin que todo el mundo conozca tu nombre. Esto no es un concurso de belleza y que digan que están ahí para servir a su país es ofensivo. Su país son sus habitantes. Hay países sin muchas cosas, pero no hay ninguno sin habitantes. Están ahí por el poder; por el mango de la sartén.

Yo, que tengo gatos, decido cuándo dormimos y cuándo nos despertamos, cuándo comemos, si es pienso, o es comida blanda; yo decido cuándo está limpio el arenero, cuándo se abren las ventanas, cuando hay premios; decido cuándo salgo y cuándo entro (salvo durante la pandemia); decido cuántos gatos viven en mi casa y me da igual que se caigan bien de antes. Ese es mi pequeño gobierno y no es una democracia. Aquí tengo el control absoluto. Es mi ámbito de poder.

Me pregunto qué tipo de cafetera tendrá Pedro Sánchez.

01

Pedro Sánchez se sentó a tomar café en una terraza cerca de su destino. El viento de la primavera agitaba los árboles. Por suerte, aquel año el plátano de sombra había polinizado temprano; las calles estaban ya pulcras y el aire limpio, para ser Madrid. Era su primer día de trabajo, el sol brillaba fuerte y el calor se presentaba mucho antes de la fecha programada en el calendario. En breve, tendría que prescindir de la chaqueta que había traído consigo. El clima de la capital, en especial en esa estación, es difícil de predecir. Tenía la sensación de que los madrileños no miraban el cielo, ni le prestaban atención al clima. Él, en cambio, miraba por la ventana antes de salir de casa y leía el viento en los partes meteorológicos de su móvil; cuando era más joven, había colaborado con un amigo que tenía un aula de naturaleza: «en Madrid solo llueve si el viento viene del oeste-noroeste, cuando viene del Atlántico; si viene del norte, se queda en Segovia; si viene del este, se queda en Guadalajara»; atesoraba esas palabras y recordaba frecuentemente a su amigo, aunque no recordaba la explicación en su totalidad.

Otro cliente leía en la mesa frente a él. Pedro inclinó la cabeza para leer el título del libro; no era curiosidad, sino mero envanecimiento. No era su libro. El joven sentado en la terraza tenía el rostro grave, concentrado. Su barba negra crecía de forma irregular haciendo contraste con su piel pálida; para los rubios es mucho más fácil ocultar estos caprichos del vello facial; caprichos acordes a la juventud, que es la época en la que los caprichos le permiten a uno y no al contrario. Según su agente aquel chico estaba en la franja más intensa de su público objetivo: entre los dieciocho y los treinta; no lo había expresado así, sino con términos anglófilos propios de cualquier industria de hoy día. Su libro se llamaba «La Independencia de Pedro Sánchez». El título era un bombazo publicitario por la mera polémica. Nadie podía decirle que había suplantado la identidad del presidente del gobierno porque en su documento nacional de identidad constaba que él también se llamaba Pedro Sánchez. La portada presentaba una sola frase e hizo constar la palabra «ficción» en la esquina inferior derecha del cuadro y con una tipografía más grande que el mismo título. Las cifras de devolución de las tiendas fueron tan altas que el libro apareció en las noticias, aunque eso ya se lo esperaba. El libro no cumplía con la expectativa de los lectores de derechas que compraron la novela esperando una agria crítica del más puro estilo cavernario. Señoras enfadadas en la Puerta del Sol, llevaban una relación nerviosa con el micrófono gomaespumado y con la mano del reportero. ¿Acaso no estaban ya enfadadas cuando compraron el libro? ¿Acaso el producto no había cumplido su función al alimentar su enfado? «Señora, estoy cumpliendo a la perfección con sus expectativas; se llama metajuego», pensaba al ver las entrevistas de televisión. Las cifras de retorno eran elevadas porque las ventas fueron abundantes. Tras salir en los medios, la semana después se dio otro pico de ventas que le llevó de nuevo a la prensa: ahora la gente quería saber lo que decían aquellas páginas. Durante prácticamente dos meses, se estuvo hablando del libro mientras el autor permanecía oculto, al más puro estilo de M. Rajoy; el fuego de la especulación se alimenta con el vacío de respuestas; se negaba a hacer entrevistas televisivas y a revelar cualquier fragmento de su identidad, dejando que la editorial diese la cara en su lugar; no obstante, la editorial estaba contenta: aquel autor misterioso —homónimo del presidente, tocayo, paisano y vecino— había tirado lo que llevaba dentro sobre la mesa, crudo; tanto el descarado título como su actitud ausente habían convertido una novela de ficción —sencillamente eso— en un fenómeno publicitario. En poco tiempo, le resultó imposible seguir escondiéndose. Los medios privados habían ofrecido recompensa al más puro estilo de las películas del oeste y no solo a él, sino a cualquiera que pudiese ofrecer información sobre su identidad. Eso también se lo esperaba. Pedirle a sus amigos que rechazasen una oportunidad para aumentar su patrimonio tampoco iba con él, así que pactó la fecha. Para cuando los periodistas llegaron al portal de su casa, Pedro estaba de vacaciones en el Valle del Ambroz y allí pasó quince días. Iba a Plasencia, visitaba el valle del Jerte, el Monfragüe, el monasterio de Yuste, etc. Mientras en Madrid entrevistaban a sus vecinos, él disfrutaba de la naturaleza y pensaba en lo que iba a decir cuando volviera. Al llegar a la ciudad, fue directamente a la editorial. Se instaló en la casa de su agente —llegando a dormir incluso en la cama abatible de su despacho— y discutieron su estrategia. A la mañana siguiente, café en mano, su representante le expuso los diferentes medios que habían hablado del tema; eligieron, naturalmente, entre aquellos que se habían centrado en la crítica de la novela y no del título.

—Está basada en mis sueños —respondió el autor—, ni más ni menos.

—Cuando hablas de tus sueños —insistió el entrevistador—, ¿te refieres a tus aspiraciones?

—No. No. Me refiero a mis sueños de verdad —dijo haciendo una pausa para reflexionar—. Hubo una época de mi vida en la que tenía una agenda junto a la cama, un pequeño cuaderno, y cuando tenía un sueño curioso, lo apuntaba. Todos tenemos sueños extraños, pero los olvidamos. Un sueño tiene que ser muy raro para que lo recordemos.

—¿Soñaste con el Hotel o entraste en el Hotel?

El periodista sostenía una sonrisa lupina. Según la respuesta que diera, podía acabar siendo un tema para Iker Jiménez y no era plan. Por otra parte, era un objeto de la novela que prefería dejar a la imaginación del público; quizá debería decir a la maceración.

—Ah —respondió riéndose—, eso; prefiero no transitar ese camino.

—Pero eres consciente de que está generando expectación, ¿verdad? Incluso se está hablando en las redes de constituir una organización de carácter religioso; medio burlando, medio de veras.

—Pero, ¿a mí me pagarían? Si acabo como profeta, maestro, o amado líder, digo... Si no me das mucha caña, podrías ser mi discípulo predilecto. Hazme quedar bien y yo te echo un cable con el proceso de selección.

Aquel pragmatismo, sin dar una respuesta directa, hizo que la tensión se disipase entre risas. Sin embargo, el tema era demasiado sabroso para que el reportero lo dejase correr. El entrevistado no sabía si con aquella respuesta jocosa estaba abriendo la puerta al descaro de su interlocutor. Bueno, ya estaba hecho.

—Vale, pero explícame la metáfora, por favor. En el libro utilizas un lenguaje onírico para representar abstractos que, en general, se pueden asociar con temas de actualidad, o recientes, o con lo que les sucede a los protagonistas en la historia. No obstante, el Hotel está suscitando mucho debate y nadie parece tener un argumento definitivo. No se conoce su origen, ni quién o qué lo creó, ni cuándo. Habrás leído alguna crítica sobre los elementos que quedan por explicar de tu novela; posiblemente, es la pieza que los lectores llevan esperando con más ganas para poder terminar el rompecabezas y es lo que esperan que les revele su autor.

—Sí, puede ser, pero ¿no te parece hermoso debatir? Me refiero a que cuando se da respuesta, la pregunta muere y deja de acompañarnos. Si hago una declaración en firme, en parte estoy matando la novela, ¿no es cierto? El Hotel es un componente mágico, es lo que otorga la ficción al relato. Si lo destripo... Pienso que perdería bastante; no me refiero a en primera persona, sino al libro. No lo sé, siempre me ha molestado que me expliquen el monstruo en las películas y, por encima de cualquier cosa, que los personajes estén familiarizados con su naturaleza; no es real, no sucede en la vida que sepamos todo de lo que nos acontece de forma fortuita; creo que lo misterioso debe permanecer misterioso.

Su futuro primer apóstol, negó con gesto de humor resignado. Debía habérselo supuesto: Pedro no era justo, ni era un tramposo; estaba entre medias, como el mismo Hotel.

—¿Por qué ese título?

Pedro miró fijamente a los ojos de su entrevistador. Se llamaba Marcos; era unos años más joven que él y le había parecido muy inteligente. Se había presentado a la cita con una actitud curiosa y divertida. Era muy natural, escuchaba bien. Tenía ese don de generar un vacío que invita a la gente a hablar. Había dedicado la mayor parte de la entrevista a preguntar por el libro, por su premisa, por su éxito comercial y solo al final había sacado la polémica. Pedro consideraba la respuesta inevitable y, reforzado por la actitud del periodista, merecida. Ambos se rieron abiertamente.

—Mira, Marcos, cuando Pedro Sánchez se hizo secretario general de su partido, accediendo a la notoriedad, sentí mi nombre como sustraído. Recuerdo una compañera de mi oficina que venía a comentarme, todas las mañanas justo después de fichar, lo disconforme que estaba con mis decisiones políticas. Era una broma, un juego; pero repetido todos los días llegó a tocarme la moral. Los chistes eran infinitos. También tuve otras ideas locas, como hacer un partido cuyo logo fuera una mano sujetando un clavel, pero eso sería delito; ya lo hemos visto en democracia. Luego está el factor de «la independencia». Obviamente puedes pensar que eso es todavía más injusto. Quiero aclarar que no es una mofa, sino una crítica. Después de ver la utilización de un problema tan doloroso para los españoles por parte de los partidos políticos, de ver cómo utilizaban algo tan serio para cubrir sus escándalos, sus desvíos... Sin importarles en absoluto que estaban abriendo una brecha entre la gente. Todo esto en nombre del patriotismo. La verdad es que pensaba que, juntando esos dos factores en el título, podría escribir un libro sobre lo que quisiese —sobre la reproducción del percebe en cautiverio si lo deseaba— y la gente lo compraría; igual que compra el periódico por la portada. Se nos viene educando desde niños, ¿no? «No juzgues un libro por su portada». Pero lo hacemos, igual que hacemos otras cosas para las que nos educaron y sabemos que son incorrectas. Mi primera idea fue escribir sobre mis reflexiones vitales, pero no tengo tantas. Tengo más imaginación. Empecé con relatos cortos, incluso me publicaron bajo pseudónimo.

El interés de Marcos se paseó por su rostro, sin disimulo, y ambos volvieron a reír.

—Sencillamente —continuó Pedro—, me pareció justo. Si los políticos se veían legitimados para utilizar un problema a fin de obtener rédito político y la prensa podía vender periódicos con portadas sensacionalistas ¿por qué yo no?

—Es una crítica dura —afirmó el periodista con seriedad—, ¿piensas que se debería limitar la libertad de prensa?

—La libertad de prensa es un derecho, Marcos —respondió el autor—, no pretendía que te sintieras atacado; pero los derechos también traen unas obligaciones consigo, una responsabilidad. Pienso que la prensa no debería ser propaganda y pienso que se debería fundamentar lo que se dice, contrastar. Bueno, la verdad es que yo no soy periodista, creo que tú sabrás de este tema más que yo.

Hubo un momento de tensión, pero el entrevistador no quiso llevar la conversación por esos derroteros. Recondujo hacia un cierre más cómodo para ambos. Al terminar la entrevista, Marcos se quedó a tomar un vino en casa con Pedro y su agente; de una forma más distendida, charlaron sobre los problemas actuales de la profesión periodística. Como todas las profesiones, estaba prostituida. Si bien los medios estaban posicionados comercialmente hacia su público, muy marcados por la tendencia política de sus consumidores, Pedro entendió que los periodistas no nacen y se ponen a trabajar, sino que tienen una vida previa y sus ideas relacionadas con ella; los periodistas, si tienen suerte, pueden elegir dónde trabajar en el abanico de medios; igual que el resto de los invitados del baile del mercado laboral, cuanto más arriba llegan, más libres son para contar lo que quieren contar; hay periodistas profesionales y vocacionales, porque todo el mundo tiene que pagar el alquiler. Marcos se sentía afortunado en ese aspecto, sin olvidar que había contado con el apoyo de su familia durante todo el camino.

—De todas formas, la carrera de periodismo es muy completa —les explicó— y, aunque no todo el mundo llega a trabajar en la prensa, muchos periodistas pueden derivarse hacia otras actividades interesantes, con la etiqueta «profesión» o sin ella, ya que no todo en la vida se renta.

Marcos quiso conocer su pseudónimo y el autor se negó a dárselo bajo la excusa de que hacía más de cinco años que no escribía en su blog y abría las redes sociales a fin de descargarse emocionalmente. A Marcos no le costó trabajo encontrarlo, ya que frecuentemente, el autor había lanzado frases cortas y llamativas que después escribió en la novela. El periodista fue discreto —además no estaba confirmado por el autor—; le empezó a seguir sin aspavientos, como un guiño cómplice. La entrevista fue editada, tal como les había advertido; no les pareció que era una edición agresiva ni se sintieron atacados por ello. «El autor propone un acercamiento a la independencia del ser humano fuera del marco del consumo. Cinismo y un extravagante sentido de esperanza» concluía. A Pedro le vino a la memoria Gabino Diego en una entrevista muy antigua: el actor recitaba de memoria las peores reseñas de la prensa sobre su trabajo; era un ejercicio hilarante, desde el propio talento del artista. Después de la entrevista, llegaron meses de promoción del libro, incluidas la firma y los foros en superficies comerciales. El contacto con el público no le fue desagradable; un día hubo un conato de protesta organizada, de sabotaje de una de las firmas de libros por parte de un grupo de ofendidos de tendencia conservadora; el escritor lo recondujo hacia la comedia con la complicidad de los asistentes al acto; sencillamente, a la derecha no se le da bien manifestarse; sus consignas no son ingeniosas y carecen de la coordinación que conceden la disposición y la práctica; o quizá solo se atragantan con la furia. La identidad resuelta desvanecía la polémica; el otro Pedro Sánchez no era muy aficionado al conflicto ni a las fotos. También hay que decir que carecía del semblante fotogénico del presidente del gobierno;

las imágenes de su persona que quedaron para la posteridad habían sido tomadas desde una distancia prudente y el gran público tampoco tiene mucho interés en la literatura, ¿por qué no decirlo? El asunto se fue olvidando y el libro llegó a un ratio de ventas razonable. Habían pasado años y nadie se preguntaba si volvería a escribir, nadie le echaba de menos. No importaba: Pedro se crió en los años ochenta y estaba hecho al desvanecimiento repentino del éxito.

La memoria se fue recogiendo en silencio, tal como se había desplegado, y Pedro se vio de nuevo frente a la taza de café casi vacía. Se había quedado frío, pero el trago no fue desagradable. Siempre se le había dado mal que le atendieran en los bares; incluso con la terraza casi desierta el camarero parecía tener cosas más importantes que hacer que traerle la cuenta. El hecho derivaba en situaciones graciosas, gritos fuera de lugar y risas cuando iba a tomar algo con sus amigos; aquel no era un día para tomar alcohol ni tenía con quién hacer el payaso. El joven lector le miró levemente y volvió a dirigir la vista hacia el libro, concentrado y ajeno. Se levantó con la firme intención de pagar en la barra a pesar de que tenía tiempo de sobra para llegar a su hora. Para un hombre que ha vivido toda su vida en la capital es difícil olvidar la prisa. Intentó profundizar en el concepto paseo. Sentía la brisa agradable, ligeramente fría de la mañana; oía el piar insistente de los jóvenes gorriones reclamando la atención de sus progenitores; le encantaban los gorriones, especialmente los del Retiro; especialmente éstos gozan de un descaro inusual, una falta de respeto hacia el ser humano desternillante; si uno tiene paciencia, llegan a coger el alimento de tu misma mano. Vivían desconociendo la realidad de que, hace no tanto tiempo, se servían tapas de pajaritos fritos en Madrid. Supuso que les gustaba disfrutar de las comodidades de la urbe y no contaban con la posibilidad de ser devorados durante una crisis grave, como el resto de los ciudadanos.

Podía ver el edificio donde trabajaría de portero: en un barrio entre la M-30 y la M-40 de Madrid —más cerca de ésta última—, que estaba siendo renovado y revalorizado por la promotora de un grupo internacional de inversores. Era una construcción vistosa, en especial si se comparaba con las viviendas más antiguas que ya estaban extinguiéndose en la zona. La fachada era de un ladrillo pardo alternado con toques de ladrillo más oscuro; sus aperturas tenían marco blanço, dándole un aspecto limpio y luminoso. La boca se abría en un cuadrado de techo alto exagerado, era muy posible que su justificación fuera evitar que el primer piso necesitase rejas; de aquello se podía deducir que los portales tenían un recibidor con escaleras. Era una composición de cinco portales cuya entrada se disponía hacia el parque interior; de alguna manera recordaba a un castillo: ideal para sobrevivir a un apocalipsis zombie, o criar a tus hijos de espaldas a un barrio del que no acabas de fiarte. No tenía piscina, aunque se notaba que había sido la intención primigenia del constructor. Otras colonias de la calle —llamémoslas así— sí la tenían, pero esta construcción se terminó a duras penas, casi al final de la crisis del dos mil siete y afrontando el final de la época de bonanza o imprudencia económica; su ocupación había supuesto toda una lucha para la promotora; algunos de sus pisos no habían llegado a ser comprados todavía y otros habían sido reclamados por los bancos. En lugar de la piscina, gozaba de una isleta verde con algunas mimosas: árboles con un crecimiento moderado que no amenazaba los cimientos y bellos de flor, tronco y ramaje. En el parque interior había césped, bancos e incluso una reducida zona infantil con su arenero y sus columpios de plástico de colores brillantes.

Pedro se había criado en Chamberí, un barrio céntrico que ya era caro para alquilar cuando él quiso independizarse. Era mejor que Tetuán en su opinión, el barrio en el que se crió nuestro presidente, situado justo al norte de su barrio. La tendencia de los barrios de Madrid es hacerse inasequibles para la mayoría de sus habitantes, e ir expandiendo su no asequibilidad hacia los barrios de la periferia; solía acometer con melancolía el acto de imaginación en el que, en el futuro, los trabajadores por cuenta ajena de Madrid cogerían el tren de madrugada desde Toledo o Cuenca. Podían extender la longitud de los trenes con más vagones: uno con parques de juegos para que las madres trabajadoras y otro vagón discoteca, para que los solteros pudieran conocer gente de su zona en el tren y dedicar su tiempo libre a poner la lavadora. Cabía la posibilidad de que se inventaran unas camas-cápsula que se fueran insertando en los ferrocarriles mientras todavía estás dormido y te fueran despertando, duchando, e inyectando el café a través de tubos, directamente a la boca; todo ello programado la noche anterior y con tarifa plana disponible. Aquel barrio humilde también se estaba escapando de las posibilidades pecuniarias de muchos y pronto estaría poblado de ancianos en sus también ancianas casas y funambulistas de la economía de la urbe. Pedro había tenido un romance con Madrid, pero la larga convivencia y esos pequeños detalles habían enfriado la relación. Habían tenido sus altos y bajos y finalmente se habían convertido en una pareja de amigos que convivían, recordaban con cariño el cariño que se habían tenido e incluso de vez en cuando echaban un polvo. Su barrio favorito seguía siendo Chamberí; casi todos los madrileños, cuando les preguntas, responden que su barrio favorito es el barrio en el que se criaron, aunque a otros les parezca horrible. Se trata de una ciudad de secretos y los barrios se llegan a conocer por convivencia: cuanto más tiempo pasas en un barrio más ventajas le ves y al contrario, cuando no lo conoces igual no te dice nada. Si Pedro hubiera podido elegir, hubiera vivido en la Glorieta de Ruiz Jiménez, aunque técnicamente es el barrio de Maravillas; hay allí un edificio blanco, de grandes balcones de los que cuelgan plantas; detrás del edificio, bajando hacia la Gran Vía y la Plaza de España por las calles paralelas a San Bernardo, está el centro cultural Conde Duque. Las novelas de Galdós se desarrollan en esas calles traseras, que gozan de un equilibrio mágico de luz y de sombra. Realismo literario, romanticismo personal y nostalgia. El edificio que amaba estaba unos metros más allá del límite de su antiguo barrio y era un imposible. Quizá por eso le gustaba.

El actual portero del edificio también se llamaba Pedro. Intentó recordar una novela en la que varios personajes se llamasen igual y le vino a la cabeza García-Márquez. La portería era un mostrador acristalado como una pecera; estaba dentro de la verja. Pedro sintió cierto alivio al ver el uniforme negro; durante la entrevista había temido el prometido uniforme, recordando el traje azul marino ribeteado de oro de los ujieres de su instituto de educación secundaria. El empleado era un hombre al borde de la jubilación, pero era robusto, a pesar de su edad;

iba a la piscina todos los días, antes de comer. Tenía el pelo blanco y un páramo escasamente poblado en la parte central del cráneo desde la frente hasta la coronilla; llevaba el pelo muy corto, pero a diferencia del nuevo portero, no se afeitaba los laterales para igualar; sus manos eran fuertes y trabajadas. Durante aquella misma mañana, le explicaría que había sido fontanero antes de la crisis financiera y había reconducido su profesión al igual que muchos otros trabajadores de la construcción que quedaron desempleados. El administrador del edificio —el señor Ferraro— había sido su aprendiz, y cuando se hizo con el cargo, le consiguió el puesto. Ahora, una década y pico después, se jubilaba en aquel edificio a medio habitar; Pedro intuyó que le habían asignado ese edificio como premio, como descanso del trabajo bien hecho toda una vida; una circunstancia muy diferente a la suya, que heredaba el puesto ante la incertidumbre del cambio de dueños y la eventualidad. El sueldo no era gran cosa, pero tenía la ventaja de incluir un reducido alojamiento de portería, una práctica pasada de moda. Pedro, el que se jubilaba, se iría a vivir al campo, al pueblo de sus padres y abuelos, mientras Pedro, con el destino pendiente, se instalaría en un lapso de días en aquel pequeño apartamento sin saber lo mucho o poco que sería capaz de disfrutarlo. El sustituto encontró al portero limpiando y ordenando afanosamente la portería. Le saludó con una sonrisa.

—¿Quieres un café? —le preguntó.

—No, gracias —respondió el futuro portero—, acabo de tomar uno.

El portero le dio una palmada en el brazo y le hizo gesto de que le acompañara. Sí, quería otro café la verdad; aunque la energía activa de aquel pequeño gran hombre le arrastró lejos de la pausa.

—Es un edificio complejo de estructura simple.

¿Qué quería decir aquello? La contradicción en la frase le hizo titubear. No podía decir que estuviera faltando al castellano, no obstante, porque era un edificio compuesto de varios portales, todos con la misma estructura.

—Mira —continuó el portero—, este es el mando del parking. No lo tengas en el mostrador, lo dejas dentro de casa. No tienes que abrir a nadie, todos los vecinos tienen mando. Hay una plaza dentro del garaje para los de mantenimiento, para las revisiones o si se rompe algo. ¿Tienes coche?

—No —respondió el aprendiz—, no tengo.

—Entonces nada. Si tienes coche lo podrías aparcar en esa plaza y sacarlo a doble fila cuando estén los trabajadores. Pero si no tienes, nada. Lo peor que te puede pasar es que falle la puerta automática del parking; tendrías que abrirla manualmente, pero solo ha pasado una vez, casi cuando se abrió el edificio. Te enseño luego la apertura manual, cuando bajemos. De todas formas, ahí no tienes que bajar mucho, solo a revisar los extintores y vaciar las papeleras; en general los vecinos se comportan; yo solo limpio dos veces en semana. Tampoco hay muchos coches.

El portero le llevó hasta el patio. Abrió la puerta del cuarto donde guardaban los cubos. No era un olor exagerado, aunque pudo deducir lo que se guardaba en aquel espacio antes de abrir la puerta. Era un patio interior con una pequeña puerta que daba a la portería. Le enseñó los productos que utilizaba para mantener alejados a los insectos y le explicó que se compraban en la ferretería.

—Lo más importante es que saques los cubos a las siete. Todo lo demás puede esperar —le dijo al novato—, pero si un vecino tiene que volver a subir la basura a su piso casi seguro que se quejará. Los sacas a las siete y sobre las once y media los ruedas hacia la puerta principal. Ya si algún vecino viene apurado que salga él a la calle. Los basureros suelen pasar sobre las doce y media o una; la recogida de los amarillos es los lunes, miércoles y viernes. Solo sacas los amarillos esos días. No queremos tener basura metida en cubos dos días; aunque sean los plásticos atraen bichos. Unos cuantos vecinos dejan la basura en la puerta; luego una vez al mes te dejan una propina, veinte euros. Yo no se lo digo a nadie, dejo que se lo digan entre ellos. Es un dinerillo. Ferraro lo sabe. No te supone un problema, ¿verdad?

Pedro negó con la cabeza.

—Bien —continuó el portero—, porque les he dicho que no se preocupen por eso y que tú lo harías igual. Te he hecho una lista. Si tardan en pagar dales un margen; unas dos semanas está bien. Si en dos semanas no te pagan, haces como que se te olvida. Ese mismo día te suelen bajar un billete. En el dieciocho hay un tipo que debe como veinte meses de comunidad, de ese no me fiaría si lo pide. Esas cosas también te las he apuntado. Aquí detrás tienes una manguera y las escobas viejas. Dales un agua a los cubos, sobre todo en verano; si no lo haces, no podrás abrir la ventana. Igualmente, tengo un aparato de aire acondicionado que te puedes quedar; no es más que un ventilador con ínfulas, pero tiene una bandeja para meterle hielo.

Salieron del patio de los contenedores y el portero saliente guió al novato a través de la rutina; le enseñó los cuartos de la limpieza de los diferentes portales, los patinillos del ascensor, etc. No era mucho, pero era tedioso. A pesar de que Pedro tenía muy bien ensayado parecer presente, el hombre que estaba a punto de ganarse el título de «viejo portero» se daba perfecta cuenta del ir y venir de su consciencia.

—Son casi las once —dijo dándole otra palmadita en el hombro—, vamos a tomar un café.

El piso de portería no era gran cosa. Se entraba por detrás del mostrador donde pasaría gran parte de las horas trabajando. La entrada del apartamento estaba enfrentada a la puerta de la cocina. A la derecha, el pasillo daba a un pequeño salón donde esperaban un pequeño televisor, una mesa y dos sillas plegables y un sofá de dos plazas. El reducido espacio hacía perfecto el tamaño del aparato. En el lado contrario se encontraba el dormitorio, que era más grande. Imaginó que la distribución era elección del portero y llegó a la conclusión de que era una decisión imposible; si hubiera colocado la cama donde ahora estaba el sofá, el ruido de los camiones de basura no le dejaría dormir y el olor de los cubos del patio le invadiría a la hora de comer. Tendría que mantener los cubos limpios. Pedro no estaba acostumbrado a una inteligencia tan silenciosa, tan falta de publicidad. Cayó en la cuenta de que el portero no había hecho un solo comentario personal sobre los vecinos en toda la mañana, esquivando el estereotipo de la profesión. Le enseñó las prometidas listas de vecinos y una agenda con todos los teléfonos de interés, el de la promotora, el de los técnicos ascensoristas, electricistas, fontaneros, cerrajeros y otros servicios útiles. Los había escrito a mano con una caligrafía preciosa.

—La portería deja muchas horas libres para estas cosas —respondió sonriendo al halago.

Después del café tocaba ver el aparcamiento subterráneo. Salieron al patio interior dirigiéndose a la escalera de bajada, cerca de la portería. Apoyado en el pasamanos, el portero le señaló una sala acristalada en el portal veinte; Pedro había reparado en ella ligeramente mientras hacían la ronda, pero no había preguntado. Supuso que se trataba de un local pensado para poner un negocio y se equivocaba. El simulacro de escaparate —le explicó su guía— estaba destinado para las reuniones de vecinos. Tenía un cuartucho anexo para guardar las sillas y mesas plegadas.

—Hay un grupo de chavales que se reúnen los martes —le dijo el portero—; son buena gente y muy limpios. Hacen... son... bueno de estos del activismo social, que ayudan a gente y se manifiestan, pero en plan bien. No son molestos, tienen permiso de la comunidad. El chico vive en el dieciocho con su novia, que también está en el grupo, son muy majos, ya lo verás. Ferraro está al tanto.

El aparcamiento subterráneo tenía una sola planta y a aquellas horas estaba prácticamente vacío; seguramente los propietarios estuvieran trabajando. Pudo notar las marcas de los neumáticos y aceites en las plazas de los vehículos que faltaban; en otras muchas plazas no. Habían vendido menos plazas que pisos aunque tampoco parecía que hubieran conseguido alquilarlas. Como se ha dicho, el parking tenía un acceso al patio interior, con una cerradura que abrían todas las llaves que tenían los vecinos, pero la puerta de cada portal era exclusiva para la llave de sus residentes. Pedro le mostró las papeleras y los extintores. Al lado de la rampa de bajada, en el lugar en el que quizá quisieron hacer otra rampa para una segunda planta de parking, había un cuadrado de metal que salía de los cimientos. Le pareció llamativo, pero no quiso preguntar. El parking estaba recogido y las papeleras no parecían muy llenas. Había un orden exhaustivo en todo lo que hacía el portero. Recordó las cajas apiladas del pequeño apartamento de la portería, unas cuantas ya hechas, apiladas de forma pulcra, y otras tantas sin formar pegadas a la pared, esperando la salida definitiva en pocos días. Un cuadro similar se podía observar en su vivienda; sus propios embalajes de cartón deberían ocupar, en breve, el espacio que dejarían los del viejo Pedro. Le sobrevino la sensación de que no eran muy diferentes, a pesar del tamaño. De alguna manera, le atacaba sustituir a otro hombre que se llamaba Pedro y aquellas cajas le daban una suerte de redondez al relato que le desagradaba; se preguntaba hasta qué punto el administrador le había elegido solamente por no memorizar otro nombre, por el hecho sustituir un Pedro por otro en su cabeza; imaginó a Ferraro convenciéndose de que podía tolerar la diferencia física entre ambos a cambio de no tener que introducir un nombre más en su memoria, calculando contra el coste de los nuevos uniformes.

Salieron a la portería caminando por la rampa del parking para encontrarse con el administrador que bajaba de su coche. Por un momento Pedro vaciló; tenía la sensación de haberlo invocado. Los intermitentes del sedán de marca alemana contrastaban con el color plateado de la carrocería. Ferraro se acercó a la portería con la mirada baja y las cejas tensas. Rondaba los cincuenta y los primeros mechones blancos asomaban sobre el castaño oscuro de su pelo; a pesar de que éste era liso, no era débil como el de los porteros; a diferencia también de estos, traía el afeitado escrupuloso que se espera de un administrador. El traje era de un color similar al del vehículo y le quedaba algo holgado; acompañaba el movimiento de su flequillo. De alguna manera, verle caminar con las manos metidas en el pantalón, con el coche plateado y las luces naranjas parpadeando detrás de él, le hizo pensar en James Dean. Una versión envejecida y obrera, por supuesto. Ferraro estaba en forma, pero estaba en la edad en que uno debe hacer esfuerzos inhumanos para evitar que la barriga se le vierta por encima del cinturón. No era un hombre de gimnasio; su físico lo debía a sus años de trabajo en la obra y a la práctica de deportes como el paddle o el partido de fútbol del domingo con los amigos. Pedro había conocido a aquel hombre unas semanas antes, en el despacho de sus oficinas. Era bastante parco en palabras, como si temiese que le pasaran una factura por cada una que salía de su boca, o salirse del número máximo de caracteres por conversación. Tras aquella mañana con el portero, tenía la sensación de que entendía mejor los motivos de su nuevo empleador. La mente del escritor rellenó los huecos que desconocía, imaginando que había adquirido el puesto por medio del padre de su esposa y que le quedaba grande, como aquel traje plateado. No sabía hasta qué punto acertaba en su suposición. Se paró de medio lado junto a ellos, ya con actitud de huida. Pedro tuvo que hacer un esfuerzo auditivo para entenderle porque arrastraba las palabras y hablaba muy suavemente, como un tímido queriendo ser brusco.

—¿Ya le has enseñado todo?

—Sí —respondió el portero—, más o menos.

—¿Y bien?

—Sí, bien.

—Viernes. El viernes nos tomamos algo —le dijo el antiguo aprendiz—, tengo que subir ahí, al segundo.

Al despedirse, le dio una palmada suave al viejo Pedro, muy similar a las que éste le había dado durante la mañana. Ferraro miró con firmeza a los ojos de Pedro antes de volver a bajar la cabeza, meter la mano en el bolsillo y seguir su camino hacia el portal. Su caminar elegante y rítmico, atormentado y alegre —si es que eso no es un oxímoron—, le hizo pensar en Sal Mineo. Un Romeo tardío sacudido por el amor cuyo vaivén encajaba a la perfección en el famoso vídeo musical de Dire Straits. Durante la entrevista le había parecido más firme, más seguro.

Supuso que no era capaz de salir de un tiempo más humilde en el que su subordinado había sido su mentor. No le extrañaba en absoluto; en solo unas horas, el otro Pedro había despertado una cierta admiración en su interior y aquellos dos se conocían desde hace muchos años. El portero que se jubilaba era como el cauce de un río que sin decir nada es capaz de dirigir las aguas o hacer que las aguas quieran dirigirse solas. Supuso que Ferraro quería ser profesional y se avergonzaba del afecto que les unía. Hay una separación misteriosa entre lo profesional y lo personal, un espejismo que nos hace querer olvidar que somos humanos.

02

Primero fue Ele, pero a través de los años y las tendencias anglófilas devino en Elle. Paradójicamente, había ganado una letra y perdido un fonema. Estaba lejos de los principios extensivos de su propio nombre, aunque nunca se había sentido tan apocopada como aquella tarde. Su historia se componía de ir perdiendo hasta que la sociedad —representada por su familia y los niños de su barrio en sus inicios— llegó a un consenso. Con Ele se había conformado. En esas tres letras fijaba su límite de identidad, o eso pensaba, porque después conoció a José Andrés.

A José Andrés todo el mundo le llamaba Andy —más familiar, más indie, menos tildes— por decisión suya. Él había elegido su propio nombre, hecho que cruzó como un cometa por la cabeza de Ele cuando se conocieron. «Elle» era un deseo concedido por la estrella fugaz; había comenzado a dudar si la estrella le había susurrado el nombre al oído, como muchas otras cosas; Andy apoyó su decisión y fomentó la expansión del apelativo con toda violencia (verbal, claro). Le conoció durante las fiestas de La Paloma, entre el sonido de la pachanga atravesando un altavoz desgarrado, el olor a chorizo a la brasa y la cerveza barata; visto así suena poco cosmopolita, pero las fiestas de barrio de Madrid son un ejercicio mestizo de las fiestas típicas del entorno rural con la bohemia moderna de la urbe. La etiqueta señala que se puede seguir el ritmo de «paquito el chocolatero» con el pie, pero no participar en la coreografía. Ele llevaba varias horas compartiendo minis de cerveza y calimocho con sus amigas de la universidad, cuando decidieron parar en los puestos de comida, más por drenar el alcohol del estómago que por hambre. Pidió un bocadillo de morcilla, con la justificación de que no tenía intención de irse a la cama pronto aquella noche; recordaba con bochorno lo que había comido porque más tarde no quiso mirar directamente a Andy para que no le oliera el aliento; no imaginaba que el olor del fiambre sería camuflado por la mezcla de olores más lejana y, a partir un piñón, por el alcohol y humo del tabaco. Se podían contar minutos en lugar de horas entre ambos recuerdos. Su amiga Mercedes insistía en su querencia de porros aquella noche; era lo único que le estaba faltando, argumentaba, aunque no era cierto. El que traería la hierba traería su propia boca y era esta boca lo que anhelaba Mercedes. Roberto —al que actualmente llamaban Rob— recibía los mensajes de texto ajeno a los momentos de locura lúdica que estaban viviendo las tres chicas. Reían a carcajadas desentendidas del entusiasmo de Rob, que se presentó al poco tiempo con dos amigos ya que no estaban más que a dos calles de distancia. Mer y Rob sabían a lo que venían, pero no imaginaban el abrupto cerrojazo que les esperaba en pocos meses; el acompañante de Laura se perdió en el tiempo a la misma velocidad con la que recogió la orquesta; Andy y Ele, sin embargo, lo apostaron todo al rojo y no retiraron las fichas de la mesa aún después de las primeras ganancias. Los tres chicos eran bastante altos, sobre todo en comparación con Mer. Ele y Laura les vieron llegar a través del cristal desde la cola para el baño del bar.

—Toma —dijo Laura dándole un chicle—, no me quedan de menta.

La mirada de Ele decía «zorra, ¿me estás llamando cerda?». Se entendían con los ojos, como sólo saben hablar las mujeres; a la breve pausa siguió una explosión de carcajadas. Esa era la imagen que Andy guardaba más cerca del corazón: la de Elle al otro lado de la cristalera, riéndo con los ojos llorosos, sus preciosa sonrisa blanca que contrastaba con su piel morena; su cabello castaño clarecido por el sol de la playa y rebelándose contra el pañuelo que lo recogía. Ele sorprendió a Andy observándola fijamente a través de la pared de vidrio; él no bajó la mirada así que lo hizo ella.

—Mírala —le dijo Lau sacándola de su abstracción—, ¡qué zorra! Fumar, dice... Lo que quería era ver al fumeta. Ni cinco minutos ha tardado.

Fuera del bar, la amalgama de Mer y Rob se difuminaba con la penumbra; lo que sí podían distinguir es que se fundían a la altura de la boca.

—Y el hipster este que nos ha traído el amigo...

Ele no dijo nada, volvió a mirar al suelo.

—¡Hostias! —se percató su amiga— ¡que te mola!

Ele le dirigió una mirada airada, apretando los labios, y le pellizcó el brazo. Tras un quejido, ambas volvieron a reírse con estrépito y arqueando la espalda. Una conversación similar, más masculina, más verbal y planificada, estaba teniendo lugar entre los amigos de Rob.

—No sé tía —dijo Ele con aire de travesura—, será que voy pedo, pero me apetece tocarle la barba.

—Sí —respondió Lau con ironía— y deshacerle el moñete japonés... y quitarle los pantalones.

Se rieron otra vez.

—¿No es un poco mayor para mí?

—Nah, tía —le dijo su amiga—, tendrá veintiséis o veintisiete, lo que pasa es que se las da de intelectual. Además, para un rato...

Lo burra que era Lau cuando estaba borracha... y lo que se estaban riendo. Una vez completada la operación «ir al excusado» salieron del bar con aire casual. Mer tenía la boca llena de Rob, así que Lau hizo que se presentaran. Ambas tuvieron que alzar los talones un poco para besar las mejillas de sus acompañantes. Ele tuvo que agarrar el brazo de Andy un instante y le gustó el tacto de su camisa de lino y la tibieza que desprendía su cuerpo. Lau inició una maniobra para aislar a su amiga con el hipster, reclamando la ayuda del otro galán para ir a buscar más cerveza. Ele pidió que trajeran calimocho, porque la mezcla de la cerveza y la morcilla le había pasado a preocupar de un momento a otro.

—Entonces —le preguntó Andy— ¿estudias con Mer?

—Sí—respondió ella distraída en apariencia.

—Historia del arte —continuó él—, os gusta mucho el dinero, ¿no?

El chiste era un topicazo, pero a Ele le hizo reír de igual forma. Quizá tenía que ver con el misterio de las cosquillas: si te aprietas la rodilla no te hace cosquillas, pero si te la aprieta otro sí. A Ele le vino la acidez del estómago a la boca y con ella el sabor de su grasiento crimen. Miró hacia otro lado para no proyectar el olor hacia Andy y esa fue la primera vez de muchas aquella noche que renegó de los bocadillos de morcilla. Andy había terminado la carrera de políticas hace un par de años y había estado participando en proyectos de ayuda humanitaria en el sudeste asiático. A pesar del tiempo que pasaba desviando la mirada, Ele se fue viendo atrapada en ese nido de pájaros decorado que componía la personalidad de Andy. Era un escaparate de objetos brillantes, una cola de pavo real cegadora, que se presentaba sin anuncio, sin parecer presumido. La marea de gente había empujado varias veces un cuerpo contra el otro. Cuanto más se tocaban más le costaba a Ele separarse de aquel cuerpo. El otro amigo de Rob encontró su agenda en el preciso instante en el que perdió el interés por Lau y con suma descortesía reclamó a sus dos amigos para recoger el campamento. No había pasado nada. El príncipe azul se fue sin ofrecerle el zapato y a ella tampoco se le ocurrió darle su teléfono. Bueno, sí se le ocurrió, pero no tuvo valor, para ser exactos. Tendida en la cama, Ele seguía pensando en Andy y en la morcilla; pensaba en la sensación que tendría Andy porque no se atrevía a mirarle de frente; pensaba que pensaría que no le había gustado, cuando ella seguía pensando en él, ya cerca del alba (o como decimos en Madrid, de la hora que abre el metro). Andy pensaba en ella, pero no en la morcilla: se había quedado atrapado en el ligero olor a hierbabuena caliente que desprendía su boca cuando le dio los dos besos de presentación. A la mañana siguiente, Ele paseaba sola por la casa de sus padres, vestida con una camiseta de fútbol americano de la que no recordaba el origen. Mirándose al espejo del baño, se rehizo la coleta sobre la cabeza y se tocó los labios con el índice y el corazón simulando el beso que no le habían dado. Intentó quitarse los restos de rímel de la noche anterior y se metió a la ducha pensando en que el castigo para los cobardes es desesperar sin saber cuándo rendirse. No es sencillo ser una mujer en nuestros tiempos, entre otras cosas porque la gente confunde interesada con fácil y fácil con «usar y tirar»; guardaba la esperanza de que algún día esos pensamientos perderían vigor; quizá en unos veinte años. Repasó los fragmentos de conversación a los que se aferraba bajo el agua. Se preguntó si sus respuestas habían sido idóneas o acaso adecuadas; se preguntó si hubiera sido mejor que pasase algo o que no pasase nada.

Aquellas mismas preguntas le asaltaban aquella tarde de finales de mayo, unos años más tarde y camino de la casa que compartían. Había cruzado la frontera invisible de su barrio y podía oír el rumor lejano de los coches de la M-40; todos esos coches con un solo pasajero volviendo a casa a la hora programada, encontrando el atasco previsto a la altura de la A-2. Ella, Elle, prefería usar el transporte público aunque tuviera que caminar quince minutos desde la boca del metro hasta su casa. No quedaba mucho para volver a ver las mimosas. Para ser justos, no podía culpar a Andy de su mengua, al menos en su totalidad. Había tenido un día lamentable en la oficina por culpa —se resignaba— de sus propias expectativas. No sabía por qué le daba tanta importancia. Era un trabajo que ni le iba ni le venía. Nadie quiere ser teleoperador; ningún niño de ninguna clase de ningún país del mundo, si le preguntas qué quiere ser de mayor, te dice que quiere trabajar de teleoperador de atención al cliente para una gigante internacional de las telecomunicaciones. Había conseguido el trabajo unos años atrás, cuando estaba en segundo de carrera. Empezó trabajando solo durante el verano y al final de su segunda colaboración estival le ofrecieron la jornada reducida. Por aquella época ya estaba prácticamente viviendo con Andy; las noches que dormía en la casa de éste iban creciendo con respecto a la semana. Le pareció bien contribuir con comida y cosas para la casa y para ello necesitaba ganar más dinero. El verano siguiente le ofrecieron el puesto de ayudante de los mandos intermedios. Con la carga de la contratación del nuevo personal, necesitaban gente que supiera lo que tenía que hacer para liberar de trabajo extra a los mandos; gente como ella. Esperaba que su progresión continuase este año, pero la empresa le había ofrecido el mismo puesto que el año pasado. El motivo tenía rostro propio, más bien rostros. Su rival era la amiga de la infancia de una de las jefas de su departamento. Elle no menospreciaba a sus compañeros por no tener carrera universitaria, pero estas dos arpías eran dos vagas que hacían carrera construyendo sus fétidos cimientos en las charlas de pasillo. Mnemo, la madrina de su rival, llevaba muchos años en la empresa y otros tantos en el cargo; no era especialmente agresiva con ella, se habían llevado bien en perspectiva, aunque no sucedía así con todo el mundo. Cuando un nuevo trabajador se unía a la empresa el destino lanzaba una moneda al aire y si caía del lado de la cruz, esta jefa intermedia no le dejaba ni a sol ni a sombra hasta que renunciaba o conseguía que le despidieran. Su falta de empatía era pasmosa; Elle, achacaba dicho comportamiento a una falta de autoestima personal que no consentía la de los demás, especialmente si no le caían en gracia. Su amiga que había pasado a engrosar las filas de los jefes intermedios— estaba obsesionada con adelgazar. No quería ser mala, pero si quería adelgazar de verdad lo que tenía que hacer era comer sano y hacer ejercicio en lugar de dedicarse a dar la brasa con los consejos de las revistas. Nadie adelgaza hablando, todos adelgazamos comiendo cosas que no nos apetecen y haciendo ejercicio que nos cuesta trabajo. La rabia le llevaba hacia una crueldad que despreciaba y en la que no le gustaba verse. Le parecía tan injusto. Ambas mujeres habían estado haciendo correr el rumor de que era demasiado blanda, demasiado sensible con los novatos, que no los «enderezaba». ¿Qué sabrían ellas de enderezar? ¿Quienes eran ellas para determinar lo que estaba recto? Ellas, que tenían un sentido ético más retorcido que el vello púbico de un pelirrojo. Algunos entre los nuevos empleados del verano pasado habían escrito correos electrónicos de despedida con agradecimiento expreso a Elle; aunque no pretendía presumir de su trabajo, desde luego esos escritos le alegraban y enorgullecían; pusieron en copia a todo el departamento, pero aquello no era cosa suya; ninguno de ellos agradeció nada a su rival y aquello desencadenó una furia privada y una envidia de las que no había tenido sospecha hasta hacía unos días. Su rival había ocupado el puesto vacío de mando intermedio con su retribución correspondiente, mientras a ella le invitaban a repetir el cargo del año pasado con una bonificación parcial y bajo la promesa de enmendarse. ¡Enmendarse! Tenía que seguir las instrucciones cargadas de malicia de Mnemo; no había nada más corrosivo para el alma de Elle que aprender lecciones de una persona sin valores; una trepa, una psicópata, una consentida que estaba en su puesto por nepotismo puro y se esforzaba por perpetuarlo. Lo que no quería contemplar era que ella misma había sido incapaz de plantarle cara, bajo el prisma de que no iba con ella; Elle ya la había visto ejercer su tiranía con otros y no había hecho nada por miedo al conflicto y el despido, que de alguna forma es una muerte laboral. En el fondo su rival le daba pena: crecer con una persona así como su mejor amiga.... Pero, ¿por qué demonios quería ese puesto? ¿por qué le dolía tanto si en realidad no le gustaba ese trabajo? y sobre todo, ¿por qué seguía con Andy?

De forma extraña relacionaba su necesidad de aprobación externa con aquellos dos factores de su vida. Se sentía atrapada por un cepo invisible; la cárcel de un futuro incierto y el miedo a saltar a la nada: nada de hogar, nada de empleo, nada de amor. Había terminado la carrera así que también era nada de aprender. Las posibilidades laborales de su carrera eran ínfimas sin un padrino en el mundillo del arte y lo confirmaba siempre que charlaba con sus ex compañeras. Mercedes trabajaba de camarera y Laura era auxiliar administrativa en el despacho de su padre. Huir de lo que le provocaba ese daño era saltar al vacío y por tanto le parecía inconcebible; de esta manera le daba vueltas a las mismas ideas, día y noche, llegando siempre al mismo infierno y dándole otra vuelta. ¿Dónde podía ir una pobre chica de barrio? O una chica pobre de barrio; o una chica de barrio pobre. Sus amigos de toda la vida y de la universidad la llamaban Ele, pero su entorno sentimental y laboral la llamaban Elle; ataba el dolor a ese nombre y le repelía, le dolía en los oídos. O quizá le dolía la separación de ambas identidades, esa suerte de esquizofrenia. Quería... Necesitaba volver a ser Ele, pero las puertas del pasado están cerradas para siempre. No sabía lo que sentía su pareja. Nunca lo había sabido. Andy era un muro de perfección para colgar medallas. Rara vez compartía con ella sus valles, sino que tenía que intuirlos; cuando pensaba que su novio estaba mal, huía. Escapaba siempre de formas impredecibles; se iba a otra habitación a trabajar con el ordenador, se iba de paseo, se iba de viaje... Andy sólo compartía su gloria. Don perfectito. Era el novio perfecto, el amante perfecto, el amigo perfecto. Tenía la casa perfecta y el trabajo perfecto, ¿qué pintaba ella en esa vida siendo tan vulgar? Nunca había sabido cómo funcionaba Andy.

Dos días después de la verbena, Ele vio que Mercedes le había enviado un audio y tuvo la certeza de que en alguna parte de esa masa de bits estaba Andy; lo que quería venía hacia ella y sintió una mezcla de alegría y temor. Al llegar a Plaza de España, Ele ascendió por las eternas escaleras mecánicas haciendo revisión de su arsenal de chicles. Andy la vio emerger de la salida del metro bañada en luz; miraba alrededor buscando a sus amigos con el pelo recogido y pensó que su cuello era perfecto. Fueron los cuatro a una tetería detrás de los cines de la Plaza de los Cubos. Rob y Mer no estaban interesados en sus amigos. Ele no sabía muy bien qué decir, pero Andy llenaba el vacío con naturalidad. De todas sus aventuras extrapolaba un lección de vida que ponía frente a su interlocutor para que la cuestionase, generando debate; parecía no tener miedo a entrar en la profundidad del diálogo; Ele se sentía invitada a sus historias como cómplice, no como turista. Andy preguntaba mucho. Ele no recordaba mucho de la charla, pero sí recordaba sus ojos color castaño, sencillos, oscuros, y su forma de mirar mientras la escuchaba. Resulta curioso que las palabras nos parezcan tan importantes y sean, en esencia, tan intrascendentes; se utilizan muchas palabras para expresar ideas sencillas y al final la mente no las recuerda; al grabar el recuerdo, nuestro cerebro va descartando las palabras elaborando un formato comprimido en el que solo guarda imágenes y sensaciones. Ni siquiera nuestros libros favoritos nos dejan una huella permanente más allá de algunas frases llamativas sueltas; si nos descuidamos, también olvidamos el autor y el título del libro en el que lo leímos. Algo que no olvida la mente es el sexo: podemos olvidar el color de ojos de una persona, el pelo, su voz, su olor, su nacionalidad, pero jamás olvidamos si era hombre o mujer. Es curiosa la memoria. Ele recordaba la sonrisa de Andy cuando volvió del baño. Ese cruce de miradas silencioso y cálido en que sintió que estaba llegando a su hogar. Mer y Rob ya habían cumplido con sus amigos y querían cumplir con ellos mismos, así que se excusaron. Andy se encargó de la cuenta de la tetería. Ele tuvo miedo de quedarse a solas con él, sin embargo no recordaba otro lugar donde quisiera estar mejor que allí, en ese momento. Fueron a otro bar a picar algo. El hipster era divertido, o a ella se lo parecía. Andy quiso recogerse temprano y Ele sintió lo mismo que cuando se le cerraban los ojos de sueño mientras leía un buen libro. La acompañó al metro por la calle trasera de los cines y le propuso quedar para ver una película. Intercambiaron sus números de teléfono a la puerta del metro y dos besos más para los que Ele tuvo que ponerse de nuevo de puntillas; esta vez no necesitó apoyarse en el brazo de Andy, pero lo hizo de todas maneras. Al llegar a casa se metió en el muro de Mer, buscó a Rob, y a través de Rob encontró el perfil de Andy. Pudo ver sus fotos, construyendo pozos en aldeas remotas, jugando con niños de ojos almendrados, inclinándose ante un monje oriental, mirando hacia el horizonte en una playa paradisíaca, paseando ensimismado por bosques de bambú... Tenía un montón de amigos en la red social, de diferentes países con sus propios perfiles llenos de aventura. Se sintió un poco reducida, ella que solo había estado en Lisboa con sus amigas y en París con sus padres. Quería contagiarse de esa magia, de esa libertad, quería que ese «Campanillo» le diese un poco de su esencia de hadas y levantar los pies del suelo para alzarse en un mundo más grande del que conocía. Andy trabajaba para una ONG de las importantes y tenía un blog de opinión en el que incluía episodios de viajes.

No llegaron a ir al cine. El día anterior a su cita, su madre la llamó para decirle que un amigo del barrio había muerto en un accidente. Se reunieron todos los amigos del barrio en el tanatorio de la M-30. Se sentía torpe e incapaz de seguir las indicaciones, pero encontró su destino al reconocer al padre de Javi, que había salido a fumar. La familia formaba un círculo alrededor del velatorio y los visitantes hacían su procesión frente a un ataúd cerrado. Le parecía un sinsentido. Aquel trozo de madera no representaba en absoluto a su amigo, no capturaba su esencia. Era un icono igual que el que marca el acceso a los baños, el paso de peatones, o la salida. Una cruz en el mapa de su reducido mundo que venía a decir «ya no está». La gente daba el pésame y se arremolinaba alrededor de la puerta, en grupúsculos. Resultaba difícil distinguir cuáles entre ellos lloraban por su amigo y cuales acompañaban a otra familia. Los jóvenes se agrupaban en torno a las primas del fallecido, que también eran de la pandilla. Los padres de Ele se iban ya a casa y la dejaron con ellos. Nadie sabía bien qué decir. Es otra prueba de la futilidad de las palabras. Los familiares reciben las fórmulas de cortesía desde un lugar muy lejano, entre la fatiga y el aturdimiento; están hechas para liberarnos de decir algo inteligente en un lugar y un momento donde no se necesita la inteligencia, sino la compañía... El tanatorio es un lugar donde se acumulan todas las muertes de tu vida; abres el cajón y lloras, porque es el lugar idóneo para llorar sin que nadie piense que te pasa nada raro por llorar. Todo el grupo tenía los ojos enrojecidos. Las primas habían repetido la historia muchas veces y cada nueva incorporación al grupo exigía su propia ración de lágrimas y abrazos. Es agotador que se te muera alguien sólo por el ejercicio de tener que contarlo una y otra vez. Alguien debería para la cadena y establecer como etiqueta de los entierros que los allegados esperarán hasta estar todos para contarlo; o quizá una hora concreta, y los que lleguen después de esa hora le deberán preguntar al resto de los asistentes dejando en paz a la familia.

Su ex novio del barrio de toda la vida estaba en el grupo. Se saludaron cariñosamente y se pusieron al día. La novia de su ex llegó antes de que se desplazaran al bar. Ele contempló la llegada en silencio, cavilando. Había querido mucho a Miguel, pero nunca estuvo enamorada. Miguel era un mueble de su vida, algo con lo que siempre contaba y cuando tenían catorce años simplemente empezaron a salir porque tocaba. Ambos sentían curiosidad por el sexo contrario y confiaban el uno en el otro. El primer beso le resultó algo horrible porque Miguel tenía la lengua fría y agria —por culpa de un refresco carbonatado—

y a ella le pareció similar a una babosa. Se separaron al ir a la universidad, igual de natural que cuando se juntaron. Ele no sintió celos de su nueva pareja, solo se sintió como una actriz invitada en una serie en la que, hacía tiempo, había sido protagonista. Miguel y su novia eran dos desconocidos con su propia vida, su propia complicidad y sus propios chistes, muy diferentes a lo que ella había conocido; sintió que un par de años tenían mucho más peso que todos los años anteriores y le pareció injusto. Parecía una chica maja y Miguel se merecía todo lo mejor en su vida.

Andy le escribió en ese momento y ella le respondió inmediatamente que sí, que quería que se pasase. Él era un poco mayor que el resto de los miembros del grupo, pero se sentó junto a Ele y se dejó consumir por la conversación en silencio. Ele se deslizó por debajo de la mesa para cogerle de la mano y Andy la recibió entre las suyas mirándola a los ojos. Escuchaban las anécdotas divertidas de Javi que intentaban darle algo de sentido a la reunión. Ele buscó bajo la mesa las rendijas entre los dedos de Andy; él, un poco torpe y sorprendido al principio, dejo que los dedos de Ele le abrieran la mano y llegasen a entrecruzarse con los suyos. Tenían la mirada fija en la conversación pero estaban alejados del resto del grupo, dentro de ese paréntesis de intimidad que reclamaba su sentido del tacto, robándole el protagonismo a la vista. Hay un miedo más callado que el miedo a la muerte y es el miedo a no ser. Las manos de la nueva pareja querían soldarse y no pidieron nada más de beber, por no soltar la presa. La tarde dio paso natural a la noche y los amigos se fueron separando. Ele también quería irse, aunque se resistiera, precisamente por la mano de Andy. Sabía que tendría que soltarla, pero no sabía cuándo volvería a tomarla. Simplemente, estaba bien en ese momento. Después de los abrazos, Ele fue al baño un momento y al volver Andy le ofreció su mano de nuevo. Cuando salieron del tanatorio, Andy se giró para mirarla, le apartó un mechón de la cara y la besó. No lo sintió como avanzar, sino como volver a un lugar del que venía en el futuro. A la mañana siguiente se ofreció para llevarla en coche, pero ella no quiso que se encontrase con sus padres en el cementerio. Le pidió indicaciones del metro y se fue, aunque volvería pronto y frecuentemente. Aquella fue la primera vez que Ele vio las mimosas. La tragedia fue arrollada por la vida, como sucede siempre, pese a que no tengamos esa sensación en el momento. Fue una suerte que todo hubiera sucedido en vacaciones: de no ser así, las pasiones hubieran trastocado su rendimiento académico.

Si buscaba la poesía en sus recuerdos, podía decir que su relación con Andy había florecido en verano y se estaba marchitando en primavera. Pasaba en ese momento junto a la peluquería de su barrio. Al doblar la esquina, paró frente al escaparate de la juguetería. Miró su reflejo y comparó con su recuerdo de la fiesta de la Paloma. La Ele que se ataba el pelo con pañuelos de colores —que comía morcilla y se reía de todo con sus amigas— hubiera pulsado el botón «no me gusta». Tomó un mechón de su pelo entre los dedos; tenía ganas de cambio, pero no lo merecía. No todavía, hasta que cabalgase el elefante en el salón. No sabía cuántas veces habría utilizado Andy esa maniobra o si quería llegar a saberlo. Recordaba el libro de «El Cartero» de Bukowski y como se le habían grabado ciertos pasajes del libro, aunque no se los hubiera dejado subrayados. Lo había cogido prestado de la mesilla de Andy, por la época en la que empezaron a vivir juntos oficialmente. Inmediatamente antes de eso, en enero, Elle estaba en su último año de carrera.

Era la primera vez en su vida que había ido a una fiesta de la empresa, pero no la primera vez que le habían ofrecido cocaína. Rechazó la oferta sin mucho escándalo. No sentía ninguna tentación de consumir drogas más allá de la María, hachís y alcohol, ocasionalmente. Al salir del local que habían contratado, sus compañeros le insistieron en que fuera con ellos por Malasaña, a seguir la fiesta. No era solo el frío, sino el ambiente de degeneración al que estaban llegando. De entrada le había gustado ver a sus compañeros vestidos para la ocasión, fuera del ambiente de la oficina. Iban maquillados diferente y hablaban diferente; le pareció gracioso verles con el puntillo. El rubicón fue Carlos, uno de los mandos; estaba notablemente intoxicado y se puso un pelín baboso con ella, que siempre es demasiado; la cosa no le estaba yendo bien así que le ofreció ir al baño a ponerse unos tiros; desde ahí todo fue cuesta abajo. Salió a fumar para poner tierra de por medio; miró el móvil: ningún mensaje de Andy. Un poco alejados, en el aparcamiento, pudo ver a Miriam enrollándose con Alberto, otro mando intermedio. Pisó el cigarrillo y volvió a entrar. Mientras algunos grupos de gente parecían hablar tranquilos, los de contabilidad lo daban todo en la pista. En la barra, Mnemo y el jefe del departamento informático hablaban codo con codo y se reían; posiblemente estuvieran diciendo o tramando maldades, pensó. Jules había traído a su novio cubano, la jefa de su departamento, con su cohorte de mandos intermedios les atendían muy modernos ellos; no pudo evitar soltar una risita: nadie tenía prejuicios contra los homosexuales, pero todos se afanaban por etiquetarlos. Otros compañeros también habían traído a sus parejas y también estaban esos que practicaban la endogamia laboral. Se refugió en un grupo de compañeras más mayores. Allí se encontraba a salvo de la predación. Ya tenían que reunir valor para entrarle delante de Emi, la del sindicato. Todos intentaban huir de las conversaciones que trataban sobre la oficina, sin embargo, los diálogos volvían a ese lugar común en el que convivían y eran todos cómplices; salvo las parejas de sus compañeros, claro, que escuchaban y asentían como quien va a ver un partido de tenis. Entendió por qué Andy no había querido ir. Revisó el móvil; ningún mensaje, las dos y media. Quería marcharse de la fiesta, pero no quería ser la primera. Tenía la sensación de que al romper filas todos la mirarían como si estuviera haciendo mal su trabajo, como una paria. El primero en irse fue Jules; se despidió amablemente de la jefa y salió con la cabeza alta como diciendo «yo tengo vida propia a pesar de que no quiero restregároslo»; le pareció curioso que algunos retrógrados considerasen a los homosexuales como menos hombres que los heterosexuales: los homosexuales eran los primeros en dar un paso al frente para defender sus derechos; llevaban dando el cayo desde los años sesenta y no habían parado; a ella le parecían los más valientes de todos. Jules le dio dos besos como saludo y despedida, le presentó a su novio y le hizo algunas preguntas de cortesía antes de irse. La barra libre acabó y la música del bar tomó una cariz más tranquilo invitando a la melancolía. Sonaba esa vieja canción de UB40 versionando el todavía más viejo «Can't stop falling in love» de Elvis en el momento en el que fue a recuperar su abrigo del ropero. Consiguió resistir la insistente teatrina de Miriam para que les acompañase y paró un taxi; mientras se montaba en el coche, vio a su compañera poniendo cara triste sobreactuada y haciendo el gesto del corazón con las manos; pensó en cómo los emoticonos habían escapado de las pantallas y en las series de televisión infantiles que les habían hecho pulpa el cerebro. El cristal de la ventanilla estaba frío, el asfalto era negro y reflejaba una perversión luminosa de los semáforos y la decoración navideña; en Madrid hay que esperar a la noche para tener mar; un mar pequeño y privado. Al abrir la puerta de su casa, sintió el frío estable de la calle revolverse ante el contraste. Se quitó los zapatos en la entrada, bebió agua en la cocina y se paró un momento a observar a Andy desde la puerta de la habitación; entró al baño a lavarse los dientes hasta que la mezcla agria del alcohol cedió al extraño mentolado químico. Se metió en la cama junto a su novio. Andy se revolvió y la besó.

—Sabes bien —le dijo—, ¿lo habéis pasado bien?

Elle se encogió de hombros y le besó de nuevo; se apretó contra él, notando la torsión de su cuerpo. Andy aceptó su lengua fría y recién higienizada, pero después volvió a darle la espalda llevándose tan solo una mano con él. Elle entrecruzó los dedos con los dedos de su novio y pasó un rato mirándole la nuca sin saber muy bien qué hacer. Finalmente se durmió. Esas navidades Andy le regaló una preciosa bufanda antes de la fecha programada; también fueron al «hamman» de un spa del centro de Madrid antes de separarse para cumplir las obligaciones familiares. Aquel año, Ele volvió a instalarse en su habitación de casa de sus padres sintiéndose como una extranjera: el precio de la independencia; con Andy fuera de la ciudad no le apetecía quedarse sola en el apartamento. Andy volvió en enero con el libro. Un objeto cotidiano, casual, nada raro, pero Elle recordaba un pasaje en el que Bukowski hablaba de las relaciones sexuales en el entorno de trabajo como algo superfluo, nada comparable a estar con tu pareja. No estaba subrayado ni falta que le hacía; al menos Elle encontró a Bukowski sobre una mesa.

Un año más tarde —a principios de este año— había encontrado el libro de poliamor dentro del bolso cruzado de Andy, sobre su cajonera. No sabía si había dejado el bolso abierto con el título orientado hacia la puerta de su despacho deliberadamente; no sabía si Andy se había vuelto más torpe, o si ella se había vuelto más hábil con la experiencia. No era el libro, era la intención. Un libro es un objeto inanimado que no dice nada hasta que uno lo abre; una experiencia subjetiva al lector y esclava de su voluntad de leerlo. En lugar de pensar en el libro o en el poliamor, Ele pensaba en todas las veces que Andy no había puesto las cosas sobre la mesa. Abandonaba sus mensajes sobre el mueble del baño, sonando en forma de canciones, dando vueltas en forma de pensamiento. Andy quería acostarse con otras mujeres y no tenía el valor de decírselo directamente. «Pues hazlo y yo me acostaré con medio Madrid también», pensó; no quería yacer con medio Madrid, quería acostarse con su novio. Nunca se había sentido celosa hasta ese momento y no es que se sintiera así, realmente. Se sentía dolida y decepcionada por la cobardía de Andy. Podían hablarlo directamente y decidir si seguían juntos o cada uno por su lado, aunque de eso iba el poliamor, pensaba: de seguir juntos y por todos lados a la vez. Los padres de Ele no eran perfectos, aunque al menos tenían una complicidad, una confianza que ella anhelaba. Le hubiera gustado preguntarles cómo lo habían conseguido. No lo hizo. El libro había desaparecido de la casa dejando un rastro de sangre tras de sí. Si Andy no quería ponerlo sobre el tapete, ella tampoco lo haría. En enero, Ele solicitó la jornada completa y se la concedieron. Él insistió en que no necesitaban más dinero, ella en que necesitaba la experiencia y quería la plaza de mando intermedio. No había un buen argumento en contra de eso. En febrero, no hicieron el amor porque Ele estaba cansada y tenía que madrugar. Él lo entendió. A finales de mes, el problema se iba disolviendo en la nueva rutina; además Andy le preparó una fiesta de cumpleaños sorpresa; pasaron un fin de semana en una casa rural y comenzaron a acercarse de nuevo. Abril trajo una de esas rachas de buenas películas que se dan de vez en cuando; salían al cine al menos una vez por semana; era diferente que cuando se conocieron, pero volvían a construir de nuevo; después de todo, ¿qué pareja no aguanta un chaparrón?

Le había funcionado muy bien hasta mediados de mayo, cuando su refugio le estalló en la cara; era la gota que colmaba el vaso y ni siquiera la había puesto Andy. Con el mechón de pelo todavía en la mano, notó que las lágrimas colapsando su nariz en un camino ascendente; en el espejo de la juguetería vio sus ojos inundados e incapaces de derramarse. Sentía el calor salirle por el cuello de la camisa y le recordaba al verano que se quemó la espalda en la piscina. «¿Qué tengo que perder?», se preguntaba. Contemplaba el vacío con estupor y se sentía una mendiga. Había construido su independencia sobre barro y temía tener que renunciar a ella.. Sorbió con la nariz, carraspeó y retomó el camino hacia su casa... Hacia la casa de Andy. Llegando al portal pudo distinguir una figura muy diferente a la que esperaba en el fondo de su mente, establecida por el hábito. Perdida en sus pensamientos, había olvidado que el portero se había jubilado a finales de la semana pasada y le dio pena no haberse despedido. En el momento en el que Ele cruzó su mirada con Pedro, quedó helada.

03

La memoria es un depredador de emboscada. Espera agazapada su momento y siempre nos pilla al descuido. Hay una larga lista de eventos que desatan el recuerdo; objetos inasibles como un olor, o una fecha que pasa de puntillas por nuestra consciencia. En esto reflexionaba Pedro mientras esperaba el borboteo de la cafetera. En esto y en si el dedo gordo del pie se sentía solo al otro lado de la tira central de su chancla. Movía el dedo intentando juntarlo con el resto, llegando a tocar el segundo dedo, pero al final la tira central siempre ganaba; a lo más que llegaban era a besarse; un beso corto, cada vez más. El ser humano está condenado —de forma similar a ese dedo gordo— a pensar en estupideces. Sería agotador tener pensamientos geniales en todo momento; el papel no daría para escribirlo todo; habría que llevar kilos de libretas y lápices encima solo a tal efecto. Daría lo mismo, igualmente: todo el mundo pensando intensamente llegaría a pensamientos parecidos; o quizá a otro tipo de pensamientos igualmente inteligentes pero por otras vías de exploración; en cualquier caso no necesitarían leer pensamientos geniales ni tendrían tiempo, porque estarían pensando o apuntando sus propias reflexiones maravillosas. Los árboles desaparecerían pronto, consumidos. O quizá, alguno de estos monstruos intelectuales inventase algún método de apuntado alternativo; en cualquier caso, sería un desperdicio. Si fuera, por ejemplo, una grabación, sería un ejercicio de egolatría, de ansias de eternidad, que nadie escucharía jamás.

—En nada —respondió Pedro al recuerdo imaginado.

—Es imposible —le decía Eva irritada—, no se puede pensar en nada.

Pedro se sentía incapaz de compartir un pensamiento tan tonto como que las chanclas incrementaban el sentimiento de soledad de su dedo gordo. Se sentía incapaz hasta que conoció a Eva, a quién podía mostrar su estúpido mundo interior y se reía con él, en lugar de reírse de él, como siempre había temido. Podría haberlo compartido con ella, pero ya no; ya hacía muchos años que Eva había salido de su vida. El tiempo y la distancia eran mucho más eficientes que la tira de tela de una chancla vieja. Hacía tanto de aquello que ni siquiera sentía tristeza, sino un extraño calor reconfortante. Echó el azúcar en la taza y vertió el café sobre él. «Eres especial y lo sabes», rezaba el mensaje decorativo escrito en la pieza de loza. Eres especial como los otros doscientos mil afortunados nuevos propietarios que arrastraron el artículo hasta el carrito de la compra y pulsaron el botón de aceptar para ir al modo de pago. De camino al pequeño cuarto de estar, buscó dentro de las cajas abiertas con la esperanza de que su reproductor de música portátil estuviera a la vista. No se dio esa buena fortuna.

Igual que había proyectado su presencia hacia el pasado, hacia la memoria, la lanzó hacia adelante imaginando el sonido de los gorriones, la apertura de los cierres de metal de los comercios y el asfalto clareando hasta volverse gris azulado. El último de estos eventos estaba en proceso y el resto lo viviría desde la portería, suponía. No estaba nervioso para ser su primer día de trabajo. Tampoco encontraba su lector digital, pero había tenido la prudencia de guardar dos libros en su bolsa de mano: «Tao Te Ching», versión traducida al castellano de la traducción de Richard Wilhelm, y una recopilación de cuentos de Jorge Luis Borges. El Tao hablaba de Borges y Borges hablaba del Tao; eran los dos únicos libros que quería tener a mano, o sobre la mesilla de noche. Había otros libros pero reconocía que les tenía cariño por recuerdos asociados. «Pedro Páramo» le recordaba a una amiga de su hermana de la que estaba enamorado cuando era un niño y «Anábasis» a un amigo de la adolescencia. Así, una sucesión de libros le traían a la mente personas a las que había amado. «Leviatán» de Paul Auster se lo recomendó su primer compañero de piso, «Cuentos de Eva Luna», otra ex, «El árbol de la ciencia» a su hermano, «Anna Karenina» a una compañera de trabajo (la que le recriminaba con rigor diario por la gestión política de su tocayo), etc. Tenía pocas ideas propias, o al menos le costaba distinguir un libro que hubiera decidido leer genuinamente. Se le ocurrió la idea de —si volvía a escribir— incluir libros ficticios en sus relatos para más tarde escribir esos mismos libros con más libros ficticios dentro y seguir escribiendo hasta que la mayoría fueran libros reales o muriese, lo que tuviera que suceder antes. Estaba seguro de que se había hecho antes. Borges, al comienzo del Aleph, había subrayado a Bacon que citaba a ambos, Platón y Salomón, explicando que todo el conocimiento es memoria y todo lo nuevo no es más que olvido. Aún así le parecía un juego literario divertido. Hacía mucho que no le daba a los porros, pero le parecía una idea digna de una buena fumada. Imaginó el olor saliendo de la portería. Tendría que ponerse rastas postizas para argumentar libertad de religión y evitar el despido. Se preguntaba si sería capaz de convencer a Ferraro y a los vecinos. Seguro que había alguno que fumase; lo descubriría con el tiempo, a fuerza de pasar por delante de la puerta de sus casas. La idea de colar un argumento así le divertía, aunque fuera estúpida. Se puso el uniforme todavía con la sonrisa en la boca y se despidió de su dedo gordo al enfundarlo en el zapato negro. «Ahora estáis todos juntos; presos, pero juntos», pensó. Cogió sus libros y salió al portal. Reconocía el beneficio de que jamás había tardado tan poco tiempo en llegar a su lugar de trabajo. Comprobó que tenía las llaves antes de cerrar la puerta del pequeño apartamento. Dejó los libros apilados bajo el mostrador y salió de la pecera al patio interior; las mimosas se agitaban levemente por el viento; los primeros pájaros empezaban a cantar; los cierres metálicos de los comercios rugían saludando al sol de la ciudad y los coches de la M-40 podían confundirse con el oleaje del mar; todo dentro de su orden previsto: los relajantes sonidos naturales de la urbe.

La primera parte de su trabajo consistía en sentarse a esperar la salida de los vecinos así que se sentó a leer en la pecera. No estaba prestando atención a las letras que tenía delante y tuvo que volver y volver a pasear sus ojos sobre la misma página. Escuchó el primer taconeo de la mañana, con su aire de decisión y prisa contenida por el precario equilibrio que ofrecen los zapatos altos. Recibió su primer «buenos días» con una sonrisa, sin embargo la vecina no le miró. No le pareció mal, no obstante. Otra de las ventajas que veía en el trabajo era la invisibilidad. La labor del portero, al igual que muchas otras profesiones, es un elemento que queda en la parte exterior del ojo y que la mente ignora parcialmente. A pesar de ello, ocupando su lugar en el paisaje, un portero es una presencia tranquilizadora. Es similar en eso a una barandilla: muchos balcones dotados de barandilla, serían inhabitables sin ésta; no porque haga nada en especial —tanto la barandilla como el portero son obstáculos fáciles de franquear—, sino por su contribución pasiva a la comodidad de la mente. Precisamente por estas cuestiones era importante estar en la portería a primera hora de la mañana y a última hora de la tarde: para que le vieran los vecinos y pudieran olvidarse de él; reforzaba el espejismo de que su casa seguiría ahí cuando volviesen, intacta, no vulnerada. Así se lo había explicado su predecesor, en sus propios términos, más breves y más prácticos. No era la primera vez que reflexionaba sobre los múltiples elementos que componen nuestra ilusión cotidiana de seguridad. No existe la seguridad, nunca existió. Existe una fe inquebrantable en que todo seguirá más o menos igual; en el caso de Pedro —y de muchos que también se habían caído dolorosamente del caballo— existía la voluntad de levantarse una y otra vez; si algún día no conseguía levantarse, tampoco le importaba; al fin y al cabo, eso sería ya un problema de los vivos.

La pecera amortiguaba los sonidos del exterior como una escafandra. Aún así, pudo oír el golpe sordo de la puerta del coche al cerrarse y, por asociación, revivir la presión interior del vehículo. Un leve reflejo en la pared le hizo imaginar el «chui chui» del mando a distancia y el crujido de los cierres centralizados. La chaqueta de lana por encima del uniforme blanco hacía poco por disimular la identidad de la enfermera; era como ver a Batman con una gabardina; hasta su forma de caminar hacía pensar en los zuecos típicos de los hospitales, a pesar de que no los llevaba; en su lugar, llevaba unas zapatillas deportivas. Tenía el pelo negro y brillante, y lo llevaba recogido detrás de la cabeza en un moño compuesto. Llevaba una bolsa de mano grande con ella, del mismo azul oscuro que la chaqueta. Le abrió la puerta y la mujer le sonrió. Leyó en sus labios un «buenos días» y por un momento pensó que el cristal le aislaba completamente del sonido; aunque no era así, eran las formas silenciosas de una profesional sanitaria. La vio caminar hacia el veinte y supo que en menos de quince minutos vería salir a su compañera del turno de noche. La siguiente en llegar fue Florinda, la de la limpieza. Era una mujer del norte, de Palencia o Zamora; no lo recordaba porque estas dos capitales de provincia estaban almacenadas en su mente, tan cerca la una de la otra, que cortocircuitaban en ocasiones. No era grande, pero lo parecía; tenía un físico recio que daba la sensación de poder con cualquier cosa. Pedro tenía cierto miedo a que le pidiese ayuda un día, porque la gente tiende a confundir alto con fuerte. A pesar de que no saldrían jamás en una revista, las manos de Florinda le parecían hermosas. Siempre había creído que las manos de los trabajadores eran bellas, con sus grietas, su firmeza, y sus historias calladas.

—Buenos días —exclamó sin misericordia—, ¿ya has dormido en la casa?

—Buenos días, Florinda —respondió Pedro—. Sí, la primera noche.

—Bueno, luego, a las once me invitas a un café. Voy a lo mío.

Florinda empezaba siempre por el veinticuatro. Como era el edificio más vacío, para cuando acababa por el dieciséis, la mayoría de los vecinos ya estaba en el trabajo. Así no le pisaban «lo fregao», explicaba. La vería transitar durante toda la mañana con su carro de aparejos para la limpieza y los guantes de goma enfundados hasta la mitad del brazo arremangado. Se preguntaba qué tipo de relación tenía con el otro Pedro; temía romper ese equilibrio de años. ¿De qué hablarían estos dos? No le había parecido que el antiguo portero gustase de los chismes; quizá sí y no lo expresaba. Quizá le gustaba escuchar y Florinda era su agente de campo. También podría ser que Pedro llevaba a Florinda hacia otros tipos de conversación, como la caligrafía, como la vida en el pueblo. En su cabeza, había subido la discreción del portero jubilado en un pedestal, la había rodeado de metacrilato —semejante al de la pecera, pensó con ironía— y quería conservarla como una pieza preciosa del museo. Tenía toda consciencia de que era una idealización. En algún momento, en algún lugar, todos hablamos de alguien que no está presente. Él no era como Pedro; tenía una tendencia a hablar con cierta inocencia con cualquiera. Alguna vez, sus críticas eran ácidas e hirientes lo que solía divertir y escandalizar a los oyentes. Pedro guardaba cierto referente infantil y sabía que hablar de los demás no estaba bien; nunca quedaba conforme o tranquilo y mientras lo hacía, revisaba compulsivamente el móvil para comprobar que no estaba marcando por accidente o por capricho del destino. Posiblemente el origen de dicha prudencia se encontraba en un disco de Tote King «espero que se marque el móvil solo y se enteren de quién eres», había recitado el artista. Sintió una querencia cercana a la necesidad por encontrar su reproductor de música portátil cuanto antes. No sabía si el rap contribuía a su felicidad o a su inquietud, pero recordaba un montón de paseos hasta sus lugares de trabajo escuchando esa música. En particular, podía recordar una oferta de trabajo en un polígono empresarial de la periferia de Madrid; a la larga travesía en transporte público había que sumar una caminata inclemente en un paisaje desolado al borde de la civilización; las llamadas malas hierbas crecían por el solar y retaban a los muros con descaro; todo ello con el nuevo disco de Violadores del Verso, Vivir para Contarlo, que sacó el rap español de la marginalidad y lo puso en las orejas de mucha gente. Para cuando llegó a la entrevista era una bestia indignada; no le quedaba un ápice de sumisión, que es lo que más se valora en las entrevistas de empleo. No, escuchar rap no era un bálsamo. Sin estar él en la movida del rap, se sentía un buen rapero. Si hubiese sido más valiente, hubiera cogido el micro, pero se conformaba con torturar la poesía de cuando en cuando. Aquella fantasía era una de la miríada de vidas imaginarias que había vivido. Volviendo a Florinda, la de la limpieza, ya vería por dónde caía su relación; ambos pertenecían al colectivo de los casi invisibles, un escalón por encima de los mendigos, y su comunión era inevitable.

Abrió el libro de Borges una vez más; por el principio, por «Historia Universal de la Infamia (1935)»; saltó el prólogo, no porque no fuera bueno, sino porque le disgustaba leer a Borges disculparse por escribir; si Borges se disculpaba por escribir, ¿qué le quedaba a él? Quizá debía cortarse el dedo meñique y ofrecerlo en un pañuelo blanco a sus lectores. El libro que había abierto y cerrado muchas veces, le permitiría pasar la mañana entrando y saliendo sin la molesta sensación de estar siendo interrumpido. «El atroz redentor Lazarus Morell» y sus principios. «La causa remota» era todo lo que ambicionaba leer del tirón, y estaba seguro de que lo conseguiría porque sólo ocupaba una página. Tenía la impresión de que tanta ironía, brillantez e historia de la humanidad debían, por fuerza, hacer reventar aquella página algún día. Sin embargo, no había sucedido. Corría el riesgo de entender íntegramente a Borges y que fuera su corazón el que explotase, pensaba. De alguna manera, se sentía protegido por los mecanismos de su mente descritos en el poema primero del Tao Te Ching; o quizá por las alas de los serafines, que cubren el rostro y los pies de Dios, evitando que el ser humano tenga conocimiento de su nacimiento y su muerte. La mañana seguía corriendo, a pesar de sus idas y venidas interiores. El flujo de vecinos era mayor sobre las ocho, en coche y a pie; esta circunstancia les forzaba a encontrarse y saludarse por todo el patio. Después de esa hora, el movimiento de los habitantes del castillo se asemejaba más a un goteo. Salió a fumar y se saludó a la distancia con el portero de la colonia de al lado, que se componía de los portales seis, ocho, diez, doce, y catorce; era de la misma promotora y el portero llevaba el mismo uniforme que él; se acercaron los dos hasta el cruce de peatones. El portero se llamaba Fermín. Era más bajo que Pedro, pero más ancho. Su piel era más morena y sus manos más grandes y carnosas. Se saludaron un momento y ambos volvieron a su lado del paso de cebra, desde el que continuaron la breve charla; la cara de su compañero tendía a la redondez si no fuera por la nariz aguileña y el corte de pelo recto y puntiagudo. Le dijo que se pasaría después de sacar los cubos y ambos volvieron a la puerta de sus portales a seguir fumando. Pedro entornó los ojos hasta que la figura de Fermín quedó difuminada; si se centraba solo en su lado de la acera, atendiendo más a la luz del cielo que a las figuras que lo recortaban, le parecía una suerte de espejo. En otro universo él podía haberse llamado Fermín, y ser el portero de una finca con piscina; se preguntaba qué peculiaridades suponía la piscina, además de la limpieza específica y el socorrista contratado para la época estival. En esta imaginación le vino el olor a cloro y protectores solares, a toalla húmeda y césped. Olores que llegarían, sin duda, estuviera él u otro portero. Yendo a la prosa, le parecía una suerte no tener piscina; él podía arrastrar los cubos por el camino entre las mimosas, pero Fermín tendría que dar toda la vuelta a la piscina y la valla que la rodeaba. Por otro lado, si algún adolescente rebelde se bañaba fuera del horario de piscina, el portero tendría que reprenderle, contactar con su progenitor y enredarse. ¿Habría quien intentara colarse en la piscina? A todos nos han invitado alguna vez a la piscina de alguien, pero se preguntaba si habría en el barrio una banda de alegres pícaros que entrasen en las piscinas de las colonias sin invitación de algún vecino. En cualquier caso, otro engorro. Pedro, heredero de Pedro, consideró que su parte del espejo era la buena. Llegaron las once y el café prometido. Florinda no fue puntual a la hora ni a las expectativas. Hablaron de su pueblo, del clima, de los cubos de basura, pero nada de carnaza.

—Este café está bueno —le dijo la limpiadora—, ¿qué marca es?

—Es nicaragüense —respondió el portero—, es caro, pero es justo. Lo compro en una tienda de productos ecológicos.

—No sabía que Nicaragua tuviera buen café —dijo pensativa Florinda—. Bueno, en general no sé nada de Nicaragua.

—Ni yo, la verdad. El italiano también es muy bueno.

Se rieron. Pedro ya sabía de lo que hablarían esa semana. Le prepararía a su compañera un tour por Nicaragua. Compraría café de Colombia, Ecuador, etc. Harían un viaje virtual a Latinoamérica. Florinda no tardó en irse mucho más. Pasado el mediodía, Pedro volvió a entrar en el apartamento. Se quitó los zapatos e hizo la comida. Había congelado, sabiamente, algunos recipientes con guisos para la semana. Eran demasiadas horas de descanso para comer. Sentía poco afecto por los trabajos a jornada partida. Siempre le había parecido una condena trabajar en un comercio de calle por ese motivo. Prefería las jornadas intensivas de ocho horas seguidas porque le permitían salir y olvidarse de todo, hasta el día siguiente. Por circunstancias de la vida, ahora se veía en uno de esos trabajos. No sabía cuánto tiempo resistiría. Se preguntaba cuántos días aguantaría esa rutina; se preguntaba cuántas páginas soportaría un lector si aquella monotonía fuese un libro. Esperaba sutiles diferencias que le ayudasen a distinguir un día del siguiente. No era sólo terminar a las siete, sino que debía estar pendiente de sacar los cubos alrededor de las once para que el camión de la basura pudiera recoger su contenido. Todo el día pendiente del trabajo. La jornada de extenso horario se compensaba con dos viernes libres al mes que cubría el mismo vigilante eventual de los fines de semana. Tenía sus ventajas. Tenía el apartamento, el sueldo, la propina de los vecinos y las dos semanas de cuatro días. Tendría que agarrarse a eso para no volverse loco. Siempre podía ir a la piscina, como el anterior portero. Aunque dar vueltas en una pista acuática no era exactamente romper la monotonía. El agua siempre le había gustado; todo dentro del agua parecía lento y, al mismo tiempo, más ligero. Los peces y los que quieren ser peces tienen perfecto derecho a no pensar en nada. Eso le quitaría estrés. En cualquier caso, le parecía que su situación era mejor que la de Jack Torrance, el personaje de «El resplandor», y sus perspectivas vitales, infinitamente superiores. No pudo evitar imaginarse a sí mismo corriendo por el patio tras los vecinos, agitando el mazo. Jack estaba aislado por la nieve y su locura se vio acelerada por este factor; él contaba con algunos años para ser devorado por ella, aunque uno nunca lo sabe; un mal día puede hacer que salgas en el periódico. Comió tranquilo y se echó la siesta. A las cuatro volvió a salir a la pecera y retomó el libro. El ambiente de la tarde era pesado, quizá por el calor. El ritmo al que volvían los vecinos era más lento; el taconeo arrastrado hacía evidente que uno pierde cada día que va a trabajar; algo indefinible, muchos argumentarán que renovable, pero se pierde. Pedro también iba perdiendo el empuje del primer día; se dejaba deslizar hasta las seis y media, hora a la que sacaría los cubos al patio interior de dos en dos, y recogería las bolsas de basura de los socios premium, apuntados en la libreta. Una hora antes de aquello, unos golpecitos en la parte de atrás de la pecera le sacaron de la lectura. Un chico alto —no debía llegar a los treinta—, vestido con ropa de deporte negra, y sonriente, le esperaba junto a la puerta de cristal. Se preguntó si le pediría que le guardase las llaves para salir a correr. Pedro abrió la puerta también sonriendo.

—Hola —dijo el chico—, eres el nuevo portero, ¿no? Soy Andy, encantado.

Era el único vecino que se había presentado.

—Hola —dijo el nuevo portero—, soy Pedro.

—Ah, te llamas Pedro también, así no tendremos que aprender otro nombre, *cool*.

Pedro asintió resignado, intentando todavía sonreír.

—Bueno, Andy —continuó Pedro—, ¿te puedo ayudar en algo?

—Ah, sí —dijo sacando un billete arrugado del bolsillo—, mira, te dejo lo de la basura...

—Pero si todavía no ha acabado el mes —negó el portero con la mano—, hasta la semana que viene no tenías que molestarte.

—Bueno —respondió el joven—, pero te pago ya y así me olvido. Además quería pedirte la llave de la sala, para ir organizando la reunión de mañana.

—Ah, eres tú. Sí, claro, me avisó Pedro.

Pedro entró un momento al apartamento, cogió las llaves con un etiquetador de plástico azul y se lo entregó al joven.

—Mañana, te presento a los demás —le dijo el corredor—, les vas a ver muchas veces.

El nuevo portero asintió sonriendo. El joven hizo ademán de ir hacia la salida, pero se volvió como si hubiera recordado algo.

—Oye me puedes guardar la llave hasta que vuelva —le pidió finalmente— y, si no te importa las de casa también, así no voy tintineando.

El joven expresaba perfectamente la sumisión en el rostro. Era una orden, en realidad; una petición que debía aceptar ahora y en adelante, o someterse a una relación dificultosa. Pedro aceptó las llaves con la idea de subvertir esa relación a lo largo del tiempo. No porque le molestase, sino por puro afán lúdico.

—Ten en cuenta que si estoy sacando los cubos, tendrás que esperar un momento.

—No te preocupes, en media hora vuelvo.

Andy, se repitió a sí mismo el portero. Salió trotando del portal, satisfecho. Conocía a la perfección los horarios de la portería. Además de recogerle la basura, tendría que guardar las llaves cuando fuese a correr y cualquier otro pequeño favor que se le fuera ocurriendo. Le parecía un gesto interesante por parte de su nuevo cliente. Juzgó que era una de esas personas a las que les gusta dar un giro más al tornillo, pero siempre con una sonrisa. Dio gracias de no tener un concesionario, porque no se habría conformado con que le regalase las alfombrillas del coche. Empezaría, él también, por aprenderse los horarios del joven. En cuanto supiese qué días prefería salir a correr empezaría el juego. Lo primero que haría sería llegar dos o tres minutos más tarde a la portería, algo inocente, pero que hiciese esperar al corredor. Quería ver cómo se relacionaba con el control. Después, no lo repetiría durante un tiempo para que su rival pensase que había sido una excepción, una casualidad. Según se fuesen conociendo iría inventando más retos. Se preguntaba también por el contrajuego del joven; quizá se demorase los pagos, le intentaría entregar la bolsa de basura en mano, le sacase la bolsa amarilla en días que no tocaba... En definitiva, sentía curiosidad. Andy le parecía suficientemente inteligente para llegar a reírse de aquello. Ambos lo descubrirían.

04

El patio de armas del castillo se parecía a una corrala. Damas y cortesanos ondeaban banderolas y exhalaban vítores desde los balcones. Ninguno destacaba sobre otro, por el contrario: componían una masa sin rostro, animando con el estrépito simbólico que solo se da en los sueños. Sabía que había gritos pero no llegaban a sus oídos.

De la nada apareció un caballero enfundado en su armadura. La armadura de los brazos y el casco brillaban y la sobrevesta formaba una estela tras él, como si en lugar de ser agitada por el viento hubiera estado suspendida en el agua. De su cinturón extrajo una espada y la presentó en el aire a su público; la mantuvo sobre su cabeza y daba vueltas sobre sí mismo. Cuando bajó el arma, había un caballo cubierto con una gualdrapa a juego con la ropa del caballero. Los signos le eran familiares al mismo tiempo que no conseguía identificarlos del todo. El hombre enfundó la espada en la silla y subió al caballo. Había una puerta; le daba la impresión de que siempre había estado ahí, igual que el guerrero; la puerta descendió para formar un puente hacia el exterior. No había nada fuera; era un yermo de colores rosados sin ninguna figura que rompiera el horizonte. El rocín se elevó sobre sus patas traseras y el jinete volvió a alzar su arma como si siempre hubiera estado en su mano. Señaló hacia delante con la espada y cabalgó. Ella cabalgó tras él. Se desplazaban rápido y por un momento tuvo miedo de caerse. Su animal no tenía silla ni riendas así que agarró con fuerza y desesperación la crin.

Cuando se atrevió a alzar la mirada de nuevo, vio una cueva en el lugar al que se dirigía el paladín. El caballero se plantó delante de la cueva, gritando dentro de su yelmo; los caballos habían desaparecido. Había un bosque detrás de la gruta. La armadura del caballero relucía más que antes, incluso bajo la sobrevesta. Ele miró la oscuridad de la cueva fijamente. Había algo dentro de esa negrura y se movía. Se hizo esperar poco, pero la penumbra fue aclarando y pudo distinguir la forma reptil arrastrándose hacia el exterior. Al sacar el cuerpo de la hendidura, la sierpe creció hasta alcanzar un tamaño pantagruélico. Como si no le bastase, desplegó unas enormes alas de murciélago desde la espalda y desde detrás de la cabeza. Ella reparó en los retorcidos cuernos que apuntaban al infinito; nacían desde la parte trasera del cráneo del dragón. No eran astas de demonio, similares a las del toro, sino que se estiraban girando sobre sí mismos y formaban una suerte de varitas o lanzas, más parecidas a las representaciones clásicas del cuerno del unicornio. Ele se repuso de su impresión inicial y supo en ese momento que la bestia no era su enemigo. El caballero gritó y cargó contra ella y la tensión la sobrecogió. El enorme reptil elevó las patas delanteras, esquivando la estocada. Agitó las alas y el hombre salió despedido hacia atrás varios metros. El guerrero parecía un ratón al lado de su rival. Los movimientos del animal se asemejaban a los de un gato; sus ojos se abrían en una rendija igual que la de los felinos. El caballero se levantó con gran esfuerzo y volvió a cargar con la espada en alto.

—¡No lo mates!—se oyó gritar a sí misma, sin saber si se lo decía al caballero o al dragón.

El animal se giró hacia ella y le hundió su mirada sonriendo. La espada del caballero impactó contra una de sus patas delanteras y se rompió en mil pedazos como si estuviera hecha de cristal. Los brazos del caballero también parecieron estallar con el arma. Ele temió que hubiera muerto, pero el hombre —que había perdido su armadura casi por completo— se volvió a poner en pie señalando a aquel ser enorme con los brazos desnudos. Le reclamaba que había hecho trampas y que la lucha era de naturaleza injusta. Amenazaba al dragón con mil improperios sin sentido. La bestia parecía escucharle divertido, pero no replicaba el chaparrón de quejas. El que ahora parecía un felino con alas, miró a Ele de nuevo y arqueó las cejas como diciendo «¿y ahora qué voy a hacer?». Ella contuvo una carcajada. La cueva de la que había emergido el gato-reptil era ahora una torre que se elevaba hacia el cielo, como un dedo apuntando a la luna llena. Vio descender una mujer desnuda por la escalera que rodeaba la construcción. En el momento en que los pies de la dama tocaron el suelo se dio cuenta de que era ella misma, salvo que tenía una melena larguísima de color rubio platino; casi blanca. Tuvo miedo de que su gemela cabalgase el dragón y regurgitasen un infierno sobre el castillo, y tuvo miedo de que el caballero la matase. Podía ver claramente el vello púbico de la mujer resplandeciendo y sintió vergüenza de su desnudez en un cuerpo que no era el suyo. La mujer le dirigió una sonrisa desafiante, exagerando su falta de rubor e impidiendo que su infinita cabellera cubriera su sexo o sus pechos; colocó las manos en sus caderas y echó la pelvis hacia adelante, invitándole a observar su pubis con detalle; la vista, que había adquirido propiedades del tacto, podía percibir la suavidad del vello surcando la piel como delfines asomando del océano blanco entre sus caderas.

La doncella caminó hacia un arroyo en el que no había reparado hasta ese momento. Recogió dos jarras en la orilla y vertió el contenido de una de ellas sobre el agua; la corriente aumentó hasta que el arroyo se convirtió en un río. La luna llena se había convertido en una estrella gigante y la torre ya no estaba. En su lugar solo quedaba el quicio de la puerta recortado contra el horizonte. Se metió en el agua hasta estar a medio camino entre ambas orillas; cuando el agua le llegaba por el muslo, recordó al hombre de brillante armadura, del que todavía temía que la apuñalara. Al otro lado del río, ya solo estaba la enorme bestia. El dragón caminó hasta la puerta y se acurrucó junto a ella envolviéndose con la cola, tal como lo haría un felino. La miró de nuevo, sonriente, esta vez sólo con su ojo izquierdo; cerró el ojo y suspiró. Ele valoró si podía fingir que dormía mientras preparaba una emboscada para devorarla cuando estuviese cerca de la entrada. Miró la puerta y la puerta le devolvió la mirada; el miedo se apoderó de ella y despertó.

La insidiosa luz roja de su despertador fue cobrando la forma de un cuatro y dos ceros. Ele estaba en su cama, en su habitación, con su novio; sin embargo, se sentía como si fuera la primera vez que veía ese techo y esa lámpara. Nada tenía sentido. El hombre junto a ella —Andy, recordó— tenía el ceño fruncido; parecía muy concentrado dentro de su propio sueño. Se levantó de la cama despacio y fue descalza hasta la cocina. El frío en sus pies desnudos era una sensación desagradable, pero prefirió soportarlo antes que volver a la habitación y calzarse. Agarró un vaso de cristal y lo llenó de agua, acción que le trajo a la memoria la muchacha desnuda de su sueño. La nada de la puerta aún la llamaba estando despierta. No era una nada cualquiera, era su destino. Pensó en el dragón y sus ojos viajaron automáticamente hacia el patio de las mimosas; sus ojos tomaron el recorrido hacia la salida y se detuvieron sobre la portería vacía. Allí dentro había un hombre dormido. Un hombre al que había conocido, o pensado conocer hace mucho tiempo. El autor de un libro que le había hecho tomar una serie de decisiones vitales como por ejemplo estudiar historia del arte.

Fue a verle en la firma pública de la librería francesa con nombre impronunciable para los madrileños; la de la plaza de Callao. De alguna manera el edificio le recordaba a un barco que asomaba su morro al espacio abierto de la plaza, donde estaba la boca del metro; igual que lo hubiera hecho si se tratase de un navío, confundía babor y estribor y se desorientaba. La estructura de puertas enfrentadas entre sí hacía que nunca encontrase la escalera mecánica de subida al primer intento. Como una memoria esquiva, no conseguía acordarse de cuál de las dos calles tenía que tomar para entrar directamente al pie del mecanismo. Ele había vivido el 15M con el romanticismo de lo que se nos escapa. Era demasiado joven para participar en el movimiento y se lo había perdido. No obstante, le había fascinado. Se había paseado por esas mismas calles años atrás, convenciendo a sus amigas de que la acompañasen. Siguiendo las instrucciones de sus padres, nunca se acercaba mucho por si la policía cargaba contra los manifestantes. Era un circo. Paseaban un rato por la Puerta del Sol, mirando de lejos, retándose entre ellas para acercarse más y más a aquel espacio variopinto, lleno de personas desconocidas y a la vez cercanas. Sabía que aquello era un suceso grande, un punto de ruptura; quería habitar su tiempo, ser partícipe de la revolución que suponía, pero sabía que era demasiado joven para ser parte de aquello. Cuando el libro salió a la venta ya tenía edad para agarrarse a algo, aunque fuera mitad escándalo, mitad misterio. Reflexionaba ahora, calculaba entre cinco y seis años más tarde, que el libro estaba en el mercado sin estar en el mercado. Era una invasión del imaginario colectivo y su lenguaje. La novela se había colado haciendo abuso de la adicción de los ciudadanos por las emociones fuertes, sin importar si eran positivas o negativas; el autor había aprovechado un cúmulo de circunstancias para publicitar sus ideas, peculiares o comunes, y se justificaba en que era el mismo atropello emocional que ejercían los políticos y la prensa para grabar sus mensajes en la mente de los votantes. Cuando entró a la firma, poco más que esperaba un titán, o una gorgona dando una charla, pero lo que encontró fue un hombre común y con gafas, de aspecto amable por añadidura. El mismo hombre común que ahora sacaba los cubos de basura y esperaba al anochecer sentado dentro de la pecera de la portería. Cuando el escritor empezó a hablar y responder las preguntas de los lectores, Ele sintió que su corazón se debatía entre la figura que había imaginado al leer el libro y la persona real que tenía delante; insistía en acercarse y alejarse contemplando ambas realidades, como si lo mirase primero a través de los prismáticos y luego sin ellos.

—Y tú, ¿qué piensas? —Había sido la respuesta del autor.

Ele no recordaba la pregunta que ella misma había formulado ni lo que respondió a la pregunta del ponente; lo que sí recordaba era darse cuenta de que había hecho la pregunta para llamar la atención, para que el autor supiera que estaba ahí y que ella también existía y apreciase su inteligencia. También recordaba los ojos de Pedro Sánchez, y su sonrisa; su sonrisa que la reconocía como un ser vivo y pensante y a la vez le conminaba a hacer preguntas sobre las que realmente quisiera conocer la respuesta. Lo mismo le había sucedido esa tarde. Cuando se repuso del impacto emocional al encontrarse con el nuevo portero y darse cuenta de quién era.

—Y tú —le preguntó—, ¿cómo prefieres que te llame?

—Ele —respondió reflexiva—, yo prefiero Ele.

Y de repente todo su mundo confluyó en ese instante, en esa decisión. Todo lo que había olvidado a lo largo de esos años, todo lo que sentía perdido, había sido capaz de recuperarlo con un solo paso. «Con cariño, para Ele», había firmado en su ejemplar. Era un imposible —se dio cuenta en ese mismo instante— que el escritor recordase su nombre o su cara entre tantos nombres y tantas caras de nuevos dueños de su libro; con honestidad, se dio cuenta de que esa racionalización no le sacaba la espinita. Le hubiera gustado que la recordase, a través de los años y los cambios. En cualquier caso, no se atrevió a confirmar que era él, ni a decirle lo que le había dado su relato. Ele se identificaba con aquel libro; incluso las partes que no hablaban de ella, de alguna manera, sentía que también lo hacían.

Volvió a la cama en silencio. Se puso unos calcetines y se tumbó junto a Andy. El reloj marcaba las cuatro y dieciséis. Al día siguiente tenía que trabajar y se le iba a hacer larguísimo. Si conseguía dormirse en ese momento, podría rapiñar una o dos horas de sueño. Era menos que nada. Las cuatro y dieciséis... Las cuatro y diecisiete le parecía una hora extraña para dormirse o para cualquier otra cosa; tenía ese aspecto de imperfección similar a una arruga en una cama recién hecha, una barra de pan dada la vuelta, o un mantel que no estaba perfectamente cuadrado con la mesa. Pensó que como pronto podría dormirse a las cuatro y media, que era una hora más redonda. Pensó en la tremenda estupidez de esperar a que las horas fueran perfectas para empezar a hacer las cosas. Levantarse a las siete, ¿por qué no a las siete y siete? Sucedía lo mismo cuando estudiaba; era una especie de juego de la rayuela en el que no se pueden pisar las líneas; si se distraía mirando el móvil y eran «y diecisiete» o «y diecinueve», se veía forzada a retomar el estudio a «y media» perdiendo once o trece minutos más, solo por la falta de carácter de los números en el reloj. «A y media» era una fracción fuerte; «y cuarto», o «menos cuarto» eran fracciones bastante puras también, pero las sentía más débiles. Otras fracciones de las horas le parecían impensables y, desde luego, los momentos que no acababan en cinco o en cero estaban descartados por completo. Era una estupidez, sí, pero una estupidez colectiva. El inicio de las clases o las jornadas laborales empezaba siempre a «en punto», como tiene que ser. No había visto nunca ninguna actividad que comenzase a «y siete». «Aquí termina nuestro programa de hoy, y como siempre les esperamos mañana a la misma hora: a las cuatro y siete, en su canal favorito». La sociedad estaba obsesionada con la hora perfecta. La sociedad estaba esperando que un cuco fantasmal le indicase el momento de actuar. El calendario también estaba sometido a aquella esclavitud inconsciente. Hacía quinientos veintinueve años del descubrimiento de América y nadie lo estaba celebrando, ni preveía que lo celebrasen hasta dentro de setenta y un años; como mínimo veintiún años. «Celebramos el quinientos cuarenta aniversario de la partida de Cristóbal Colón desde La Gomera» sonaba a mala campaña de turismo, a desesperación y falta de dignidad. Pensó, en ese momento, que una persona capaz de dormirse a las cuatro y veintiuno era una persona capaz —y digna— de conquistar el mundo. No lo consiguió.

La almohada estaba caliente ya. Andy seguía durmiendo ajeno a estas disquisiciones. Por un momento se le ocurrió hacerle el amor. Hacerle el amor consciente de que esa sería la última vez. Había algo de traición en su sueño. Dejar a Andy suponía contravenir sus idea de «pareja», «lealtad» y «compromiso». En cualquier caso, había sido él quien había iniciado el conflicto, meses atrás, replanteando el concepto «fidelidad». Al igual que había reflexionado sobre las horas, sentía que todas aquellas ideas constreñían los abstractos «libertad» y «felicidad». Cuando una pareja rompe, siempre hay uno de los dos que se lleva una sorpresa. Uno de los dos lo sabe y lleva meses dejando al otro. Uno de los dos elige su momento perfecto, y al otro le toca quedarse soltero a «y diecisiete». El libro que Andy había arrojado sobre la mesa hizo temblar todos esos conceptos para Ele, y ahora era ella quien sacudía el mantel mirando además lo que había debajo. Su mente se escapó hacia la oficina a la que tampoco quería volver. Pensó en ir al médico y pedir la baja por insomnio. No era una mentira, aquello no tenía un nombre distinto a ese. Una maraña de pensamientos comenzó a agolparse contra la pared interior de su frente, unidos entre sí por el sentimiento de culpa.

Tirando del hilo, pudo ver las palabras «profesionalidad», «madurez», «honestidad» y «compromiso» otra vez. Después del fiasco del puesto de mando intermedio, se preguntó si faltar al trabajo lo verían como una venganza, una agresión por parte de su empleada descontenta. ¿Lo verían como una estrategia? Una mala estrategia sería; una reacción completamente emocional e infantil, faltar al trabajo por ver sus deseos incumplidos. La profesionalidad era otra cosa; la profesionalidad era aguantar los bofetones sin llorar, como una niña mayor, aunque no los mereciese. Sin llorar y sin replicar. La libertad de expresión muchas veces se encuentra con la libertad de despido. Bueno, en realidad los despidos son caros. La libertad de expresión muchas veces se encuentra con la libertad de acoso no demostrable ante un juez ¿Era la ansiedad que le había causado insomnio fruto de su trabajo? ¿De su vida privada? Médicamente, no importaba. Tenía ansiedad y tenía insomnio, pero se sentía culpable porque su ansiedad personal afectaba al balance final. No sabía qué encuentro de porcentajes de ansiedad personal con ansiedad laboral era la justa para no sentirse culpable por faltar al trabajo. No quería ir a la oficina, quería pasar la mañana durmiendo, pero su novio estaría por la casa e intentaría cuidarla, y ella tampoco quería eso. No quería pasar la mañana con Andy. Ni con sus padres. Quería pasar la mañana sola, consigo misma, con sus reflexiones. Quería ir a un parque y leer; quizá el libro de Pedro Sánchez, si lo encontraba.

Se levantó de la cama una vez más. El hombre que dormía junto a ella se revolvió levemente, se dio media vuelta y siguió durmiendo. Por un momento le odió, a él y a todo su género de brutos que dormían con la consciencia tranquila. «No es culpa mía que te comas el tarro, Ele»; casi podía oírle diciendo. Pues quizá no lo es, pero tranquilo que tengo pensado no pensar mucho en ti de ahora en adelante. En ti ni en tus libros, ni en tu vida de foto vitrina expuesta en las redes sociales. Los calcetines le protegían parcialmente del frío suelo, esta vez. Aquellos pensamientos no eran sanos, ni justos. Obviaban todo el tiempo maravilloso que había pasado con Andy; todo lo que había aprendido estos años gracias a él. Quería dejarle, pero no de una forma tóxica, ni con una bronca, o recriminación. Quería regar esa parte de sí misma que se encargaba del agradecimiento. Quería crecer, no menguar. Había sido mucho más fácil en el sueño, en el que el caballero desaparecía, simplemente. En ese sentido es mucho más llevadero conocer a alguien que despedirse. Cuando alguien entra en nuestras vidas, surge de la nada y se va haciendo hueco, y cuando sale, esa nada que no significaba nada, se convierte en ausencia. «Ausencia», el nombre de pila de las nadas dolorosas. Ele no contaba con Andy cuando le había conocido y le parecía una injusticia tremenda que unos pocos años tuvieran mucho más peso que otros muchos más que había vivido sin él. Le iría bien, no le cabía duda; a fin de cuentas, Andy llevaba meses pensando —como mínimo eso— en acostarse con otras personas. Ele llegó al salón y se enfrentó a la estantería. Sus libros estaban enzarzados con los de Andy en una lucha por el espacio; apretados Murakami contra Dalí, Marx y Engels contra Alphonse Mucha. En la estantería de arriba, Picasso sometía a una colección de libros de Dostoievski por fuerza del tamaño, con condescendencia. Anna Karenina se había infiltrado entre aquella manada de compatriotas e intentaba respirar contra el borde; entre Anna y la pared de la estantería había un vacío sutil, que indicaba que había un libro escondido; un libro que había ido hacia atrás en la estantería dejando protagonismo a otros libros más mayores. Un hueco que coincidía a la perfección con lo que buscaba. Introdujo el índice empujando con todo respeto a un ruso contra el otro y encontró los cantos del papel devolviéndole la caricia. Al tirar, descubrió el lomo blanco y negro que buscaba y lo extrajo de su refugio para tímidos. «Para Ele, con cariño», decía en la página de cortesía. Con el frío cariño que puede tener un escritor para con los lectores a los que no conoce. Lectores que componen una masa de rostros difuminados muy similar a las que vemos cuando soñamos. Lectores cada uno con su propia vida que el autor —por mucha imaginación que tenga— es incapaz de conocer. Para ser justos, Ele tampoco imaginaba la vida de Pedro Sánchez y jamás hubiera concebido verle trabajando de portero en su edificio. Una vez más, comparaba sus ideas sobre aquella persona a través de la lente primero, y sin el aumento después. La iba a conocer, ¡vaya si la conocería! Y le volvería a firmar el libro —pensó con intención de travesura—, pero esta vez le pondría una firma mucho más personal. Ele se sentó en el sillón sobre sus propios tobillos, encendió una lámpara ignorando a su bello durmiente y volvió a leer su vida con unos ojos muy diferentes a los de la primera vez.

05

«Todo comenzará con una gota rompiendo la superficie del agua». Pedro se percató que era un concepto muy trillado y además un poco ñoño. Le acudió el recuerdo de la versión cinematográfica de Dune, obra de Frank Herbert. No recordaba el nombre del actor protagonista, el actor fetiche de David Lynch; sin embargo Sean Young... Sean Young le hacía dar vueltas la cabeza desde siempre. Se le mezclaba un poco con las imágenes mentales de Blade Runner, pero sarna con gusto no pica. Deslizó el índice y el pulgar a lo largo del tabique nasal, levantando sus gafas hasta que tocaron su frente. Se acariciaba las marcas en la piel que le había dejado la montura, entre el puente de la nariz y esas pequeñas semillas de manzana por donde escurren las lágrimas. Lagrimales. Esa era la palabra. Había pasado la mañana leyendo y la tarde viendo películas y, a pesar de las gafas de ver de cerca con protección específica contra la luz de las pantallas, tenía los ojos cansados.

Lanzó la vista hacia el infinito esquivando las cortinas de gasa y rozando el marco metálico de la ventana; buscó el hueco para esquivar el edificio de enfrente y conseguir que sus ojos llegaran lo más lejos posible; no era mucho más lejos, pero al menos encontró un árbol que refulgía en colores fantásticos bajo la iluminación urbana. Apartó la cortina con la punta de los dedos unos centímetros escasos, sin lograr un resultado mucho mejor. Apoyó la cabeza en la mesa, en el reducido espacio que le dejaba el portátil. Buscaba un trozo de cielo, pero las farolas formaban una capa tostada de luz que le impediría ver las estrellas. Lo más oscuro que alcanzaría a ver sería el color violeta; nada de negro infinito espolvoreado de minúsculos astros parpadeando. Se concentró en el poste de la farola más cercana; «apágate», pensó. No funcionó. Llevó su mano derecha hasta la sien forzando la frente con dramatismo; «apagaos todas», les ordenó. Las bombillas no se apagaron. Sopló un ticket del supermercado que estaba sobre la mesa y éste sí se movió; como le había explicado su psicólogo hace años, un pensamiento tiene menos fuerza que un soplido. Aunque hubiera conseguido que todas las farolas de la calle obedecieran, Madrid generaba suficiente contaminación lumínica para cubrir la bóveda celeste.

Se incorporó y lió un cigarrillo. Acto seguido, se levantó de la silla, abrió la ventana y colocó levemente el cenicero. No había para el objeto otra posición mejor en la repisa, sólo era un gesto compulsivo de fumador; uno más. Encendió el cigarro y sopló la primera bocanada de humo hacia la lámpara de la calle; siguió la espiral caótica con la mirada hasta que se deshizo en la luz de la farola. La semana había pasado rápido y su fin de semana largo había volado. Dobló la pierna y se recostó sobre el radiador. El metal estaba frío y le resultó agradable.

Dos días atrás había llevado las cajas que le faltaban a la casa, aunque muchas seguían sin abrir. A última hora, Fermín le ayudó a descargar el coche. Así es como se enteró de que libraban en viernes alternos. Desde luego, la promotora pensaba en todo. Le invitó a unas cervezas y charlaron un rato. Un buen tipo ese Fermín, una persona sencilla. El chaval del dieciocho había salido a correr el lunes, miércoles y también ese viernes. Le saludo con una sonrisa, aunque no le pidió que le guardase las llaves. Era un alivio pensar que el chico tenía límites. Tampoco se lo pidió al vigilante de los fines de semana, Walter. Dos viernes alternos, Andy corría tintineando con las llaves metidas en un bolsito atado a su muñeca y no se moría por hacerlo. La semana siguiente confirmaría sus horarios y posiblemente la tercera semana empezaría a incordiarle con sus pequeños juegos. Aunque había nuevos factores en la ecuación. La novia del chico era la persona más amable de la colonia; se había parado a hablar con él todas las tardes y le saludaba usando su nombre. Se preguntaba si era un hábito que había cultivado con el viejo portero o era espontáneo. Por unos días se planteó presentarse como Sánchez en lugar de Pedro, para huir de esa desagradable sensación de heredar un jersey viejo. Era una tontería. Hacerlo, además, incrementaba las probabilidades de relacionar ambos apelativos y comenzar las bromas con el presidente del gobierno. También abría la posibilidad de que alguien le reconociese como el escritor de la polémica. En un momento dado, llegó a pensar que Ele le había reconocido; no obstante, la chica le parecía demasiado joven como para haber estado en alguna de las presentaciones de sus libros. Quizá rondaba los doce cuando publicó y su novela no le parecía atractiva para la gente de esa edad. La chica tenía algo especial, lo admitía. Le era familiar en un modo que se le escapaba. Quizá le recordaba a Eva porque su nombre también tenía tres letras y empezaba por «e». Lo más probable es que se debiese a las reuniones de los martes. El grupo estaba compuesto por cinco personas contando con la pareja residente. Calzaban un activismo muy estético, muy redes sociales, muy limpio. El líder del grupo era Andy, por supuesto. Se le veía a través del escaparate, casi todo el tiempo de pie, dando charlas a sus alumnos; al cabrón debía gustarle escuchar su propia voz. Ele no contribuía a hacer que le cayese mejor, sino más bien lo contrario. Le parecía injusto que una chica tan maja estuviese con un petimetre de calibre. También le parecía injusto hacer juicios de valor sobre el chico sin conocerle de nada, pero no podía evitarlo. Ella parecía distraída en la reunión, apática; le saludó con una sonrisa cuando le veía cruzar el patio con los cubos; Pedro sentía que era su forma de escapar de la presencia de su novio. Juzgaba que Andy podía ser buen tío para un rato, pero vivir con él tenía que ser un pelmazo. Para el resto de los asistentes tenía que ser entretenido el espectáculo, sin embargo, ella tenía que volver con él al apartamento y seguir aguantando la chapa. El chaval también se había dado cuenta de que le había saludado e imitó el saludo de ella. Pedro les había sonreído también, por supuesto. No ver, no escuchar, no hablar. Le recordaba a Eva porque debía tener la misma edad que ella tenía cuando se conocieron. Mucho, mucho tiempo más tarde tuvieron una relación. Demasiado tiempo más tarde a tenor de la felicidad que recordaba. No había un minuto de más en su nostalgia; ni siquiera le sobraban los de la tarde en la que le dejó. Ojalá más dolor de ese tipo: del que se siente cuando se ama. Eva le dejó por cobarde y no se había vuelto a enamorar también por ese motivo. Al menos él se sentía así. Si pudiera reparar a Andy con un poco de cinta americana, sobre ella escribiría: «aprende a perder un poquito y así no lo perderás todo». No se podía culpar al chaval, era su cultura. Atribuía a Jiddu Krishnamurti las palabras «estar perfectamente sincronizado con una sociedad enferma no es un síntoma de salud». O algo así. Apretó el cigarrillo contra el cenicero y cerró la ventana.

Se metió en el baño y extendió un goterón de pasta de dientes sobre el cepillo. Detrás de su brazo derecho no había nadie cepillándose junto a él. En una ocasión, Eva escupió una abundante mezcla de pasta de dientes, saliva y agua sobre su mano derecha; un accidente que les dejó a ambos ojipláticos, mirándose el uno al otro a través del espejo. Pedro iba a abrir el grifo y en ese momento Eva, distraída, decidió aliviar su carga bucal. Tras unos segundos de sorpresa, Pedro le preguntó:

—¿Has estado viendo porno alemán otra vez?

No sabía si había sido el chiste o su cara, pero Eva no podía parar de reír. En la primera carcajada, Eva roció pasta de dientes por el espejo y el lavabo, después se cubrió prudentemente la boca. Quiso volver a escupir en el lavabo y Pedro la mantenía alejada con una mano.

—Es el karma —le repetía entre risas—, a veces uno tiene que ser el karma.

Finalmente, Eva le escupió sobre la camiseta y la lucha fingida acabó en la cama. Si iba a pensar otra vez en Eva, más valía que lo hiciera con un orden; de otra manera los recuerdos podían devorarle. Faltaban solo unos días para el aniversario del 15M; en consecuencia, faltaba menos de un mes para el aniversario del día en que Eva le dejó. No sabía con exactitud cuántos años habían pasado; diez, once, quizá trece... Nada surge de repente, sino que llega un momento en el que se manifiesta y no podemos seguir obviándolo. Seguramente, las decisiones de Eva llevaban madurando mucho tiempo y Pedro había sido incapaz de verlo. ¿Hubiera intentado cambiar algo? Desde luego. Todos manipulamos las relaciones para llevarlas hacia donde queremos ¿Era egoísta ese parecer? Mucho. De forma consciente, Pedro pensaba que Eva era perfecta como era y no deseaba desviarla un ápice de su forma de ser. Es ahí donde entran los miedos y las pulsiones, y todas esas estructuras —heredadas o construidas por nosotros mismos— que componen nuestra mitología, nuestro imaginario, y nuestro concepto de necesidad. El 15M era la manifestación de un descontento que llevaba gestándose años. Antes de 2008 ya existían problemas sociales, pero cuando estalló la crisis bancaria, nos fue imposible ignorarlos durante más tiempo. Cada vez más y más personas se sentían indignadas. Así es como se les llamó en primera instancia, «los indignados» haciendo referencia al libro de Stéphane Hessel, con prólogo a la edición española de José Luis Sampedro. No recordaba el contenido del libro; al igual que otros muchos otros sentimientos y recuerdos, aquel había sido arrollado y sepultado por el curso natural de la existencia. Cuando Eva le dejó, entró en depresión y comenzaron las alteraciones del sueño; los años posteriores los recordaba como una vigilia eterna, como si hubiera vivido con un solo ojo abierto. Solía confundir el 15M con el 11M, que hacía alusión al atentado terrorista de Atocha en 2004, y de alguna manera sentía que estaban relacionados. Su hermana le había contado que, justo antes de salir de casa, su sobrina se orinó encima; esta casualidad impidió que cogiera el tren. El 11M, a su vez, guardaba un vínculo más fuerte con el 9/11, el atentado de Nueva York. Pedro no era muy aficionado a la historia, porque al fin y al cabo es otro tipo de novela; concretamente, una novela que solía parecerle inverosímil; y aburrida como consecuencia directa. No obstante, esos habían sido los grandes sucesos de su época y le parecía imposible que no estuvieran relacionados. Después del atentado de las Torres Gemelas, el corazón del imperio occidental, bajo el gobierno de George W. Bush hijo, decidió iniciar una guerra en Afganistán, donde creían que se ocultaba Osama Bin Laden, quien reclamaba la autoría de estos hechos. Recordemos que su padre, George W. H. Bush, ya había sido presidente y había promovido la incursión en el medio oriente al igual que lo hizo en su día Jenofonte. A ese efecto, los griegos —que debieron haber patentado la democracia en su día y no darla gratis al mundo— le parecían mucho más honestos. Jenofonte, en su crónica «Anábasis», resume que fueron a Persia para hacerse ricos haciendo la guerra y lo explica, sencillamente, diciendo que rapiñarían el oro de sus enemigos y obtendrían renombre al matarlos. La familia Bush debía sentirse muy orgullosa, habiendo sido padre e hijo presidentes, en un tiempo en el que estaba pasado de moda que el gobierno de un país fuese —salvo anécdotas— hereditario. Posiblemente esto tuviese su origen en la época Reagan, o en el abandono del patrón oro, o incluso antes, pero no quería extenderse en ese pensamiento. Le parecía que esos sucesos tenían relación, obvia en el caso del 11M, sutil en el caso de la crisis bancaria de 2007, y fina en el caso del 15M.

¿Era esto el motivo de su indignación? No, no lo era. La indignación, como otras emociones o sentimientos o como lo queramos llamar, nace de una maraña de pensamientos no expresados y no expresables. La indignación nace de la decepción de los niños. La justa indignación de la inocencia. Cuando Pedro tenía tres o cuatro años, su hermana le sacó de paseo; iba también su primo, y la abuela de los tres les dio un dinero para que tomaran algo; a medio camino, la hermana de Pedro le preguntó si quería una bolsa de gusanitos; al pequeño Pedro le gustaban los gusanitos, así que aceptó con alegría el regalo (no sabía nada de Troya). Cuando llegaron a la heladería, su hermana y su primo pidieron un helado; Pedro reclamó su helado. En ese momento su hermana le informó que no le correspondía helado porque ya había comido gusanitos. El niño era demasiado pequeño para reclamarle que, en primer lugar, nunca le dio a elegir entre los gusanitos y el helado; en segundo lugar, el trato era injusto a todas luces, ya que el helado era más caro que los gusanitos, ergo el reparto de bienes comunes había sido desequilibrado. El niño, incapaz de expresar estos pensamientos complejos, se puso a llorar en la heladería. Esa fue la primera vez que Pedro se manifestó en público. Se puede despreciar la reclamación de un niño al que consideramos ignorante y se puede convertir la palabra «inocencia» en un insulto. Eso no va a hacer que nuestras acciones sean correctas. De la misma forma, lo que llamamos contrato social, había sido vulnerado. Los ciudadanos confiaban en la sociedad, en el sentido de acatar las normas no escritas que se aprenden por convivencia. En teoría, si uno estudia, trabaja y cumple la ley, aunque no la conozca, debe llevar una vida digna. En la práctica, los que calificaron al 15M de movimiento antisistema, habían dinamitado esas premisas. El gobierno llevaba mucho tiempo ignorando a los ciudadanos. Ignoraron cuando el pueblo se manifestó contra la guerra de Irak y quisieron mentirles tras el atentado de Atocha, achacando la autoría a la banda terrorista local. El partido gobernante de entonces fue protegido por la oposición. Como dicen los ingleses «ninguna buena acción queda sin castigo». No obstante, aquella fue la primera vez que los españoles se dieron cuenta de su fuerza. Esa misma oposición llegó al poder con el consenso mayoritario de los votantes y ostentaban el gobierno cuando estalló la crisis económica. La dureza del golpe fue máxima en los países del sur de Europa e Irlanda y, como siempre, la derecha resurgió alimentándose del miedo, al igual que los hongos medran en la oscuridad. Lejos de ayudar a los que les habían protegido, la derecha española recrudeció el debate echando sobre los hombros del presidente de entonces, la responsabilidad por las carencias económicas globales. Alcanzaron el poder de nuevo con el apoyo de los ciudadanos. Don M. Rajoy prometía no recortar en sanidad, educación y pensiones. Don Alfredo Pérez Rubalcaba le reclamó en el debate televisado que si decía lo que realmente pensaba hacer, no le votarían ni los afiliados de su partido. Y tenía razón. «He hecho lo que en conciencia me ha parecido correcto», fin de la cita. El programa del gobierno español no se ajustaba a las demandas de sus socios alemanes y con esa excusa tocaron la educación, la sanidad y las pensiones. Estos recortes se les reclamaron más tarde, durante la crisis del Coronavirus, pero ellos los ignorarían señalando la mala gestión de Pedro Sánchez; eso en castellano se llama «tirar la piedra y esconder la mano».

Pedro comenzaba a recordar la indignación. El paro y la degeneración de las condiciones de trabajo, los desahucios, el rescate a la banca en lugar de a los ciudadanos... El reloj marcaba las nueve y veinticuatro, y aquello no le venía bien. Abrió el cajón de la mesilla y comprobó que le quedaban algunas pastillas para dormir y la fecha de caducidad de las mismas; volver a tomar fármacos le suponía muchas cosas. Suponía, por ejemplo, que debía dejar de tomar café. El café era algo que daba por sentado; el café era el símbolo de que todo estaba bien. El café era un lujo y lo sabía ahora, años después de su gran depresión. Se puede salir de la depresión, se puede salir de la ansiedad, pero deja marcas. Deja hábitos y miedos que no tiene cualquier persona; aunque «cada día los de más gente»; cada pequeño arrebato de tristeza nos recuerda la herida mental, el infierno que hemos pasado y el miedo a volver al infierno. Tenía a mano su alijo de soma, aunque no conservaba la novela de Huxley. ¿Podía dejar esos pensamientos de lado? La pregunta no era exactamente esa, la pregunta era si podría romper la relación inconsciente que había creado entre Ele y Eva; entre los revolucionarios de salón de té con pastitas que se reunían en el edificio y el movimiento del 15M. La respuesta era no. No podría. En aquel mismo momento quería romperle la cara a Andy. No era civilizado, justo, ni profesional, pero era lo que había. A las emociones les da igual la imagen que quieras tener de ti mismo. Se sentía compelido a hurgar en el pasado y limpiar el pus para prevenir infecciones en su rutina. Para ser totalmente honesto consigo mismo, debía admitir que había guardado a Eva en un cajón porque no estaba preparado para afrontarlo en su momento; diez años más tarde, debía enterrar sus cadáveres y rezar para que no le matase el olor al abrirlo.

Pedro y Eva eran la parte bonita de los indignados. No habían perdido el trabajo ni la casa. Algunos amigos cercanos se habían visto obligados a volver a vivir con sus familiares. Ninguno, gracias a Dios, había pasado a engrosar el creciente número de suicidios. Comenzaron a participar en las iniciativas de barrio por empatía. Los ciudadanos quisieron llevar varios debates al congreso. Recordaba, dolorosamente, la propuesta de reducir el gasto público haciendo que los políticos dejaran de viajar en primera clase y comprasen billetes en clase turista. El congreso accedió a votarlo y lo rechazaron de plano. Era como dejar a un niño que votase si quería recoger los juguetes e irse a la cama a las nueve, o dejar de beber el refresco azucarado y sustituirlo por una manzana. Había ejemplos al respecto. En el ayuntamiento de Torrelodones —una población nada sospechosa de ser un nido marxista— habían expulsado a los políticos profesionales del gobierno; se puso a cargo un grupo de vecinos con buena formación y buena voluntad, y el ayuntamiento entró en superávit casi inmediatamente. El caso de Islandia era difícil de encontrar en la prensa. El pueblo islandés tomó la decisión de llevar a los responsables ante la justicia y no pagar la deuda. Eran un ejemplo que no convenía. No convenía que el resto de los habitantes del planeta se negasen a asumir la responsabilidad por una codicia de la que no eran partícipes. De ese hoyo había que salir empujando todos en la misma dirección, aunque fueran sólo unos cuantos los que nos habían metido; aunque sólo unos cuantos habían sacado provecho y seguían sacándolo. No había nadie a quien culpar, era el mercado, amigos; sin embargo sí había quienes debían pagar la factura. La legislación impedía tomar como garante los ahorros de las familias, así que hubo que poner esos ahorros a disposición de nuestros acreedores convirtiendo las cajas en bancos. «Hemos vivido por encima de nuestras posibilidades», nos decían. Nuestras posibilidades habían sido siempre pedir créditos; pocos en nuestra sociedad podían comprar un piso sin pedir una hipoteca; las condiciones de estas hipotecas eran draconianas: si no podías pagar las letras, el banco se quedaba con la casa y el contratante conservaba aún la deuda; este punto del contrato lastraba la economía de cualquiera que hubiera tenido un tropiezo en la vida; en aquel momento, de una parte importante de la población. Los ciudadanos querían llevar ese debate al congreso y la clase política negaba rotundamente con la cabeza. No se podía. No se podían revisar los compromisos sociales que los ciudadanos habían adquirido. Era muy extraño, porque del otro lado sí se revisaba cualquier garantía del estado de bienestar que hubieran tenido los ciudadanos. El sentimiento de frustración, impotencia, injusticia. El mercado exigía un rescate del bolsillo del ciudadano y el ciudadano obtenía... el ciudadano simplemente obedecía. En estos términos, en estos tiempos de redes sociales, se produjo la magia del siglo veintiuno: esta situación vergonzante, este fracaso que todos queríamos ocultar, se empezó a compartir, a hablar, a socializar. Una multitud de personas con los mismos problemas se empezó a dar cuenta de que no eran problemas personales, sino consecuencia de la estructura defectuosa del sistema. Los grupos de afectados se organizaron para salir a la calle a protestar; era raro el mes que no había tres o cuatro manifestaciones. El gobierno seguía ignorando a su pueblo y el pueblo tenía peso político cero una vez se les había ordeñado el voto. El 15M fue una manifestación convocada por la plataforma «Democracia real, ya», cuyo nombre señalaba esta aberración. El grupo de amigos de la pareja, había quedado en Antón Martín para tomar algo cerca de la filmoteca; bajarían andando hasta Atocha para recorrer la Castellana hasta Cibeles; era el mismo recorrido en el que Pedro y Eva se conocieron muchos años atrás, durante la manifestación del «No a la guerra». No estaban solos: muchos grupos de distintos tamaños afluían calle abajo hacia la plaza donde se conmemoraba a las víctimas del atentado. En general, había un clima de alivio, de decisión y alegría. Se avecinaban elecciones así que el partido en el gobierno quería mantener la imagen pacífica que se espera de los demócratas; la naturaleza de la manifestación era civilizada, a pesar de que en otros países, con un porcentaje de desempleo inferior al de España, habían ardido coches por las calles. Pedro vio un grupo de jóvenes tonteando mientras pintaban sus pancartas reivindicativas y llegó a la conclusión de que a la vida le da lo mismo el sentido de trascendencia de los humanos; la vida demanda vida y aprovecha cualquier excusa para exigir su tributo. La manifestación siguió su recorrido con muy pocos incidentes. Las pancartas rezaban cosas como «no hay pan para tanto chorizo», «no nos representan», «no podemos apretarnos el cinturón y bajarnos los pantalones al mismo tiempo», «sin casa, sin trabajo, sin pension, sin miedo», «no es una crisis, es una estafa», etc.

Al llegar a la Puerta del Sol, hubo discursos de los organizadores enumerando los motivos de la congregación, las reivindicaciones que le hacían a un gobierno que miraba a su pueblo condescendientemente. Los grupos se fueron disgregando, pero quedó en el aire una necesidad de prolongar la fiesta. Muchos se resistían a irse de la plaza, incluido su grupo de amigos; al fin y al cabo, ¿tenían algo mejor que hacer? No iban a ir a su casa a ver su tele porque ahora eran la casa del banco y la tele del banco. Muchos no tenían que ir a trabajar al día siguiente, ni al otro, ni al otro. Fueron los más jóvenes, la gente que rondaba los veinte y veía venir un futuro gris, los que clavaron su bandera en la plaza. Las propuestas cortoplacistas del gobierno les condenaban a ser empleados por cuenta ajena con sueldos y condiciones reducidas. Por primera vez en muchos años, el empleo era tan precario que ni siquiera garantizaba tu independencia del núcleo familiar; ni que decir tiene que imposibilitaba pensar en fundar tu propia familia. En vista de esto los Jóvenes se quedaron. Pedro tenía que trabajar al día siguiente, pero Eva quería quedarse un rato más. Ella llegó a casa de madrugada e hicieron el amor.

Al día siguiente, la prensa española lo comentaba de pasada. Sin embargo, las redes sociales estaban ardiendo. La noche del dieciséis de mayo al diecisiete de mayo, el gobierno cometió un error de cálculo gravísimo: valoraron que un centenar de manifestantes, jóvenes, sin recursos, vestidos con camisetas, aislados, serían fáciles de dispersar; enviaron a la policía a sacarles de allí. Cosa fácil. El problema es que el gobierno no tuvo en cuenta factores como... ¿Cómo explicarlo? Cuando tu padre coge el mando de la tele y a ti te da agobio porque tarda demasiado en comprender la información que está viendo; tu sabes que no os interesa, pero él tarda todavía un rato en decidirlo. Los jóvenes de la plaza habían crecido en un medio tecnológico cambiante, en el auge de las telecomunicaciones. Los políticos, cuando eran niños, iban a casa de sus amigos y tocaban el timbre para que salieran a jugar, si estaban y si sus padres les dejaban. Para ellos un ordenador era una máquina de escribir con pantalla, e internet era una especie de televisión. El día 17 de mayo se encontraron la Puerta del Sol llena hasta la bandera; es una forma de hablar porque en realidad no había bandera, lo que para los dirigentes era, a falta de otra palabra, inquietante. Este problema lo tuvo también la prensa, que decidió no informar hasta saber si era del interés de sus suscriptores polarizados. Ese día, la manifestación seguía llamándose 15M y esa noche decidieron quedarse, de alguna manera para siempre. Eva estaba fascinada con las asambleas, Pedro las encontraba fatigantes. Ella quería saber qué saldría de aquello, y él, muy probablemente, esperaba que fuera a algún punto que ya tenía en la cabeza. Posiblemente esa diferencia de actitud les estaba separando. Eva había entrado a la era de la relatividad, y Pedro seguía en un universo newtoniano. Cuánta ironía esconden las manzanas.

—Por primera vez en mucho tiempo, —le explicó Eva— me siento útil.

No supo cómo explicarle que para él ya lo era sin que pareciese que la estaba utilizando, sin que pareciese que la veía como un objeto. No estaba preparado para aquella conversación, ni para expresar la cantidad de carencias que ella rellenaba sólo con estar en su vida. Incluso los vacíos y los huecos que no rellenaba le eran llevaderos a su lado.

—Mañana es jornada de reflexión, —le pidió utilizando la ley como un clavo ardiendo— vuelve a casa y lo hablamos.

—No voy a volver a casa mañana, —fue su respuesta— he estudiado derecho y sé a lo que me expongo. Igual que sé que a lo largo de la historia ha habido cosas que eran legales pero no eran éticas. Ese es tu problema Pedro, no asimilas bien que la ley no es siempre lo correcto. No asumes que las cosas cambian y que las leyes tienen que cambiar también. Todo cambia, yo estoy cambiando. Tú también. No es algo malo.

«Nosotros» era el sujeto omitido de aquella conversación entera. Ese «mañana» hacía alusión a un tiempo venidero, muy distante del día siguiente. Cuando estaba llegando a casa, sintió una especie de vértigo y un cansancio de años. Quería llorar y no tenía fuerzas; tan solo le salía boquear como un pez fuera del agua. Se sentó en un banco del parque y se quedó dormido. Meses más tarde, cuando ya no vivía con Eva, aquel episodio de fatiga repentina e incontinencia onírica se convirtió en un hábito. Los médicos lo achacaban a un trastorno del nervio vago causado por la ansiedad. En su oficina fueron bastante comprensivos con las bajas prolongadas; tuvo suerte, la verdad. Después desaparecieron los mareos y se quedó solo con la narcolepsia. La situación se prolongó aproximadamente un año, aunque también acabó abandonándole. La narcolepsia le presentó un par de amigas: la agorafobia y la depresión. Su médico de cabecera le mandó a hacerse pruebas de sueño, y los gráficos revelaron una actividad infrecuente del ciclo REM. Los períodos de caída al sueño profundo le duraban más del doble de lo normal, en consecuencia su cuerpo no alcanzaba un descanso eficaz. Probó primero con la psicología y así comenzó a escribir lo que soñaba. Perdía peso, tenía mala cara y era ineficiente en su trabajo. Finalmente, el psicólogo le derivó al psiquiatra para que le medicase. A través de las pastillas, Pedro vivía el dolor como si lo hubiera sumergido en una pecera. Le daba igual que Carmena hubiera llegado a ser alcaldesa de Madrid, barriendo al tradicional gobierno de derechas; le daban igual los camiones de destrucción de papeles a la puerta de los ayuntamientos; le daba igual que la alcaldesa de Barcelona saliese directamente de la «Plataforma de afectados por la hipoteca»; le daban igual los casos aislados de corrupción del partido gobernante, que se iban apilando en los periódicos. No hay mal que mil años dure (ni cuerpo que lo soporte). Con ayuda de los médicos consiguió salir del hoyo, e incluso de las drogas (legales en este caso). Tuvo recaídas, por supuesto; por ejemplo durante la crisis de la independencia de Cataluña. La crispación social que generó el conflicto le salpicó gravemente, como a todos los españoles. Una vez más, la policía vilipendiada por las decisiones de la clase gobernante. Después del día del sufragio ilegal, los políticos —los del gobierno central y los del govern— dormirían tranquilos en sus casas, mientras la policía se hacinaba en un barco turístico en el puerto de Barcelona, y muchos habitantes de la ciudad condal dormirían en el hospital y el calabozo. ¿A qué fin? El mejor resumen que había oído al respecto era «gente que cotiza en Andorra contra gente que cotiza en Panamá». Los teóricos patriotas, de uno y otro bando, jugaban a las peleas de perros, arrojando a los ciudadanos unos contra otros. Obras son amores y no buenas razones.

Todo volvió a una relativa normalidad, con la excepción de que había escrito un libro. Lo sostuvo entre las manos como quien contempla los restos de un naufragio. Nunca supo si era un buen libro y nunca supo si era suyo. Mucho de lo que había escrito no parecía haberlo pensado él o haberlo puesto sobre el papel siquiera. Lo revisó intentando hacer una corrección de estilo y lo envió a las editoriales con la misma actitud indiferente que cuando iba al trabajo anestesiado. El caluroso debate del público le pilló saliendo del infierno; podía haberle devuelto a la ansiedad, pero de forma extraña le pareció divertido. A pesar de las críticas, el contacto con la gente le fortalecía y la obligaciones con la editorial le animaban a salir de casa. Eva le pidió que le firmara el libro y quedaron para tomar un café. En esa época se había colegiado por fin y ejercía de abogada para una asociación nacida del 15M. A pesar del miedo que le generaba quedar con ella, fue una sensación agradable y necesaria. No sabía si conseguiría cerrar esa puerta algún día. No había dicho todo lo que necesitaba decir al igual que tenía la sensación de no haber participado todo lo que quería en el cambio social. Seguía teniendo miedo; no obstante, lo admitía. Algo es algo. Pedro pensó que se libraría del zozobrante Pedro Sánchez, pero poco después de que el libro se publicase, hubo una moción de censura motivada por la flagrante cantidad de casos aislados de corrupción del partido en el gobierno. Se volvieron a convocar elecciones —muchas elecciones— y su tocayo salió elegido presidente. Era, a su juicio, el presidente más guapo que había tenido España hasta la fecha. Aunque la época era complicada. De tener dos partidos mayoritarios, la nación había pasado a tener más colores políticos que el parchís. Del bloque de izquierdas, que siempre estuvo separado entre socialistas y comunistas, emergió un partido nacido del 15M que reivindicaba las políticas sociales y una democracia más orientada al ciudadano; del bloque de derechas se segregaron los liberales demócratas y la ultraderecha. El equilibrio era fino, y los políticos no lo eran. La democracia hasta la fecha se basaba en el músculo, no en la negociación con el resto de representantes de la ciudadanía. El congreso se convirtió en un circo. La parte importante no había cambiado: se montaba espectáculo en el anfiteatro y se seguía llegando a acuerdos en los reservados, fuera de la vista de los votantes. Poco después de que Sánchez empezase su gobierno de coalición, vino el COVID19. Las distintas derechas animaron a los ciudadanos a protestar contra la gestión de la coalición gobernante. Otra vez en Madrid, en el barrio de Salamanca, los ciudadanos salieron a protestar con cacerolas. Los medios lo calificaron como «el 15M de la derecha». No era ni parecido. En primer lugar, la derecha sólo sabía utilizar las redes sociales para contaminar cualquier iniciativa de la izquierda, no para construir. En segundo lugar, las buenas gentes de la derecha eran demasiado acomodadas para persistir en la protesta callejera. Eso sí, nos dejaron delirantes imágenes de personas protestando por las condiciones de vida intolerables desde el asiento trasero de un descapotable de alta gama. La prensa internacional los calificó como «la peor derecha de la democracia y la más peligrosa del mundo». Al fin y al cabo, mientras en el resto de países se había cortado de raíz el fascismo, en España se permitió que durase durante cuarenta años largos. No era raro ver ondear banderas del franquismo o incluso banderas de españa manchadas con simbología nazi junto a la bandera constitucional; lo peor de todo es que a las teóricas gentes de bien no les importaba ver esas banderas junto a las suyas, o a lo mejor tenían miedo de decirlo. Posiblemente, los independentistas catalanes quisieran salir de esa mal llamada España; desde luego, muchos españoles también querían independizarse de esa actitud excluyente del «españolismo» y de sus valores pochos; muchos españoles querían rescatar su bandera, impedir que fuera utilizada por aquellos que nos amenazaban con el fantasma de una segunda guerra civil. Al margen de la idiosincrasia de los españoles, la pandemia fue un desastre económico global. No nos engañemos: antes de la pandemia ya íbamos directos a otra crisis económica. Muchas empresas, sobre todo las pequeñas y medianas, no lo resistieron; muchas compañías más grandes vieron la oportunidad de recortar gastos, entre ellas la empresa en la que Pedro llevaba trabajando desde hacía más de quince años. De todas formas, se sintió agradecido: había tenido empleo mientras otros lo habían pasado muy mal. Le tocó volver a buscar trabajo, como a muchas personas. Valoró que era una suerte encontrar trabajo en la portería. En eso estaba, en que fuera buena suerte.

El reloj había cruzado la línea de las once y media y Pedro daba vueltas en la cama sobre sus ideas. De improviso le surgió una voz aguda en la cabeza, hablaba en inglés y tenía la dignidad que otorgan los defectos de las grabaciones de audio antiguas. «Yo tengo un sueño... de que un día esta nación se levantará, para vivir el verdadero significado de su credo: Sostenemos que estas verdades son evidentes por sí mismas, que todos los hombres son iguales en su creación». Era la única parte que recordaba del discurso de Martin Luther King, gracias —probablemente— a la mezcla «Free at last» de Simon, de principios de siglo. ¿Sentirían las personas de color ofensa porque un hombre de los que llaman caucásicos usase esas palabras? ¿Todavía nos manejábamos en términos como «personas de color» y «caucásicos»? ¿Hablaba como un viejo? Probablemente.

Pedro encendió la lámpara de la mesilla de noche y volvió a ponerse las gafas. Se levantó y fue hasta el comedor, donde volvió a encender el portátil. El viejo aparato arrancaba con una lentitud horrible y un ruido interno entre mitad satisfactorio, mitad obsolescente. En cuanto vio los colorines, intentó abrir el archivo que tenía justo en el centro del escritorio, pero la carga de aquel sistema operativo infame hacía que tuviera que esperar hasta que la máquina se diera cuenta de lo que estaba haciendo. Observó como se cargaban las páginas en el documento hasta alcanzar el número que tenía en la cabeza. Bla bla bla, control fin. Seleccionó el último párrafo que había escrito y presionó suprimir. Vio parpadear el cursor vertical durante un par de respiraciones y comenzó a teclear.

«Para nosotros, todo tiene que empezar por el agua, porque nosotros venimos del agua y es todo lo que conocemos y todo lo que nos atañe. Todo comenzará por una gota de agua, porque nuestra naturaleza es ver la realidad dividida en unidades que nuestro cerebro puede asumir. Muchos verán esa gota de agua como la temida gota que colma el vaso. Yo la veo como la primera gota de lluvia. La primera gota, solitaria en apariencia, que llueve sobre mojado y pasa desapercibida. La primera gota que agita la superficie de un charco, rompiendo la calma, volviendo a donde siempre había pertenecido, y alterando, inevitablemente, el charco...»

06

¿Sabes cuál es tu problema? —le dijo Ele— Que no me entiendes realmente. Eres un amor, pero no me entiendes; sólo pones cara de que sí, pero no. O igual soy yo la que se imagina que pones cara de que me entiendes. Igual soy yo la que no te entiende.

El labrador la observaba con atención sentado sobre sus cuartos traseros. El sol hacía que su pelo oscilase entre canela y dorado, y combinaba con el verde del parque; era un perro digno de salir en los anuncios de la televisión, en los que todo es idílico. Su lengua subía y bajaba, hipnótica; la respiración movía todo su cuerpo y parecía que encontraba su punto de expresión en el rosado apéndice. El perro tragó saliva, cortando el jadeo un instante, y volvió a comenzar, mirando fijamente a Ele, todavía. Ella se preguntaba qué quería; ¿por qué —teniendo todo el parque para correr— prefería quedarse allí sentado, mirándola?

—Hay que reconocer que eres guapísimo. Con todo, no eres mi tipo. Si me gustasen los perros, tú estarías el primero en mi lista. Serías mi novio, ¿sabes? A estas alturas de mi vida empiezo a entender que me gustan los gatos. Los gatos son inalcanzables. Les gustan las estanterías altas, donde no llego; mírame: no soy muy alta. Se acercan cuando ellos quieren. Cuando tú los necesitas no, sólo cuando a ellos les place. No me malinterpretes, no pienso que ningún gato sea más guapo que tú; eres precioso.

El perro de Laura volvió a tragar, ladeó la cabeza y metió la lengua. Parecía más tranquilo ahora, aunque seguía interesado en todo lo que ella decía.

—Es que no sé si eso me hace muy cobarde o ridículamente valiente, ¿sabes? No sé si ponerme metas inalcanzables es una excusa para no asumir la realidad. Quizá si me buscase un chico más de barrio, podría casarme y tener hijos como mis padres, en lugar de andar persiguiendo hipsters y escritores viejos. Por otro lado... tú deberías entenderme como perro; es como aullarle a la luna: no la vas a tocar, pero es lo más maravilloso que conoces. Es que me hace feliz perseguir mis sueños y no sé si es idea mía o lo leí en alguna taza de café; de las que cuestan quince euros y sólo se pueden comprar por internet, si sabes a las que me refiero.

El labrador miró a lo lejos e hizo gesto de levantar las orejas, todo lo que podía. Volvió a mirarla y emitió un gemido lastimero.

—Sí, vete a jugar, anda. No creas que por ignorarme te voy a considerar más interesante.

Ele apoyó sus manos en la hierba llevando el peso hacia atrás; contempló al perro correr por el parque agitando la cola al encuentro de un pastor alemán y sus dueños. Parecían contentos de verle, así que supuso que serían vecinos o habituales del parque. Ella estaba allí, tirada en un césped, mirando cómo jugaban los perros, mientras sus dos amigas de la uni volaban hacia el caribe. Podría estar también en un avión, pero había cambiado la fecha de sus vacaciones para optar al puesto de mando intermedio. El puesto que no había conseguido en la empresa en la que no quería trabajar. De todas formas, le venía bien. Había sido una suerte que la madre de Laura se hubiera roto la pierna, de lo contrario el perro lo estaría cuidando ella. Era una observación cruel, pero debía admitir le venía bien tener que cuidar a Froid. Tener que ir a casa de Laura le hacía posible evitar a Andy. Incluso podía decirle que sentía que el perro estaba tristón y que quería quedarse a dormir en el piso de Lau alguna noche. Un poco de suerte dentro de su espiral de malas decisiones, o falta de ellas; un poco de aire dentro de la jaula que se había construido. En ese momento vio a los amigos caninos trotar hacia ella y temió que la arrollarían, pero Froid se detuvo y la protegió del pastor alemán con su cuerpo. Luego le soltó una pelota de tenis —robada, a todas luces— entre los pies; movía el rabo con expresión triunfante. Ele cogió la pelota, que estaba babeada horriblemente, y la tiró lejos. Ambos perros la perseguían con entusiasmo y deportividad. ¿Sería mejor encontrar un novio como Froid? ¿Un novio un poco aburrido, pero capaz de darle fogonazos de felicidad tranquila como aquel momento? No sabía lo que sería de ella y había pactado consigo misma no planteárselo; al menos, ese rato en el parque.

Laura lo había dejado con su novio hace poco y Mer les propuso un viaje de chicas; Mer, decía que ella también acababa de pasar por una ruptura, pero sus amigas la habían denominado como «soltera intermitente crónica».

—Crónica no significa que sea para toda la vida —le consolaba Lau—, sólo que llevas mucho tiempo siendo así. Crónico es sólo lo contrario de agudo. Agudo es un episodio crítico aislado.

Pertenecía a ese avión y ese avión le pertenecía. Debió engancharse a la ola de soltería y viajar a la República Dominicana. De Lau no esperaba que se decidiese, pero Mer iba a probar la carne dominicana, seguro; al menos pondría todo su afán en la tarea. Ella no se hubiera atrevido. Ella era más de relaciones largas, aunque podía fantasear con un hombre de piel broncínea que le comiese la boca en una playa paradisíaca. Agarró su bolso de tela y sacó el libro. No le apetecía leer; quizá por el buen clima. De todas maneras, recordaba aproximadamente lo que decían aquellas páginas. Le hubiera apetecido fumarse un porro; sabía dónde escondía la hierba su amiga y, en cualquier caso, se le secaría durante las dos semanas que iban a pasar en el caribe. No era el momento de enturbiar su mente; tenía una reunión esa misma tarde y lo único que le faltaba era que le entrase el mal rollo al escuchar a su futuro ex novio. Se sintió mal al pensar en esos términos. Sería mejor que no fumase. Se puso de pie y se sacudió. Extendió el pantalón para comprobar si las briznas de hierba le habían teñido la parte trasera de verde. Froid acudió a su silbido con la lengua colgando del lateral de la boca, como si fuera una tercera oreja. Los dueños del pastor alemán la despidieron con la mano y ella se vio obligada a sonreír y despedirse. Quizá charlaría con ellos más adelante, pero hoy no era el día; hoy tenía bastante de humanidad. Hoy tenía cuentas pendientes con la humanidad. El perro caminaba satisfecho, de nuevo, jadeante. Daba pequeños brincos, la cabeza levantada con enorme alegría y orgullo; si Ele no hubiera conocido el camino, el perro la hubiera guiado igualmente. Cuando tomaba un recorrido distinto al que su amiga había establecido como hábito, el labrador la miraba confuso. El ascensor era una suerte de caja de amplificación para el sonido de la respiración del perro. Lo primero que hizo Ele fue cambiar el agua del cuenco. Froid bebió abundantemente, sacando gran parte del contenido líquido al suelo de la cocina. Hizo una pausa y siguió drenando el recipiente hasta que sólo se escuchaba su lengua contra el metal. «Hace demasiado calor para que el perro esté solo mucho tiempo», pensó satisfecha. La casa de su amiga permanecía en el silencio antinatural del abandono; en cierto modo, las casas gozan de una relación especial con sus dueños, una confianza que las hace parecer vivas; podía sentarse en el salón a leer, aunque esta vez lo haría como extranjera. Sin Laura, el hogar no vibraba igual. Quizá era una sensación mental.

—Voy a volver esta noche —se despidió—, puede que me quede a dormir contigo.

Su amigo peludo se quedó sentado en el recibidor mirándola mientras cerraba la puerta, sin gemir siquiera. Oyó sus uñas chocando contra el parqué mientras se alejaba. «Perrito bueno», pensó. El ascensor, sin Froid, también le devolvía al vacío intruso. Repasó mentalmente las explicaciones que debía dar en caso de encontrarse con un vecino. Era improbable que sucediera; cualquier persona con la que coincidiera en el portal se limitaría a darle los buenos días y a mantener las preguntas dentro de su cabeza. Era lo que hubiera hecho ella en caso de encontrarse con alguien que no había visto antes en su edificio; decir buenos días y no preguntar. Salió del portal y de aquellos pensamientos al mismo tiempo. El barrio de Lau era bonito. Las construcciones eran bastante modernas y las calles eran amplias y luminosas. Gozaban de pequeños parques que llegaban a unirse con el parque interior de la M-30. La casa era de una tía abuela de su amiga y se la había dejado a sus padres, los cuales sólo tenían una hija.

Llegando al metro de Alfonso XIII empezaba a contrastar con los edificios más antiguos del barrio de Prosperidad, más sucios y desordenados, aunque no se sumergiría mucho en esa zona porque el metro era el final de su paseo. La línea cuatro del metro de Madrid siempre le había parecido competir en lentitud con la línea verde, la cinco; ambas líneas eran las hermanas menores de una familia numerosa y, como tales, heredaban los trenes menos modernos, ya usados por las otras líneas; la modernización de la red de transporte público de la capital había eliminado esas diferencias, pero se había quedado con la fama y la sensación de que esa parsimonia persistía. Desde que era una niña, Ele jugaba a adivinar dónde pararía exactamente la puerta del tren. Se sentía poseedora de un secreto, de una capacidad de observación superior a la de sus conciudadanos; se sentía, en definitiva, una Sherlock Holmes buscando pequeñas pistas de crímenes imaginarios; el secreto de Ele consistía en que el suelo al otro lado de la línea amarilla de seguridad, estaba más desgastado donde paraban las puertas; entonces, Ele buscaba el reflejo de la luz de los fluorescentes de la estación y descubría, con harta satisfacción, la parte en la que las baldosas no brillaban tanto. Otra de las relaciones lúdicas que mantenía con el metro —en este caso sospechaba que era un juego más extendido entre la población— era calcular el vagón más cercano a la salida en su parada de destino. Cuando no era capaz de recordarlo, se metía en el vagón central del tren, no sin su dosis de resignación. Ele sentía un gozo infantil y mezquino en ser la primera en alcanzar las escaleras mecánicas; también sentía cierta alegría elitista en saber que la tira de cepillo pegada a los escalones metálicos era para los zapatos. En una ocasión, un niño la había sorprendido acercando el pie al cepillo y al ver lo que pasaba la miró con cara de estupor; ella le había devuelto la mirada arqueando las cejas intermitentemente. «Ahora eres mi heredero», le había dicho con los ojos. Ele salió del subterráneo a las formas familiares de su propio barrio, con sus propios árboles y su contraste de edificios nuevos y antiguos.

En el camino volvió a parar en la juguetería. Se miró en el escaparate e intentó imaginarse cómo le quedaría el pelo corto, a lo Juana de Arco. Entre los juguetes expuestos se encontraban algunos productos de la editorial «El Gato»; reconoció uno de ellos, el de las almas; lo había jugado las Navidades pasadas con sus amigos de la infancia. La compañía, especializada en juegos de mesa, acababa de publicar su primer libro, que había tenido una buena acogida entre los fanáticos de la fantasía; el mundo esperaba un nuevo mesías después de «Juego de Tronos», aunque ella dudaba que un escritor español consiguiera desbancar a la popular saga norteamericana; ni que decir tiene en formato serie o película. Trató de imaginarse la serie de los dragones con actores españoles. Le pareció muy gracioso. Aunque por otro lado, la serie «La Casa de Papel» había adquirido renombre mundial. ¿Podría ser que España fuera a integrarse en las tendencias mundiales? Había dos maldiciones chinas que Ele había escuchado de un amigo finés de Andy: «que vivas tiempos interesantes» y «que se cumpla todo lo que deseas»; podía entender la primera, sin embargo, la segunda le planteaba ciertas dudas, ¿qué podía haber de malo en que se cumpla lo que deseas? ¿acaso podían los seres humanos dejar de intentar cumplir sus sueños? Ella misma reconocía ese momento como un tiempo interesante, si no lo era para la humanidad en general, para su historia personal; a pesar de la ansiedad y la incertidumbre, se sentía más despierta que nunca, más viva, más resplandeciente. Incluso los árboles a su alrededor parecían más coloridos que nunca. El viento, al agitar las hojas en las copas de los árboles, producía un rugido que parecía encriptar su nombre; su propio cabello parecía sincronizado con aquel fenómeno natural y, a pesar de no producir estrépito alguno, también le susurraba. Hacía tan solo un par de semanas había estado en esa misma juguetería, sin prestar atención siquiera a lo que tenían expuesto; había hecho el mismo recorrido con un ánimo muy distinto y sabía, ya no tan en el fondo, que las decisiones estaban tomadas y las consecuencias le daban igual. Sobreviviría. No, viviría. Sobrevivir era lo que había estado haciendo hasta ahora. Ponerse detrás de una roca para no ser arrastrada por la corriente, sin confiar por un solo instante en su capacidad de nadar. El miedo le había impedido disfrutar del paisaje. Sentía que su aventura estaba a punto de empezar.

En realidad se equivocaba, porque su épica había comenzado ya y se manifestaría en poco tiempo. Menos del que ella misma suponía.

Al llegar la portería de su urbanización, descubrió que el portero no estaba. Sintió una pequeña decepción. Se asomó a la pecera y vio un libro bajo el mostrador. Supuso que no tardaría mucho en volver y le aguijoneó el deseo de quedarse allí a esperar a que volviese. Reflexionando, se dio cuenta de que no había ningún tema importante que quisiera comentar con él, ni había pensado en un algo interesante que justificase la espera. El sentido del ridículo se le subió a las mejillas y floreció. Aceleró el paso hacia su portal mientras comprobaba que nadie había visto su pequeña pausa en la portería. Trastabilló pensando en que quizá podía ir al supermercado a comprar unos yogures y que Pedro estaría en la portería cuando ella volviera; también pensó que podía haber parado en los buzones a revisar la correspondencia. Ya era tarde, era mejor no darse la vuelta. Estaba roja. No pudo evitar que sus ojos volvieran hacia el cubículo de la entrada cuando cerró la puerta de su edificio. Se daba en ella la sensación doble de cien años de tramas y una última cena. No podía evitar sentir que traicionaba a Andy: iba a dejarle y lo sabía; no lo había hecho por motivos plenamente egoístas; se daba la circunstancia de que deseaba conocer al portero de la finca y no tenía sentido si vivía en otro edificio. «Pues mira: sé que las rupturas son dolorosas y necesitarás un tiempo para recuperarte, Andy, pero es que me apetece pasarme el día en tu portal hablando con tu portero». Era muy poco considerado por su parte; pensó que debía manejar la situación con delicadeza y observó con desasosiego que era un reflejo de la forma de razonar de su novio; «son muchos años viviendo con él, algo se me tenía que pegar», pensó. No lo consideraba malo; en su justa medida, admiraba esa cualidad de Andy, salvo la parte en la que éste la aplicaba todo el rato para todo. Todo lo tenía que «manejar». Andy el «manejador». Le propondría un acuerdo, estaba segura. Cuando Ele le dijera que se iba, no aceptaría los tiempos del evento. O quizá sí. En el momento en que Ele soltase la bomba, sabría si entraba en los planes de él o le pillaba de sorpresa. Se preguntaba si era injusto que le tratase con tanta sospecha. Era muy frío. Habían sido felices durante años y parecía que trataba con un androide incapaz de cualquier humanidad. Lo estaba tratando como un objeto y quizá era porque ya debería haberse ido. Escaleras o ascensor, lo que venía después era la puerta de su apartamento y un novio de Schröedinger, que estaba en casa y no estaba, al mismo tiempo. Era su novio y no lo era a la vez. Subió por las escaleras porque el calor de la primavera muriendo y el sudor del ejercicio físico le darían una excusa para ir a la ducha sin besarle y sin darle muchas explicaciones. Con suerte, Andy bajaría a la sala de reuniones antes de que ella terminase en el baño. Hoy hablaría con Pedro; sería hoy, sin excusa. A menos que un camión le atropellase, o a ella, hoy hablaría con el portero. Parecía que el ritmo del mantra coincidía con su forma de afianzar el pie sobre el siguiente escalón. De esta suerte —roja, comenzando a sudar y convencida—, se vio ante la puerta del apartamento. Ya dentro, pudo oír a Andy hablando por teléfono en su despacho. La puerta de la habitación estaba entornada y él se levantó para cerrarla, saludando a su novia con la mano y sonriendo. Se había hecho presente un instante para sonreírle, pensó Ele. Era humano. Era humano y la quería. A su manera mecánica y con su forma de ver el mundo, libre y listo para ser controlado, pero la quería. Ele dejó su bolso en el salón, fue a la habitación, se desnudó y se metió en la ducha. Iba a hacer daño a otro ser humano; uno que había sido muy importante para ella en los últimos años y posiblemente el resto de su vida. Viviría con esos recuerdos para siempre. «Que no sea un final feo», rezó. «Que no sea un final cobarde», rezó.

—Elle —le oyó decir desde fuera del cuarto de baño—, voy bajando; he quedado con Rob a tomar un vermú antes de la reunión. Nos vemos ahora.

—Vale —respondió tímidamente.

Se dio cuenta de que se estaba cubriendo el pecho por si Andy entraba. Una timidez repentina por un hombre con el que vivía y con el que había hecho el amor muchas veces, algunas de ellas en esa misma ducha. El final de Mayo le estaba convirtiendo en un desconocido. El calor del verano borraría su relación como si estuviera escrita en la barra de hielo. Era peor que aquello: tenía la sensación de que era la primera vez que oía a Andy hablarle en varios meses. Tenía consciencia de que habían mantenido conversaciones y, sin embargo, era como si su memoria lo hubiera borrado; era como si hoy por fin, se hubiera roto el silencio. Todavía notaba que su novio estaba en la casa; no fue hasta que oyó la puerta cerrarse y escuchó el silencio más allá del agua corriente, que cerró el grifo y salió de la ducha. Se asomó a la ventana de la cocina mientras se secaba el pelo con la toalla y pudo ver a Andy caminando hacia la portería. Se paró un momento a hablar con Pedro, pero el portero no se molestó en levantarse. Tenía un libro en la mano, conjeturó Ele; sus ojos no llegaban a verlo, pero le había visto leyendo las semanas anteriores. Cuando Andy salió, Pedro le observó un instante largo antes de volver a inclinar la cabeza. Ele le estuvo mirando un minuto aproximadamente, entonces el portero se giró y miró directamente a su ventana. Ella se sobresaltó, y al mismo tiempo se dio cuenta de que sólo iba vestida con la toalla; se cubrió el pecho asegurándose de que el textil mantenía su dignidad y levantó una mano a modo de saludo. Pedro no le devolvió el gesto. Parecía que ni siquiera la había visto, tan solo miraba en esa dirección y enseguida volvió la mirada hacia el texto. Ele se puso roja tres veces: una por el susto, una por la vergüenza y otra por la estupidez. De alguna forma había llegado a la conclusión de que Pedro la estaba mirando, cuando no; seguramente se había dado la vuelta para mirar lejos, o porque se había acordado de algo. En su cabeza, de forma infantil, contemplaba el mundo como que todo estaba relacionado con ella, cuando lo natural era que Pedro tuviera su vida, que Andy tuviese su vida, que el mundo tuviese su vida, con cierta —más bien mucha— independencia de sus propias acciones. Solo en su cabeza existía esa forma mágica de relación entre los seres de su imaginación y su propio pensamiento. Aquello le hizo caer en la cuenta de que podía dejar caer la toalla y desnudarse, al fin; le hizo sentir alivio y, sobre todo, mucha soledad. En su cabeza, las cosas daban vueltas y vueltas, y la gente que conocía tenía extrañas conversaciones entre ellos; situaciones imposibles construidas con retazos de su pasado, de las novelas que había leído, y también cierto toque especiado de los culebrones antiguos que Mer le hacía chuparse de cuando en cuando. Andy no era un caballero, Pedro no era un dragón, ella no vivía en una torre, ni le guiaba ninguna estrella. Pedro y Andy se habían saludado porque tenían su propia relación de la que ella no era partícipe; seguramente hasta se caían bien; estaban lejos de batirse en duelo a lo Barry Lyndon, mucho menos por ella o su causa. «Cerrando drama», pensó. En su cabeza, una aplicación dejaba de funcionar y el escritorio se convertía en la casa vacía. En su bolso tirado sobre el sillón con la boca abierta en una mueca de asesinato, y el libro de su portero —un libro de ficción viejo y superfluo al que le tenía cierto cariño adolescente, ni más ni menos— se derramaba como la bilis de su último estertor. Ele se puso ropa interior de algodón, unos vaqueros y una camiseta vieja; calcetines cortos y playeras cómodas, porque el calor lo demandaba y la reunión se le haría larga. Una última reunión, seguramente. Ele tenía pensado aprovechar la casa de Laura como campamento base para mover sus cosas a casa de sus padres. No por mucho tiempo, esperaba. Buscaría un piso pequeño cerca de la oficina, para poder ir y volver andando. Las dos cosas no podían ser: o dejaba a Andy o dejaba la oficina, y no estaba dispuesta a dejarse mantener por un hombre al que ya no quería. Le hubiera hecho sentirse como una prostituta, o peor, como una prostituta que no cumple su parte del acuerdo, ya que no tenía interés en acostarse con Andy. Durante aquellos años, aquella sensación de desilusión había tenido sus idas y venidas; hoy notaba que se había instalado en la casa; había dejado sus cosas en la habitación y estaba allí para quedarse. Ocuparía el lado de la cama que ella pensaba dejar vacío. No había problema. Se acabó la magia.

Ele cerró la puerta de su casa pensando en nada. Por fin, después de mucho tiempo, silencio. La sensación era parecida a la que había tenido al cerrar la puerta de la casa de Laura al comienzo de aquella tarde: la de dejar en silencio una casa desocupada por su dueño, que no era ella. Bajó en el ascensor consciente de que bajaba en el ascensor; mirando los botones como si fuera la primera vez que los veía, porque ya no eran cotidianos, sino anecdóticos. Al abrir la pesada puerta del portal, notó una suave brisa del ocaso. Un alivio; otro alivio. Esa noche dormiría en casa de su amiga, no importaba lo que dijese Andy; no tenía nada que opinar. Ele llegó la primera a la sala. El cuartito trasero estaba abierto, así que fue sacando y colocando las sillas. Pedro le hizo un gesto desde la portería y ella se lo devolvió, no sin cierto rencor. No sin cierta animadversión de que fuera ella la que tuviera que dar todos los pasos hasta él, sin que éste hiciera un mínimo esfuerzo por encontrarse a medio camino. El escritorzucho no le caía bien en ese momento. Había querido conocer al mito en su cabeza, pero el hombre era el portero de la finca de su futuro ex; ni más, ni menos. No sabía cuánto tiempo tendría hasta que llegasen sus compañeros, lo que tenía claro que no lo pasaría leyendo su libro. Es más, iba a leerlo, aunque con ojo crítico esta vez. Iba a descubrir porqué le había gustado cuando era una adolescente e iba a descartarlo. Aporta o aparta.

Nía llegó. Charly llegó. Rob y Andy llegaron. Les observaba conversando entre ellos, con sus propios chistes y sus propias relaciones de las que ella había sido parte y causa; sin embargo, hoy era una turista. Se preguntó si ellos también imaginaban las relaciones de los demás cuando no estaban allí. ¿Imaginaba Charly las conversaciones que ella tenía con Nía o con Rob? ¿Imaginaba como sería su relación con Andy? Ahí estaba la prueba: nada de lo que hicieran Nía, Charly o Rob afectaba, prácticamente, a su relación con su novio. Pese a que alguna vez hablaban de ellos, eran a la postre intrascendentes para su vida diaria. Las conversaciones que proporcionaban eran un marco para hablar de ellos mismos y sus opiniones, de sus posturas, de su yo individual y su yo común. Nada más. Al igual que ella no afectaba a los líos de Rob o la relación de Charly con su novia de toda la vida. No eran íntimos, eran conocidos. No sabía si Andy pensaba lo mismo. No tenía claro si Andy tenía amigos íntimos. Debían ser cerca de las siete porque el portero había comenzado su danza de los cubos de la basura. Ele intentó estar pendiente de la charla de Andy, reservando sólo el rabillo del ojo para observar al portero. Condenarle a ese purgatorio borroso de su visión era en parte castigo y en parte prudencia. La reunión a la que atendía con una mínima parte de su cerebro se vio interrumpida por la sospecha silenciosa de una presencia en la puerta.

—Ya estamos terminando —le dijo Andy sonriendo.

—No —respondió Pedro—, no pasa nada. Es solo que me dijiste que me pasara si me apetecía, y aquí estoy.

—Ah —dijo el orador con cara de sorpresa—, pues nada, siéntate.

Los jóvenes se giraron a mirar al portero, que en ese momento se abría el nudo de la corbata. A todos les pilló por sorpresa la visita, aunque Ele tenía un cruce de verdades en la boca del estómago. Por un lado seguía enfadada porque el portero no hacía nada por encontrarse con ella y por otro allí estaba: dispuesto a escuchar lo que tuvieran que poner de manifiesto; a decir verdad, Ele no tenía nada que comentar en aquella reunión. Por otro lado, ¿era posible que la realidad le siguiera el rollo? ¿Era aquello un chiste universal? Sentía que la realidad le decía algo así como «ok, haré lo que deseas, sin embargo no será cuando tú quieras, ni porque seas tú quien lo dice, sino porque yo también quiero».

—Mira —interrumpió Rob—, pues nos viene bien que hayas venido porque, justo antes de la reunión, Andy y yo estábamos discutiendo sobre la conciencia de clase; es decir, si todavía existe.

—Pues...—respondió el portero— No sé qué responder a eso.

—Vamos —le insistió el amigo de la pareja—, ¿a quién votas?

—Pues —volvió a responder—, es una pregunta muy personal. No me gusta hablar de política.

—No —le dijo Andy riéndose—, has venido a una charla política y vamos a hablar de política. A nosotros no nos importa decirlo. Aquí la mayoría votamos a la izquierda moderada; salvo Charly, que es un radical.

«Eso es lo que tú piensas», respondió mentalmente Pedro. Aquel era el motivo de que fallasen tanto las encuestas. La gente mentía sobre a quién votaba. De alguna manera, ciertos votos eran como las canciones que nos gustaban cuando éramos niños y nos avergüenzan cuando somos adolescentes.

—De acuerdo —accedió el portero—, primero te voy a explicar por qué no me gusta hablar de política. Después, lo que sí estoy dispuesto a hacer, es contarte mi visión de los partidos en relación con su narrativa temporal.

Andy, frunció el entrecejo interesado. Los demás le miraron con actitud de interrogación. No esperaban una frase compleja del hombre que sacaba los cubos de la basura en la colonia. Ele, sin embargo, sonreía muy a su pesar.

—No me gusta hablar de política —comenzó Pedro— porque no lleva a ninguna parte. Nadie cambia su voto después de hablar con nadie; además, si hablas con alguien que vota lo mismo que tú, tampoco vais a ninguna parte, tan solo a estar de acuerdo. Hablar de política solo sirve para cabrearse, sea personalizando los males de la sociedad en la otra persona que vota al rival, o identificando que estáis de acuerdo en que los males proceden de determinada ideología política y, ocasionalmente, demonizando a sus votantes.

—Y entonces —preguntó Nía—, ¿por qué vienes a una charla política?

—Por la parte de ayudar —respondió el portero—, entiendo que os dedicáis a eso, a reivindicar causas sociales. También es porque Andy me lo ha dicho varias veces y he pensado «voy a ver qué hacen con las sillas».

Los jóvenes le miraban con cierto divertimento. Andy no alcanzaba a la estantería de la memoria. No recordaba que se lo había dicho dos veces, precisamente porque no recordaba habérselo dicho la primera vez. «Pásate si quieres», imaginaba que había dicho. Era una de aquellas formalidades que nadie nunca acepta. No esperaba que aquel hombre aceptase la invitación. Por eso no le había dado importancia suficiente para conservar un registro del suceso.

—Bueno, sí —le increpó Charly con impertinencia—, ahora cuéntanos lo otro, lo de los tiempos verbales.

—Sí —respondió Pedro sonriendo—, bueno, es una teoría propia, creo; la verdad es que no leo nada de política. Supongo que a alguien se le tiene que haber ocurrido ya. No lo sé. Se trata de cómo viven las diferentes corrientes políticas con respecto al tiempo. La derecha, por ejemplo: están los conservadores, que quieren que todo siga como siempre, aunque se sabe desde hace siglos que nada permanece; también la ultraderecha que le gusta cómo se hacían las cosas en la época de los romanos. Luego viene la izquierda moderada, que quiere avanzar hacia un horizonte mejor para todos, pero los de la derecha sospechan que será sobre todo para sí mismos, por eso les llaman «progres» a modo de insulto. El centro izquierda quiere avanzar desde nuestros valores culturales, lo cual, en ocasiones es muy difícil. Después, viene la izquierda radical. Los que quieren la revolución. Estos quieren el futuro ya. Borrón y cuenta nueva hoy mismo. Claro que eso tampoco funciona así. Si lo consiguieran, si mañana fuese un nuevo mundo idílico para la humanidad, la gente importaría las ideas que conoce, aunque fueran del viejo mundo, del imperfecto. La mente de las personas no cambia de un día para el otro, se tardan años en asumir ciertos cambios en la cultura.

—¿Y los liberales demócratas? —inquirió Rob— Te faltan los liberales demócratas, que son los que van ganando el partido.

—Los liberales demócratas viven en el ahora. Utilizan el pasado solamente para atraer a la derecha y a los que ostentan el poder hacia su discurso y les da lo mismo el futuro —respondió el portero—, en plan época dura del punk. Les da igual que el planeta reviente. Les da igual tirar una bomba atómica mientras salgan con privilegios del búnker.

Los chavales se rieron.

—Votas a la izquierda —dijo Charly—, estoy seguro.

Pedro negó con la cabeza sonriendo. Era halagador tener al grupo interesado en lo que tenía que decir, aunque si seguía por ese camino, sospechaba que Andy pasaría a la ofensiva; aquello no le venía bien, por lo menos hasta que superase los seis meses de prueba de su contrato laboral.

—Bueno, yo en realidad venía a haceros una propuesta. Hay un cine en el barrio de la Prospe. Lleva cerrado muchos años. Hay una asociación vecinal que quiere convertirlo en un cine cultural para el barrio, pero el Ayuntamiento quiere vender el terreno.

—Ahora mismo tenemos otras cosas en marcha —dijo Andy—, lo pensaremos, no obstante.

—Hay una reunión el viernes —dijo el portero—, por si os apetece venir.

Dieron por finalizada la reunión y se despidieron. Andy volvió a su apartamento y Nía y Rob se fueron enseguida. Pedro se quedó con Ele y Charly, recogiendo las sillas; después siguieron charlando, ya en la portería. Le había caído bien Charly. Los revolucionarios, en su ingenuidad, siempre lo hacían. Finalmente, también se fue y Pedro y Ele siguieron con la conversación en un tono de chanza. Hasta que ella consideró que era un rato suficientemente largo como para que Andy se preocupara.

—Entonces —se despidió Ele—, ¿el viernes en el cine de la Prospe?

—Si os apetece —respondió Pedro—; será muy aburrido. Probablemente, sea un grupo irreductible de vecinos de mi edad, o mayores. Nada interesante para los jóvenes.

Ele se rió. Se despidieron. Pedro se metió en la portería y Ele cruzó el parquecito de mimosas dispuesta a subir a casa de Andy, recoger sus cosas e ir a dormir con Froid. Aceptar. Aceptar todas las «cookies» y todos los términos y condiciones de aquel acuerdo con lo desconocido. Porque, al fin y al cabo, ¿qué es vivir sin magia? Del caos nacen las flores y del orden los jardineros.

07

En este momento Andy se despierta. No es la primera vez hoy. Ha tenido una mala noche; lo achaca al calor. Mira la parte desocupada de la cama y piensa en Elle. Remolonea. No quiere levantarse. No quiere ir a correr. Finalmente se levanta, va al cuarto de baño y abre la ducha. Deja el pantalón corto sobre el bidé y contempla su propia desnudez en el espejo. Se toca la barba y se asegura de que ambos lados guardan la simetría. Duda un momento si debe afeitarse, piensa en el delicado equilibrio entre una barba descuidada de forma casual, elegante, y una barba descuidada de verdad. Pellizca su tripa, un pequeño trozo de carne que sus dedos pueden asir.

—¿Quieres ser un gordo? ¿Te gustaría comerte un donut, gordo? Te voy a dar un donut hoy, pero sólo si sales a correr, gordo. ¿Te gusta tu polla?

No entiende muy bien la pregunta, nunca lo ha hecho. Se lo preguntó una chica alemana en un hotel de Osaka. Estaban enrollándose y él no quería quitarse el pantalón. Ella pensó que era tímido. Él tenía miedo de haber atado mal el cordel del pantalón. Temía que si lo desabrochaba, la tira sería absorbida por el canal que circundaba la cintura y tendría que sacarlo con un alfiler. Nunca lo había hecho y parecía un engorro. Tampoco se había planteado si le gustaba su polla hasta entonces. No es gran cosa su polla, nunca lo ha sido. Lo sabe porque en el vestuario del club de natación vio pollas más grandes. Se vestía y desvestía sin mucho aspaviento, siempre con la toalla y el bañador a mano. En cierta manera envidiaba la naturalidad con la que otros chicos se paseaban desnudos, hacían chistes e incluso agitaban su polla en el aire haciendo el helicóptero. El viaje a Japón fue un desastre. Bueno, un desastre no, estuvo bien, aunque fue muy aburrido. Se sonríe pensando en la época en que contrataba los viajes en bloque, con vuelo más hotel, transporte entre ciudades e incluso guía. Se toca la polla hasta que la sangre la hincha un poco y tiene un tamaño aceptable para pasearse desnudo. Se mete en la ducha y piensa en hacerse una paja, aunque no lo hace porque teme que le de sueño. Tiene cosas que hacer. Piensa en Elle. Piensa en Nía. A pesar de la media erección se controla. Sale de la ducha y vacila. Le apetece ponerse un pareo y no acaba de convencerle porque no está en la playa. Decide ponerse el pantalón corto con el que ha dormido, sin calzoncillos; unas medias tintas entre la higiene y la libertad. Se seca bien los pies para no resbalar en el parqué ni dejar manchas de humedad permanentes. Va a la cocina y hace café. Mira por la ventana y contempla el tránsito de los vecinos hacia la puerta. Observa al portero de findes alternos llegar con una bolsa de plástico en la mano. Se pregunta si podría dejarle las llaves cuando salga a correr y no acaba de calarle la idea. Es un problema. Los porteros de fin de semana son eventuales de una compañía de seguridad y nunca han durado más de seis meses en la urbanización. Aunque este último debe estar cerca de superar la media. Es sudamericano. Podría hacer una copia de sus llaves y dejársela a sus amigos, también sudamericanos, cuando ya no esté trabajando en el edificio; cuando no haya manera de relacionarle con el delito. El portero regular, Pedro, le genera cierta desconfianza. Lleva poco más de un mes y recientemente le hizo esperar para salir a correr. Intenta ser comprensivo; pensar que estaba atendiendo a otro vecino, pero algo en el nuevo empleado del edificio le hace sospechar que no ha sido casual. En cualquier caso, ante la duda, es mejor dejar las cosas claras. Lo que planea es pagarle los veinte euros de la basura una semana tarde. Hacerlo pasar por un descuido y al mismo tiempo dejarle claro que a nadie le gusta esperar. Es un poco confusa su relación con el portero. Está bien que se llame como el anterior portero porque le da un aire de familiaridad y es muy cómodo no tener que aprenderte otro nombre. Ferraro también debe haber pensado en ello. Precisamente, es esa familiaridad lo que le parece peligroso: les mantiene dormidos ante el hecho de que están tratando con otra persona; un desconocido. Pedro, el anterior portero, era un trabajador ejemplar. Este Pedro, en un mes, tiene gestos desconcertantes. Aunque es simpático. Es más joven que el anterior, claro. "No hay que exagerar tampoco", piensa. Va a probar lo de la propina y a ver si se centra. Le da pereza mantener la misma charla de bienvenida con otro portero, la misma rutina de pagar la propina de bajar la basura y pedirle que le guarde las llaves. Alguno podría decirle que no a lo de las llaves y tendría que hacer que lo despidieran. Es una carta que puede jugar, aunque no muchas veces, ni muy seguido. Si el siguiente tampoco consintiese en guardar las llaves mientras sale a correr, tendría que aguantarse. Al menos un tiempo. "A ver si espabilas, nuevo Pedro", piensa. "No me decepciones, Pedro", piensa. No se trata de unas llaves, se trata de respeto.

El vacío de la casa le asalta. Se plantea si ha dormido mal porque Elle no está. Antes de vivir con ella, el silencio nunca le asaltaba. Antes de ella tampoco había vivido con una mujer, con la salvedad de su madre y su hermana. La casa huele a café, solo a café. La casa huele mejor cuando huele a café y a Elle. Incluso el tabaco olía mejor desde la boca de Elle. Es como si el humo se mezclase con su saliva y la nicotina perdiese la guerra. De igual manera, se alegra de haberla convencido de que lo dejara. Incluso cuando no lleva perfume, huele bien. Su piel huele bien, su saliva sabe bien. Su coño sabe a gloria. Es diferente a otros coños, es suave, de sabor sutil en contraste. Hay otros que huelen más intenso, como más a pasión, sin embargo prefiere este. Este es un coño más suyo, o así lo siente. Es uno en el que piensa y que recuerda con más nitidez. Las curvas de sus labios interiores son más familiares, a diferencia de otros que le parecen cuadros abstractos. Atrayentes aunque difusos. Le excita tener algo para él en este mundo y así lo siente. Elle ha tenido otro novio antes que él y alguna aventura que no le habrá contado, pero no hay que ser machista; él tampoco era virgen cuando se conocieron. Es reconfortante pensar en que una mujer le ama. Una mujer con la que acaba de pasar su primer gran bache, superándolo con éxito. Los treinta se acercan y va a pedirle matrimonio. No esperará a que su padre le tenga que dar un discurso. Acabará, disciplinadamente, con la postadolescencia y su padre reconocerá su buena decisión, como siempre. El año que viene le pedirá matrimonio, decide. Pueden hacer el transiberiano juntos y se lo pedirá en mongolia. Ha leído de las exhibiciones de aves rapaces de los mongoles y quizá pueda organizar la pedida en torno a eso. Sería grandioso que un águila trajese el anillo. Tiene muchas ganas de hacer el viaje en el tren que recorre Eurasia. Este año no han podido porque Elle ha insistido en optar al puesto de mando de su empresa. Este año no tiene nada que decirle porque han tenido momentos difíciles, muy difíciles, y debe reconocer que él fue el origen de la crisis. Aunque no quiere pensar mucho en ello, ya que es el pasado. Está solucionado, atado, y no debe ahondar en ello. Se encuentra en una buena época y no quiere cambiar su vibración. Debe mantener un espíritu elevado para tener una buena vida y una actitud optimista. Quizá podría sacarse el título de capitán. Le va bien el blog. Su padre le va a dar más responsabilidades en la empresa, se lo anunció durante la semana santa. Se podría comprar un barco, algo pequeño en principio; algo pequeño pero con velas; no concibe tener un barco sin velas. Quizá tenga que trabajar con Ferraro un tiempo, como asistente. Después, pueden mover a Ferraro a otras propiedades y él se quedaría con la administración de éstas. Ferraro no le desagrada; es inteligente y sobre todo conoce su lugar. Andy mira su casa, la cocina, el salón vacío, y decide que le gusta más cuando Elle está. Elle va a ser la mujer de su vida, sólo tiene que esperar unos años. Desde luego, la casa le parece mejor con Elle en ella. Con su vida y sus alteraciones de la decoración que le turban, que a pesar de ello consiente con agrado porque ningún hombre es una isla; además le da un toque de eclecticismo a la casa; un toque de esa mezcla caótica que admira en los países del sudeste asiático. Elle es un brochazo de color moderado que le gusta. Sobre todo le gusta cuando le mira enamorada. Como le miraba cuando se conocieron. Volverán a esa forma de mirarse. Elle volverá de casa de Laura y ya el año que viene cuidará del perro la madre de su amiga. El año que viene cogerán el tren transiberiano. Quizá debería comprarle un perro a Elle; Laura podría venir a cuidarlo cuando se vayan. Laura es una mujer atractiva y sus padres tienen dinero. Se plantea que quizá hubiera funcionado, en cambio el destino quiso que su mirada y la de

Elle se cruzasen. Aunque le gusta hablar con Laura. En alguna fiesta han estado hablando un rato y ha habido una cierta intimidad que le parece curiosa. Posiblemente hubiera funcionado, pero es Elle.

Andy termina de comer su papaya, y corta otra. La mete en un recipiente de cristal con tapa hermética y se la lleva a su despacho. Vuelve a la cocina, se pone otro café y lo lleva también. Revisa las redes sociales mientras arranca su ordenador de sobremesa. Le da varios me gusta a las fotos de David, su amigazo finés que conoció en Tailandia. David está visitando el Gran Cañón del Colorado. Andy quiere saber qué objetivo está utilizando para las magníficas fotos que cuelga. Se lo pregunta directamente por mensaje privado. David no responde, por la diferencia horaria, claro. Pone música, Tom Waits. Entra en su blog y responde los mensajes de su público. Caballero27 le propone hacer una reseña de Malta. Malta es una isla preciosa, el problema que le ve es que se trata de un viaje muy pijo. Carece del espíritu salvaje que le gusta para su marca. Responde que lo pensará. En efecto, lo piensa y decide que es un viaje más para hacer con sus padres, quizá después de pedirle a Elle que se casen. Quizá cuando vuelva del transiberiano. El transiberiano es lo que le interesa ahora. Tiene una entrada sobre Madeira pendiente de revisar, pero quiere empezar el "organizando mi viaje". Un año es demasiado tiempo de preparación a ojos del lector. Les daría la sensación de que prepara demasiadas cosas, dejando poco espacio a la aventura. Andy se muere de ganas de empezar a publicar entradas sobre el tren. Comienza a revisar las guías de viaje que ha comprado. Revisa también el perfil de sus contactos en redes y confirma que ninguno de ellos lo ha hecho. Será el primero de su entorno en hacerlo y se sonríe. Sigue leyendo y tomando notas, marcando con esas pequeñas tiras de post it los comentarios más interesantes. Deja el libro. Vuelve a las redes sociales. Responde algunos comentarios sobre sus fotos construyendo pozos en África. "Son muy viejas, qué buenos tiempos! XD". Retoma el libro. Deja el libro. Finalmente se masturba pensando en Laura y Nía, pero en el último momento fuerza su imaginación hacia el bien y se corre pensando en Elle. Lleva el pañuelo de papel con su carga genética al inodoro, tira de la cadena y enciende la ducha. Mete los pantalones cortos en el cesto de la ropa sucia. "Elle tiene que estar trabajando ahora", piensa bajo el agua. Aunque Elle, en realidad, ha llamado al trabajo para decir que no se encuentra bien y ahora mismo está paseando a Froid por el parque, medio fumada. Andy no sabe nada de eso; él imagina a su novia sentada en la oficina haciendo cosas de oficina. Se ducha, sale desnudo de la ducha y se tumba en la cama. Justo antes de dormirse, imagina que Elle vuelve a casa y le encuentra desnudo en la habitación y hacen el amor. Nota la sangre volviendo a sus genitales; decide no masturbarse porque luego quiere salir a correr. Finalmente se duerme.

Se despierta a las trece y veintiséis. Debe vestirse rápido porque si no tendrá que salir a correr a las catorce horas. Se pregunta si hará demasiado calor en la calle y se responde que luego hará más. Se enfada consigo mismo por ponerse excusas de gordos. Se promete un bollo lleno de chocolate de forma ofensiva. Mientras sale del portal conecta la lista de reproducción de rock de los ochenta. Piensa en dejarle las llaves a Pedro y recuerda que es viernes. Puede ver al vigilante de seguridad sudamericano y se replantea dejarle las llaves. Recuerda los motivos de su desconfianza, pasa a su lado y le saluda con la mano sonriendo mientras se ata las llaves a la muñeca. Sale a correr y corre. Corre y cuando no puede más, esprinta. Vuelve al portal y quita la música. El reloj marca las trece cincuenta y nueve. Se siente bien. Ha saltado por encima de sus excusas y ha conseguido lo que quería. Piensa en el bollo de chocolate, se convence de que ya no lo quiere y se sonríe a sí mismo, triunfante. Sube a casa y se ducha. Va a la cocina y come un plato de pasta fría con ensalada de atún. Se tumba en el sillón y ve las noticias. Se vuelve a dormir. Le despiertan los gritos y las risas de la tele. Una loca algarabía en un plató lleno de señoras vestidas elegantemente y un presentador homosexual muy subido de tono. Siente lástima de la gente que es adicta a estos programas de televisión. Piensa en la cantidad de personas que intenta escapar de sus vidas viendo o leyendo prensa rosa. Gente que tiene una vida de mierda y necesita tomar prestados fragmentos de vidas de otros para escapar. El ex marido de la hija de una cantante famosa entra en el escenario y comienza a relatar con dramatismo algo cotidiano e intrascendente. Algo que podría pasarle a cualquiera en una discoteca cualquier martes. Piensa en la cantidad de personas que gastan demasiado dinero en ropa, o hacen maravillas para buscar ofertas de marcas que apenas pueden permitirse, para estar un rato en una discoteca en la cercanía de esta gente. Piensa en mujeres que se operan las tetas, los labios e incluso la vagina esperando que les toque la lotería televisiva. Piensa en el esfuerzo y la constancia, en la insistencia de algunos personajes que transitan por esos programas, hasta lograr realizar su sueño. Lo juzga todo con desprecio y luego sigue viéndolo un rato, maravillado. Finalmente, apaga la televisión, se levanta y vuelve a su escritorio, sin encender el ordenador esta vez. Retoma su análisis de las guías de viaje. Se imagina los parajes abiertos de la tundra, el verde profundo de la taiga. Piensa en la arena naranja del desierto del Gobi. Piensa en el Gran Cañón del Colorado. Abre el móvil. David no ha respondido. Vuelve a mirar las fotos y trata de descubrir los retoques de color y en consecuencia el programa con los que los ha realizado su amigo. Valora varios objetivos en los mercados electrónicos; mira las ofertas. Trata de descubrir qué objetivo está usando su amiguísimo finés. Cuando está a punto de cerrar y dejarlo para otro momento, David le responde. Busca el objetivo, ronda los dos mil euros. Le pregunta qué programa está utilizando. Charlan un rato de estas cosas. Abre la búsqueda de internet y mira otras fotos hechas con el mismo objetivo. Le da a seguir a varios fotógrafos de viaje que utilizan ese mismo objetivo y que considera que tienen talento. La conversación con David se queda en un vacío descuidado. Ambos siguen con su vida dejando la charla congelada para siempre. Ninguno de los dos se molesta en añadir un emoticono para marcar que ya están a otra cosa. Ellos son así: naturales. Su grado de amistad ha superado las convenciones y no tienen la piel de algodón para molestarse por tonterías así.

En torno a las siete suena el teléfono. Es de la empresa y eso le hace extrañar. Normalmente es Ferraro el que llama y es desde su propio móvil. Esta llamada no es así, debe ser algo importante.

—Dime—responde Andy con gravedad.

—Tu novia está donde no debe —es la voz de su padre—, habla con ella. Tenemos ese terreno apalabrado con el ayuntamiento. No podéis ir a reforzar la protesta.

—No, si no tenemos nada en el calendario.

—Por eso te llamo, —le insiste— para que lo arregles. Sé que no es cosa del grupo, pero está metiendo la pata de todas formas.

—Ok, lo arreglo ahora —termina Andy—, mándame la dirección.

Su padre cuelga. Andy se ruboriza un instante. Se enfada. También se alegra. Esto compensa lo del libro del poliamor con creces. Esto le va a devolver a la mirada de Elle, la de los primeros días. Van a pasar una discusión y si lo maneja bien, esto le devuelve el mango de la sartén; es positivo. "No hay que ver los obstáculos como dificultades, sino como desafíos. Los desafíos nos hacen crecer. Los desafíos nos dan la recompensa inmediata de sentirnos bien cuando los superamos.", se repite. Andy recibe la dirección y recuerda, inmediatamente, la irrupción del portero en la reunión del grupo. Sonríe. Sonríe porque va a darle la propina una semana más tarde y a partir de ahora el portero va a estar siempre a la hora que él sale a correr. Porque ahora no sería él quien presiona para que le despidan, sino que se está metiendo en asuntos de la empresa para la que trabaja. No es un capricho, es un tema laboral justificado. Sonríe porque tiene el control.

08

Era una afirmación muy inocente y así lo expresó en voz alta sin tener en cuenta los sentimientos de su interlocutora. Pedro se llevó la taza de café a los labios, todavía ajeno a sus formas descuidadas. Vio reflejada su negligencia en la frente fruncida de Ele. Tragó rápido y volvió a hablar, casi atropellándose.

—No lo digo en tono despectivo continuó alzando la mano en señal de paz—, es una fantasía que a mí también me gusta, pero no va a suceder. Es un sueño en el que debe participar demasiada gente para que se cumpla.

—Podría pasar —respondió Ele—, la gente ya está harta de que la engañen, la manipulen y la ignoren.

—No, Ele —respondió Pedro como si le activara un resorte—, la gente dice que ya está harta, en cambio al final van a votar. Como solía decir un amigo mío: no hay nada más humano que decir que no puedes seguir así y seguir así. Hay un mecanismo bien engrasado de medios de comunicación diciéndote que votes. Es más, te dicen lo que tienes que votar sin esconder que son partidarios. Lo llaman posicionamiento o imagen de marca, u otros términos de marketing. ¿Sabes que ahora la misma compañía de fabricantes de coches te fabrica tres marcas de coche diferentes? Si tienes más dinero comprarás la mejor marca y si tienes menos comprarás la otra marca más barata, que viene con asientos de tela en lugar de cuero y el panel de control es similar, solo que no es tan bonito... Bueno, pasa lo mismo con los medios. El mismo grupo de inversores tiene tres periódicos, uno para la derecha, uno para el centro y uno para la izquierda. Son los mismos intereses, al final.

—¡A eso me refiero! Es exactamente a lo que me refiero —se reafirmó ella—, todo el mundo sabe que nos están manipulando.

—No lo creo. Primero, al decir que es «todo el mundo» me parece que exageras los números; segundo, al decir que nos están manipulando entramos al debate filosófico. La comunicación humana es manipulativa de por sí. Las palabras son como el dinero: este último ha dejado de responder al patrón oro, al igual que las palabras han dejado de atender a una realidad objetiva. Los unos y los otros intentamos crear una realidad y convencer a los demás de que vivan con ella. Alteramos las percepciones de los demás constantemente, a partir de pensamientos abstractos.

Ambos se quedaron en silencio. Las palabras de Pedro eran una guillotina de realidad, o al menos lo parecían.

—Pero... Esa afirmación, per se —comenzó a decir Ele despacio—, es una paradoja. Dices que vivimos en una realidad en la que la idea de ir a votar es demasiado fuerte, también hay una corriente de pensamiento contraria, si sólo tuviera más fuerza...

—A ver —respondió Pedro eligiendo las palabras—, yo estoy a favor de lo que dices. Evidentemente, el paradigma humano ha cambiado en base a las formas de pensar. Aunque por otro lado, decir que la realidad cambia en función de las ideas, exclusivamente, me parece que es falaz; es posible que los grandes cambios de la humanidad respondan más a las nuevas tecnologías descubiertas... que por otro lado también salen de las ideas... Mira, no lo sé. La verdad es que no soy historiador ni filósofo. Sólo soy un viejete que tiene que controlar su ingesta de cafeína y estoy dándole la chapa a una jovencita adorable.

Ele se rió y Pedro se sonrió. Supuso que porque esto último también era verdad. Era muy triste tener que tomar descafeinado. Cuando tenía la edad de Ele podía beber café a las diez de la noche y caer rendido al tocar la almohada. Ahora, meaba sentado y se veía en la obligación de no acercarse a la cafeína después de las cinco de la tarde. "Para lo que hemos quedado", pensó.

—No te lo tomes a mal —le dijo Ele sonriendo—, creo que estás huyendo de la conversación utilizando el humor. Eso no te va a funcionar con todo el mundo.

Pedro pensó que sí, que le funcionaría con todo el mundo. Podía huir de todas las conversaciones que quisiera, con o sin humor. También se planteó si quería huir de aquella conversación y descubrió que no quería.

—Mira —volvió a comenzar el portero—, cuando yo era pequeño... ya sabes, recién extinguidos los dinosaurios...

Ambos volvieron a reír.

—Cuando yo era pequeño había una pintada en mi barrio que decía «Imagina que hay una guerra y no vamos nadie». Claro, yo era un niño con mucha imaginación; creo que estaba por encima de la media. No me costaba nada imaginarlo. Me parecía una idea preciosa. Con el paso del tiempo me fui dando cuenta de que, al final, no es un pensamiento eficiente. Si no fuéramos nadie, aparecerían trescientos soldados motivados de un ejército extranjero y conquistarían tu país. Sería precioso si todos nos lo imaginásemos, aunque no puedes contar con todo el mundo. Si bien es cierto que las ideas pueden cambiar el mundo, también lo es que yo, personalmente, me siento muy pequeño para poder aplicar ese concepto. Por no hablar de que, de ninguna manera, me gustaría que me crucificaran.

Volvieron a reír.

—Fíjate, por ejemplo —volvió a comenzar más despacio Pedro—, en la figura de Jesús de Nazaret. Existiera o no existiera, no estamos cuestionando eso. Es una idea que ha llegado hasta nuestro tiempo y comienza a diluirse. No sabemos quién era realmente. La imagen que ha llegado hasta nuestros días es que era un tipo que predicaba el bien y la paz, aunque existe la expresión «montar un Cristo». Tengo un amigo que dice que Jesús debía ser una persona terrible; dice que, cuando se levantaba por la mañana, los apóstoles tenían que estar pensando cosas como «a ver la que nos lía éste hoy». Mi amigo dice que Jesús era un rabino, una persona que se dedicaba a darle charlas a los demás; supuestamente, los ricos de la época invitaban a los rabinos a comer, no sé si es así, yo no estoy muy puesto en esas cosas, sólo te cuento lo que decía mi amigo; el caso es que, según mi amigo, a Jesús sólo le invitaban a comer una vez; les decía cosas a los ricos como "es más fácil que un camello entre por la cabeza de una aguja que el hecho de que un rico entre en el reino de los cielos". Al final, Jesús sólo tenía un amigo rico: José de Arimatea. Mi amigo imagina que el tema de los discípulos era un séquito de gente que pensaba que siguiendo a Jesús podían comer todos los días, solamente eso.

Pedro volvió a tomar un sorbo de café y se dio cuenta de que Ele sonreía. Ella no dijo nada, estaba sumergida en el relato.

—Tampoco vamos a eso —siguió diciendo el narrador—, no es la historia oficial, como ves, sólo son los delirios de mi amigo. En otras épocas te quemaban por decir cosas así, pero no es nuestra época; bueno, más o menos. Evidentemente, en cuanto te metes en temas religiosos vas a tener problemas, a pesar de la libertad de expresión. Tampoco es como si yo fuera a ir a un foro público a contar estas cosas; como he dicho: no quiero que me sometan a un martirio. Lo que sí podemos observar es que hay una diferencia enorme entre la época del nazareno y la nuestra. Imaginemos que Jesús existió y que era una persona extremadamente inteligente y sensible; una persona muy avanzada a su tiempo. La época en la que nació era una mierda: te mataban por nada y menos, la gente vivía cuarenta años o así de media; te clavabas una astilla en la mano y te podías morir de la infección. El tema es que el tipo le hace una propuesta a su sociedad: oye y si dejamos de darnos patadas en la boca los unos a los otros e intentamos, en honor a la inteligencia que se nos ha concedido, hacer una sociedad que no sea un infierno en la tierra; digamos que intentamos hacer un cielo en la tierra ¿por donde empezaríamos? También el mensaje del nazareno va muy en armonía con lo que decían los mandamientos de Moisés: no mates, no robes, no te acuestes con la mujer del vecino y así el vecino no querrá matarte... Cosas que ahora damos por sentadas y que en la época de Jesús no estaban tan claras. A pesar de las guerras, a pesar de la Inquisición, de las cruzadas religiosas, de los baches más oscuros de la historia, esas ideas han permitido que la sociedad se desarrolle hasta un punto donde, otra vez más o menos, puedes salir de casa sin miedo a que te apuñalen. La idea original ha permitido un desarrollo tecnológico que sirve de cimiento para ir orientados a lo que todos queremos: vivir un cielo en la tierra. No digo que lo hayamos conseguido, pero establece que los que vivimos en el hemisferio privilegiado, incluso al que peor le va, come todos los días. Hay además una cierta empatía hacia los países subdesarrollados que quieren alcanzar este paradigma; aún cuando se cometen ciertas crueldades en su contra, se sabe que lo que se está haciendo en África y Latino América no está bien. Es en origen una idea bonita, de un hombre que se describe como un profeta, un hombre que está muy por encima del resto de nosotros. Quizá ese es el problema, que existe un requisito inalcanzable de ser un superhombre para poder traer a la realidad una idea tan magnífica como la de Jesús. Es algo que está fuera de las manos de la gente común, como tú y yo. Estaría bien que alguien pudiera realizar ideas como "que haya una guerra y no vayamos nadie" o "no vamos a votar a nadie porque queremos reiniciar el sistema democrático". Estaría bien.

Ele subió los pies a la banqueta de plástico y se abrazó las rodillas. Le pidió permiso con un gesto para hacerse un cigarrillo de liar y Pedro asintió.

—No deberías fumar —le dijo—, no te pega.

—No te tenía por una persona religiosa —le respondió ella—, no te pega.

—No sé si lo soy —respondió Pedro consciente de que le habían devuelto el mordisco y con razón—; sólo sé que las religiones existen y es una forma curiosa de organizar grupos de personas. Supongo que la idea de un poder superior es algo reconfortante para la especie.

—¿Como los superhéroes? —Ele iba a hacerle pagar su osada afirmación sobre el tabaco— ¿Sugieres que necesitaríamos un Superman para que la sociedad mejore?

—Bueno —respondió Pedro en tono conciliador—, al fin y al cabo, los superhéroes no son algo nuevo; guardan cierta semejanza con el arquetipo del mesías. También he oído sugerir que el pueblo judío no quiso admitir a Jesús como el salvador que esperaban, porque tenían en mente una especie de líder guerrero que les liberase del Imperio Romano a golpe de espada; la forma de Jesús era muy diferente y por eso no lo aceptaron. Porque no se adecuaba a lo que deseaban, supongo.

—Sí —reflexionó ella—, eso pasa también ahora. Las películas de superhéroes siempre son violentas. Todo lo solucionan a puñetazos... bueno, a superpuñetazos. Los buenos y los malos están muy bien definidos y son todos violentos.

—Bueno, en Civil War hay una confrontación de ideas en el mismo grupo de superhéroes y acaban enfrentados por eso. También en los X-Men. Aunque el grupo de Magneto aboga por la separación de los superhéroes de la especie humana; separación hacia arriba, como buenos villanos; sostienen que los superhéroes deben gobernar a la especie humana, que consideran inferior, en lugar de estar sometidos al orden establecido. Yo creo que si fuera un superhéroe sería de los malos, en ese contexto, al menos. Es que los humanos de ese cómic son muy fascistas... Por otro lado, los malos también. Claro, por eso los X-Men son los buenos. Es un debate muy inteligente, la verdad. Aunque no creo que haya triunfado por eso, sino por los puñetazos y el drama romántico entre los adolescentes mutantes.

—Acabas de hacer una valoración filosófica sobre los superhéroes —dijo Ele riéndose—, justo después de hablar de Jesucristo.

El resto de las mesas de la terraza se giró para descubrir el origen del estrépito. Les costó parar de reír.

—¿No estarás intentando huir de la conversación a través del humor? ¿Verdad, Ele?

Ele recibió el golpe con sorpresa, abriendo la boca con incredulidad y la risa todavía en sus ojos.

—Eres ladino y rencoroso.

La joven le sentenció con ojos de rencor sobreactuado y Pedro volvió a reírse, asintiendo.

—No —continuó Pedro—, Superman tampoco salvaría el mundo. Es un arquetipo más cercano a los héroes griegos que a los profetas. Prefiero a los griegos, personalmente. Los griegos no se arrogaban la virtud de la justicia, ni el bien, ni nada. Eran más sencillos: soy más fuerte que tú y te voy a dar una paliza para llevarme todo lo que tienes; muy de barrio bajo; también eso les hacía más puros, más honestos. No sé cuándo comenzó la guerra motivacional o ideológica. Quizá en las cruzadas. A lo mejor incluso antes.

—Estábamos hablando de no votar —le recordó Ele—, de dejar las urnas vacías. De que haya una democracia trucada y no vayamos nadie.

—No va a suceder —respondió el portero—, sencillamente.

Ambos se quedaron en silencio. Él bebió un sorbo del café y agitó la taza; después se quedó mirando al infinito. Ele pensó en el libro que llevaba en el bolso. ¿Era el momento? Un rubor le subió por todo el cuerpo hasta llegar a su pecho, arrojando un escalofrío generalizado. Se preguntó si Pedro se había dado cuenta y le recordó al día de la toalla. Era posible, muy posible, que Pedro no se percatase de esas cosas. Era porque no veía bien o porque vivía muy dentro de sí mismo. En la terraza había varias personas sentadas con la mascarilla atada al codo. Hasta hacía unos años, se trataba de un objeto que solo veía en las calles de Japón, en los documentales. El complemento facial se había instalado en la vida de los españoles con una facilidad pasmosa, a pesar de la resistencia inicial. Ele reflexionó sobre la cantidad de elementos que se instalan de manera similar en nuestras vidas, por necesidad, y ya no volvemos a plantearnos nunca. Pedro la miró y le sonrió. Estaban bien en ese momento, en esa calma de la conversación. Tuvo urgencia de hablar de cualquier cosa, pero se dio cuenta de que no era necesario y deseó que aquella paz se instalase por siempre en su vida. La no necesidad de deslumbrar con palabras, de hacerse un producto y promocionarse. En ese momento Pedro fijó su mirada a la altura de la calle, se incorporó en su asiento y alzó la mano para saludar, todavía sonriendo. Ele se dio la vuelta para mirar y pudo ver a Andy, Nía y Rob acercarse. La calma le estalló dentro y el corazón se le aceleró como un gamo perseguido. Estaban todavía lejos de la mesa y aquello era terrible; hubiera preferido un golpe sordo de inmediatez en lugar de verles caminar hacia ellos con aires de eternidad; hubiera preferido no tener tiempo de contemplar la cara grave que traían, de no ver su traición reflejada en la desaprobación del grupo. Los latidos se le agolparon en la cabeza y dejó de oír la realidad un instante; por desgracia, no se desmayó. Sintió la boca seca desde los dientes hasta mitad de la garganta. Pedro se levantó para dar la bienvenida al grupo y Ele le imitó como un títere sin voluntad. La corriente la arrastraba de nuevo y había perdido la capacidad de decidir. Otra vez estaba frente al escaparate de la juguetería sin ver siquiera los juguetes.

—Vamos a pedir que nos junten otra mesa —dijo Pedro—, ¿qué queréis tomar?

—No vamos a quedarnos —respondió Andy, abruptamente—. Elle, tenemos que hablar, vamos a casa.

—No... No puedo... Froid... Tengo que cuidar al perro de Laura —tartamudeó Ele—, no puedo ir.

La mirada de Andy era todo furia. Pedro se puso delante, confuso.

—Esto no tiene nada que ver contigo —le dijo—, apártate.

Pedro no se movió. Andy le miró a los ojos; tras unos segundos inmensos de desafío fútil, se dio la vuelta y se marchó sin decir nada más. Rob le siguió inmediatamente, no obstante Nía permaneció frente a ellos con cara de indignación y espetó con rabia a Ele.

—¿Te crees que la casa en la que vives es gratis? ¿Que se paga con el blog o con los trabajos sociales? Eres una cría, Elle. Para ti esto es un juego. Andy trabaja mucho y no se merece esto.

Resopló y se fue acelerando el paso para reunirse con los chicos. A pesar del remolino de ideas y sentimientos que pugnaban por el control de su mente, o quizá debido a él, Ele vio con claridad que Andy era quien decidía qué movimientos reivindicativos apoyaban, que no tenían una reivindicación propia y sin embargo se unían a otros grupos que sí la tenían; Andy acababa siempre asumiendo el control. En principio, pensaba que era su carácter protagonista, su narcisismo, lo que le empujaba a tomar las riendas de proyectos que no eran suyos. Al fin y al cabo, Andy tenía mucha experiencia gestionando proyectos y planteaba ideas que a los grupos de barrio no se les hubieran ocurrido; por eso se sentían agradecidos y le dejaban hacer. En ese momento, estaba viendo un fondo de intereses laterales, una trama sórdida y complicada y un hilo del que su mente y su corazón se resistían a seguir tirando. Al ver a Nía llegar junto a los dos chicos, le vino a la cabeza el libro del poliamor en la cartera de Andy. Allí estaba, con claridad, lo evidente. Ese fue el último golpe que resistieron sus pulmones colapsados, la espalda comenzó a dolerle rogando por cerrarse hacia su pecho y reducirse en su persona. Notó un grito creciendo en su garganta —uno demasiado débil para sobrevivir al parto— y vinieron las lágrimas; lágrimas colosales invadiendo sus ojos y derramándose por los laterales de su nariz hacia su boca. Los enmascarados de la terraza contemplaban la escena, atónitos algunos y murmurantes otros. Se cubrió el rostro con las manos porque no tenía fuerza para correr ni refugio al que huir. Había sido un buen sueño; sin embargo, al despertar se había dado cuenta de que había estado viviendo una pesadilla. Era todo lo que deseaba, debía admitirlo. Había visto venir el final de su propia trama reunirse en un solo instante, a un ritmo que no podía ser gozoso. Eso era todo lo que tenía en mente. Sabía desde el primer paso que su camino conducía a ese momento y había decidido ignorarlo. Aún así, sintiendo que era el peso de sus propias elecciones, también sentía que era parte de un terrible camino en el que sus pies estaban fundidos con el mismo suelo. Entonces, notó la calidez de una mano apoyándose justo donde su espalda sentía la herida y su mente se rindió. Al girarse descubrió al portero con rostro adusto y quiso besarle. Sus ojos rogaban que la sacase del infierno, que no la rechazase. Pedro la abrazó. Ele dejó su cabeza hundirse entre sus brazos contra un pecho que era firme y a la vez parecía a punto de romperse. Hundió su rostro ignorando el tacto de los botones de la camisa y escuchó un corazón cabalgando. No supo cuánto tiempo permaneció en él. Los latidos se fueron calmando y, sin embargo, seguían siendo muy fuertes; como si el corazón fuera muy grande o estuviera muy cerca de la superficie. Quizá porque era el primer corazón que escuchaba hace mucho tiempo. Estaba en ese vacío cuando percibió un cambio en el cuerpo del portero. Le miró y vio su rostro buscando algo frente a la cafetería. Al mirar descubrió un hotel que había crecido entre los edificios. Llevaban ya tiempo en la terraza y no lo había visto. Es más, sabía que el Hotel nunca había estado allí. Se trataba de un hotel que conocía, que había imaginado con anterioridad. Había leído este hotel en el libro de Pedro y había pensado largo tiempo en la metáfora que representaba. Lo había considerado una fantasía, un sueño, pero existía y estaba frente a ellos.

Pedro la separó con delicadeza de su pecho; la miró a los ojos y le dio la mano. Después caminó hacia la puerta del Hotel y ella caminó detrás. Caminó junto a él sin colgar su peso en su mano, ni el de sus decisiones.

09

El pronóstico arrojaba tormenta de verano. Una de esas lluvias veraniegas fuera de lugar que inundan el asfalto hasta formar charcos bajo la acera; charcos de frontera difusa que nos dan la impresión de que podemos evitar de un salto y en los que, inevitablemente, acabamos metiendo el pie. Sin embargo, la previsión del tiempo era, como de costumbre, errónea. El verano se había relajado hacia un apacible frescor primaveral. Al regresar al Hotel, Ele se maravillaba de que el traje beige de Pedro no le provocase el menor signo de transpiración; ella estaba perfectamente agusto con su vestido de verano estampado y sus zapatillas de lona bajas. Una serena alegría había reemplazado el nudo de emociones desagradables que esperaba como consecuencia de los recientes eventos. No tenía frío, ni calor. Es más, incluso el leve dolor de muelas que había experimentado al principio de la semana había desaparecido; aunque no había tomado ningún anti-inflamatorio. Todo lo que le era desagradable se había esfumado al cruzar la puerta del Hotel. Tomó la mano de Pedro, tirando hacia ella con entusiasmo, y él puso su peso en la pierna de atrás, fingiendo que se resistía. Ambos contuvieron la risa, al estilo de los adolescentes tempranos, hasta que sus miradas se encontraron y el silencio cómplice volvió a invadirles. Ele entrecruzó sus dedos con los del escritor y tiró con suavidad, girando sobre sí misma y caminando hacia las puertas del ascensor. Sin necesidad de mirar, se percató de que no era difícil; su amante consentía la silenciosa propuesta de volver a la habitación. Ele no podía evitar cierta confusión en el hecho de que se encontraba bien, cuando todo apuntaba por pura lógica, a que debería encontrarse mal. Todo lo que sabía de la realidad, de la acción y la consecuencia, dictaba que debía encontrarse sumida en un pozo de desasosiego; por el contrario, su mente había huído hacia el paraíso y su cuerpo le había seguido. Algo estaba profundamente mal en que las cosas estuvieran tan bien. La diferencia entre lo que debía ser y lo que era, era abismal; y no era una espiral descendiente, sino una fuerte corriente de viento a su favor. Incluso la corta duración de estos ataques de conciencia le desconcertaba; era consciente de que, al pulsar el botón del ascensor, dicho pensamiento desagradable desaparecería, al igual que otros asaltos a su memoria se habían desvanecido anteriormente. El Hotel estaba atendido con pulcritud. El metal del ascensor regalaba su reflejo difuso del mundo sin estar mancillado por una sola huella. En el tiempo que llevaban alojados en el Hotel, sólo habían coincidido, levemente, con el personal del restaurante. No se habían cruzado con ningún otro huésped, ni siquiera en dicho comedor. La moqueta desprendía un agradable olor a limpieza y...¿vapor?¿vapor de flores? Creía recordar que se había levantado a mitad de la noche para beber agua y había visto el mar, lo que en Madrid no podía significar otra cosa que haberlo imaginado. La sensación era agradable; agradable en demasía. Las condiciones externas descritas, no eran siquiera la mitad de extrañas de lo que tenía en su interior. Se sentía enamorada. Muy enamorada. Un enamoramiento tranquilo, carente de ansiedad o inseguridad. Se sentía enamorada y correspondida. Apretó la mano de Pedro y notó la respuesta equivalente en sus dedos. Cuando Ele estaba a punto de alcanzar el botón del ascensor, una voz les detuvo.

—Disculpen.

Al otro lado del pasillo había un mostrador de recepción en el que no había reparado hasta el momento. Sentada en su puesto, con su uniforme azul y su peinado impecable, se hallaba sentada la recepcionista.

—Disculpen —volvió a decir—, es usted Pedro Sánchez, ¿verdad?

—Sí —respondió el escritor sonriendo—, soy yo.

—Hemos recibido quejas de algunos de los huéspedes —dijo la recepcionista con el ceno fruncido—, no somos ese tipo de hotel, ¿saben? Llevan ustedes una semana entrando y saliendo a altas horas de la madrugada, haciendo mucho ruido y vaciando el minibar. Me veo obligada a pedirles que se moderen.

La mente de Ele se atascó un momento al cuestionarse a qué otros huéspedes se refería; en ese momento saltaron todas las alarmas: si llevaba una semana en el Hotel, ¿quién estaba cuidando al perro de su amiga? El pánico se estaba apoderando de ella, cuando Pedro le apretó la mano y la miró a los ojos. Aquellos ojos no expresaban ninguna preocupación, sino una sonrisa cómplice, satisfecha; todas las fichas de dominó caían exactamente como le había explicado. No recordaba el camino de vuelta al Hotel, pero sí la terraza en la que habían desayunado. Recordaba el sol reflejándose en el mantel blanco y en el traje claro de Pedro, casi cegador. Recordaba la agradable brisa y el olor a flores. Sobre todo, recordaba la conversación como si estuvieran teniéndola en ese mismo instante.

—Entonces —había comenzado Ele—, ¿es el Hotel de tu libro?

Pedro asintió, aunque enseguida arrugó la frente, extrañado.

—¿Desde cuándo sabes lo de mi libro?

—Desde que lo escribiste.

Ele no pudo contener la risa al ver la cara de Pedro haciendo cálculos. Sabía lo que estaba pensando: sabía que la estimaba más joven de lo que era en realidad.

—¿Tenías pensado decírmelo en algún momento?

—Estuve a punto de decírtelo en varias ocasiones —respondió

ella—, tuve un ataque de pudor y no me atreví.

—Luego, conoces el Hotel y las reglas del Hotel —le preguntó Pedro—, ¿verdad?

—Sí —respondió ella—, pero si me equivoco o no me acuerdo de alguna, dímelo.

Pedro sonrió y volvió a asentir.

—En el libro, el Hotel aparece y tú entras. Cuando intentas irte te dan una factura elevadísima. Tú te agobias y te enfadas porque no puedes pagarlo. Ellos te proponen una solución: les puedes hacer un favor en lugar de pagarles la factura. Además, si aceptas hacerles un favor, te conceden un deseo.

—No es exactamente un deseo —apuntilló él—, es un sueño. Te cumplen uno de los sueños que hayas tenido durante tu vida.

—Creo que entiendo la diferencia —reflexionó Ele—, pero... ¿Qué significa? Es decir, es obviamente una metáfora de algo; nunca he conseguido entenderlo. ¿Por qué esas reglas? ¿Quién te cumple un sueño? ¿Por qué aparece el Hotel?

El portero se encogió de hombros y arqueó las cejas respirando profundamente.

—No lo sé, Ele. Esa es la verdad.

—No puede ser que no lo sepas —respondió la chica—, ¡es tu libro!

—¿Lo es? Porque si lo es, tengo una pregunta para ti: ¿Qué haces tú en el Hotel?

Ele se quedó un momento en silencio, extrañada. Quiso decir algo, pero las palabras se le murieron antes de llegar a la garganta.

—Entonces, estoy soñando... ¿Estoy soñando que estoy alojada contigo en el Hotel de tu libro?

—¿Conmigo? —preguntó capciosamente el escritor— ¿Como sabes que estás conmigo? Es decir, no sé si te ha pasado antes soñar con otra persona. En la hipótesis de que dos personas pudieran encontrarse en un sueño, una proyección mística de su consciencia, por llamarlo de alguna manera ¿Cómo sabrías que es una persona real? ¿Cómo lo distinguirías?

—No lo sé —dímelo tú—, tú escribiste el libro, tú te inventaste el Hotel.

—Vale —respondió Pedro—, te diré la verdad, suponiendo que estás aquí conmigo y que no estoy hablando solo. Ya sabes, hablando con una proyección de lo que entiende mi mente que eres; lo cual, al fin y al cabo, es hablar con uno mismo. Yo no inventé el Hotel: lo soñé. Soñé con todo esto.

—Si lo soñaste —respondió Ele alarmada—, ni siquiera lo escribiste. Es decir, sí; traspasaste al formato papel algo que habías soñado, sin embargo eso no tiene más mérito que transcribir. Es decir, no te ofendas, pero tu único mérito sería haber puesto bien todas las tildes y los signos de puntuación; para ser honestos, ni siquiera todos están en su sitio: tienes un grave problema con las comas.

Pedro se encogió de hombros y se rió abiertamente. Ele también se reía y al mismo tiempo se sentía algo defraudada. El libro que marcó su adolescencia no era un ejercicio de imaginación. Era una simple transcripción poética de los sueños del autor. Aunque estaba soñando. Si era verdad que Pedro no estaba allí con ella, podía ser que, inconscientemente, hubiera llegado a descubrir la verdad oculta tras aquellas páginas. Podía darse que, al haber estado en contacto con el autor, su subconsciente hubiera percibido más allá de las palabras para encontrar la verdad oculta en el libro. Esa intuición podía haberse manifestado como un sueño en el que el escritor se confesaba. También podía encontrar la metáfora en el hecho de que fueran amantes, ya que en el sueño que estaba teniendo, su ídolo de la adolescencia se desnudaba ante ella como ser humano; le desvelaba el truco de magia en una entrevista privada en una terraza, tal como había fantaseado ella, los años anteriores a la universidad. El sexo que habían tenido en el Hotel parecía un recuerdo lejano; fragmentos de intimidad, miradas profundas y caricias en la piel. En cierta manera, no era distinto al sexo real, el de los despiertos; en la realidad, uno contiene todas sus fantasías en una burbuja, y esta revienta cuando las pieles se tocan, haciendo del sexo una experiencia terrible y maravillosa. Nada de lo que pensaba podía saber en realidad; no podía confirmar sus hipótesis. Lo que sabía era que estaba soñando. Incluso puede que fuera su propio sueño, que el Hotel y el libro no existiesen; o que el libro existiese y el Hotel no: que el escritor nunca lo mencionase y fuera sólo su propio sueño. Por lo que entendía, el Hotel era su sueño y no quería despertar todavía.

—No es exactamente eso. Deja que me explique, Ele. El Hotel no es exactamente un sueño. Es un espacio entre la realidad y el sueño. El Hotel tiene camas donde te puedes tumbar y soñar. Sueñas de otra manera, más consciente y más real que todas las veces que has soñado antes. Por eso en mi libro los llamo «sueños de alta intensidad».

—¿Y con lo de las proyecciones de otra gente qué hacemos? Porque eso me está volviendo loca, la verdad. ¿No hay ninguna manera de saber quienes son soñadores y quienes son proyecciones de tu mente? Se podían poner una marca. Como en el fútbol: los soñadores de verdad que vayan de rojo y blanco y el resto sólo de blanco.

—No se puede. Bueno —aclaró reflexivo—, yo no he podido hasta ahora. Lo que hago es ignorarlo. Supongo que son todo proyecciones de mi mente y vivo con ello.

—Entonces —concluyó resignada—, vamos a entrar en el Hotel, pedir la factura y despertar, esperando que se haga realidad alguno de nuestros sueños.

—Bueno, cuando volvamos al Hotel vamos a querer hacer más cosas, por ejemplo soñar. Ten en cuenta que estos sueños sólo se pueden tener desde aquí. Aunque, olvidando que sean proyecciones de mi mente, puede que ahí dentro haya soñadores de verdad. No descarto que alguien pudiera acceder a los sueños de alta intensidad sin tener que servirse del Hotel.

—Si no te importa, cuando volvamos al Hotel quiero hacerte el amor. No me conformo con esta mezcla resbaladiza de recuerdos. Quiero ver si puedo agarrarme a algo.

—Bueno —respondió Pedro conteniendo la risa—, si es por eso... No me queda más remedio que acceder. No quisiera que pensaras de mí que soy huraño o insolidario.

Se levantó e hizo una reverencia al estilo cortesano; ofreció su mano a Pedro para que la acompañase. Se agarró a su brazo y sintió el agradable descanso de caminar junto a otro ser humano. En cierta manera, aquello compensaba la reciente caída del púlpito que acababa de sufrir su acompañante. Se preguntaba si lo había hecho muchas veces; se preguntaba si era adicta a elevar a las personas en su mente y luego dejarlas caer hacia la humanidad de nuevo, o incluso a empujarlas para ver como el mármol se hacía añicos al tocar el suelo. Se preguntó también si tenía cura; si con la edad dejaría de hacerlo, o seguiría inmersa en la cultura del encumbramiento. Fueron a lugares juntos, o eso creía. Tenía el recuerdo brumoso de un mercado callejero. Finalmente, llegaron de nuevo al Hotel, que parecía haber estado siempre y nunca al mismo tiempo. Ele se maravillaba de que el traje beige de Pedro no le provocase el menor signo de transpiración; ella estaba perfectamente agusto con su vestido de verano estampado y sus zapatillas de lona bajas. Una serena alegría había reemplazado el nudo de emociones desagradables que esperaba como consecuencia de los recientes eventos. No tenía frío, ni calor. Es más, incluso el leve dolor de muelas que había experimentado al principio de la semana había desaparecido. Aunque no había tomado ningún anti-inflamatorio. Todo lo que le era desagradable había desaparecido al cruzar la puerta del Hotel. Tomó la mano de Pedro, tirando hacia ella con entusiasmo, y él puso su peso en la pierna de atrás, fingiendo que se resistía. Ambos contuvieron la risa, al estilo de los adolescentes tempranos, hasta que sus miradas se encontraron y el silencio cómplice volvió a habitarles. Ele entrecruzó sus dedos con los del escritor y tiró con suavidad, girando sobre sí misma y caminando hacia las puertas del ascensor. Sin necesidad de mirar, se percató de que no era difícil; su amante consentía la silenciosa propuesta de volver a la habitación. Ele encontraba cierta confusión en el hecho de que se encontraba bien, cuando todo apuntaba, por pura lógica, a que debía encontrarse mal. Todo lo que sabía de la realidad, de la acción y la consecuencia, dictaba que debía encontrarse sumida en un pozo de desasosiego; por el contrario, su mente había huído hacia el paraíso y su cuerpo la había seguido. Algo estaba profundamente mal en que las cosas estuvieran tan bien. La diferencia entre lo que debía ser y lo que era, era abismal; y no era una espiral descendiente, sino una fuerte corriente de viento a su favor. Incluso la corta duración de estos ataques de conciencia le desconcertaba; era consciente de que, al pulsar el botón del ascensor, dicho pensamiento desagradable desaparecería, al igual que otros asaltos a su memoria se habían desvanecido anteriormente. El Hotel estaba atendido con pulcritud. El metal del ascensor regalaba su reflejo difuso del mundo sin estar mancillado por una sola huella. En el tiempo que llevaban alojados en el Hotel, sólo habían coincidido, levemente, con el personal del restaurante. No se habían cruzado con ningún otro huésped, ni siquiera en dicho comedor. La moqueta desprendía un agradable olor a limpieza y...¿vapor?¿vapor de flores? Creía recordar que se había levantado a mitad de la noche para beber agua y había visto el mar, lo que en Madrid no podía significar otra cosa que haberlo imaginado. La sensación era agradable; agradable en demasía. Las condiciones externas descritas, no eran siquiera la mitad de extrañas de lo que tenía en su interior. Se sentía enamorada. Muy enamorada. Un enamoramiento tranquilo, carente de ansiedad o inseguridad. Se sentía enamorada y correspondida. Apretó la mano de Pedro y notó la respuesta equivalente en sus dedos. Cuando Ele estaba a punto de alcanzar el botón del ascensor, una voz les detuvo.

—Disculpen.

Al otro lado del pasillo había un mostrador de recepción en el que no había reparado hasta el momento. Sentada en su puesto, con su uniforme azul y su peinado impecable, se hallaba sentada una recepcionista.

—Disculpen volvió a decir—, es usted Pedro Sánchez, ¿verdad?

—Sí —respondió el escritor sonriendo—, soy yo.

—Hemos recibido quejas de algunos de los huéspedes —dijo la recepcionista con el ceño fruncido—, no somos ese tipo de Hotel, ¿saben? Llevan ustedes una semana entrando y saliendo a altas horas de la madrugada, haciendo mucho ruido y vaciando el minibar. Me veo obligada a pedirles que se moderen.

Pedro miró a Ele con complicidad. Después, se giró hacia la recepcionista y le dijo sonriendo.

—En ese caso queremos la factura...

La recepcionista tecleó frenéticamente en el ordenador y, un momento más tarde, la impresora dejó deslizarse un folio manchado. La recepcionista lo miró un momento y después lo puso sobre la mesa y lo empujó hacia los huéspedes.

—Este importe es inaceptable —dijo Pedro mientras arqueaba una ceja—, queremos ver al director del Hotel.

—¿Podemos hablar un momento en privado, Sr. Sánchez?

—No. Lo que tenga que decir dígalo delante de ella. También es una huésped y vamos a pagar a medias.

La mujer miró a Ele con severidad. Parecía estar valorando si podía hacerlo. Después de sopesar un momento, suspiró con resignación y volvió a hablar.

—Verán, tenemos un problema: el director ha desaparecido...

10

Las puertas de vaivén al estilo del oeste se tomaron su tiempo para asentarse detrás de él. A su espalda, en el exterior, sintió una gran oscuridad. No sabía cómo había llegado hasta allí, sin embargo sabía con quién tenía que encontrarse. Un hombre alto y delgado, de actitud servil, le ofreció la mano en la entrada. Intercambiaron anécdotas banales un momento, sin prisa por concluir la misión que les había reunido. No sabía su nombre y no tenía interés en averiguarlo, pero sabía que era la persona que buscaba. La cantina era una mezcla entre los salones de una película de vaqueros de los años ochenta y un fumadero de opio chino, también cinematográfico; se daba cuenta de que nunca había estado en uno de verdad. Un perro pequinés del tamaño de una mula irrumpió en la estancia. Su cuerpo era de metal; al instante, media docena de perros de la misma raza, aunque del tamaño normal y hechos de pelo y carne, salieron de entre las mesas de la cantina; agitaban la cola entusiasmados e intentaban morder las patas de su gemelo metálico; éste los miraba con la alegría y serenidad de una madre viendo como juegan sus cachorros. El perro de metal miró directamente a los ojos de Pedro y le sonrió. Después, se dirigió hacia la parte de atrás del bar, escoltado por su séquito, todos ellos caminando a saltitos con cierto deje de orgullo. Era consciente de que estaba en un bar de demonios, a pesar de lo cual no tenía miedo, ni sentía que estuviera allí como cena. El hombre delgado le dirigió una sonrisa de sumisión y arqueó las cejas en una mueca que pedía permiso para proceder. En las múltiples mesas de madera sin tratar, había grupúsculos observándole con admiración y respeto; incluso el tabernero le miraba y asentía mientras secaba una jarra de cristal con el paño atado a su delantal. La mayoría de aquellos seres tenía forma humana, con algún rasgo animal, como cuernos, ojos de cabra, bigotes de gato y otras malformaciones. Algunos entre ellos eran animales comunes que practicaban la bipedestación y cuyo rostro estaba humanizado. La bienvenida silenciosa le hizo sentirse importante. Se giró hacia el hombre delgado y asintió, confirmando que estaba preparado para hablar. Su guía y sirviente le condujo hasta un reservado de madera bastante amplio. Dentro del reservado se hallaba sentado un hombre cuya piel marrón oscuro hacía un precioso contraste con su barba blanca. Era el arquetipo de un bluesman de los años cincuenta, recién sacado de Nueva Orleans y vestido con un elegante traje negro a rayas blancas. Llevaba sombrero también negro, y amplias gafas de sol oscuras; sus manos se sujetaban a la altura del pecho con la ayuda de un bastón de caoba que llegaba hasta el suelo en paralelo a las rayas de su pantalón. Pedro tomó asiento frente a él y el hombre delgado se sentó a su lado con entusiasmo y alegría nerviosa. Cuando su sirviente hizo las presentaciones, se descubrió incapaz de entender el nombre del anciano; tan solo pudo comprender que era un sabio que conocía las líneas de sangre y la heráldica de todos los demonios. Hablaron del tiempo y de eventos sin transcendencia hasta que el tabernero le trajo una cerveza. En aquel momento, el bluesman habló, no sin cierta pompa.

—Tú y tu familia sois un grupo de demonios benditos. Esto se debe a que tuvisteis la suerte de nacer a tan solo cincuenta kilómetros del demonio madre.

Pedro quiso preguntarle lo que era el demonio madre y qué suponía la bendición de la que hablaba, pero mientras pensaba en ello se formó en su mente la imagen de un valle al anochecer, cuando el sol se había ocultado hace poco tras el horizonte y los últimos rayos hacían el cielo de un color azul moderado y los objetos en el suelo eran oscuros, aunque visibles. Vio en su mente una suerte de cantera, y en su centro un agujero negro. Una boca infinita en la que la oscuridad palpitaba. Se preguntó si había demonios que hubieran nacido más cerca del demonio madre; demonios más poderosos o más benditos que él y su familia. Se encontró a sí mismo caminando por el desierto, buscando el lugar donde habían nacido espontáneamente.

Se daba cuenta de que había un espacio y un tiempo de los que su mente no sabía nada: los que ocupaban el viaje hasta la cantina y el viaje hasta el desierto. Se maravilló de que en los sueños uno sabe exactamente lo que está sucediendo sin necesidad de un narrador o una explicación previa. Supuso que, como los sueños son parte de la propia mente, uno conoce la trama, aunque no tenga un sentido aparente. Uno conoce el flujo de sus propias necesidades ocultas y cuando salta al agua puede saber que ese río también es su persona. Recordó brevemente la transformación de las nubes de luz en su cabeza en figuras, en el momento de dormirse; la transmutación de sus pensamientos en conversaciones con subdivisiones fantasmagóricas de sí mismo. Recordó un coche en la calle y como se había montado en él. Todo lo que tenía eran recuerdos difusos y no pudo profundizar en ellos. La brisa del desierto y la arena caliente bajo sus pies era todo lo que tenía.

11

Al otro lado de la calle, la luz dorada de la ciudad retaba al páramo oscuro de donde venía. Ele sintió la tierra bajo sus pies antes de poner el pie desnudo sobre el asfalto. Era una ciudad cualquiera, menos Madrid. Le recordaba a las ciudades más al norte como Segovia, o León. Tampoco era Salamanca. Definitivamente, no sabía dónde estaba. Había cierta actividad en las calles aunque no excesiva. La oscuridad parecía tirar de ella hacia atrás, pero sólo encontró más edificios de cemento y cristal, al mirar. La naturaleza negra de la que venía había desaparecido, sin embargo, tenía la sensación de que aún estaba allí, en la parte posterior de su cabeza. Se preguntó si le faltaba un trozo de cráneo y pudo ver en perspectiva su propio cuerpo completo, desde fuera, como si el sueño tuviera varias opciones de cámara. Las farolas de la ciudad eran imitación de las lámparas de gas del siglo pasado; la luz artificial era brumosa y amarillenta, haciendo que los edificios adoptasen en un tono que oscilaba entre el marrón y el sepia. Dichas construcciones tenían la forma sólida de los edificios oficiales de los años ochenta. Bloques con cristaleras que llegaban hasta la azotea, muy lineares y, en cierto modo, aburridos. Ele quiso mirar al cielo, sin embargo, por algún motivo que no alcanzaba a comprender se vió incapaz de hacerlo. Había cierto número de transeúntes ocupados en sus propias idas y venidas y poco tráfico; todo ello muy lejos de su alcance y muy ajeno a ella.

Uno de los edificios más cercanos se hundía en el chaflán haciendo un portal; en él pudo ver una taquilla acristalada y un torniquete, muy similares ambos a los del metro. Vio varias personas entrando y le pudo la curiosidad. Se acercó a la taquilla y pidió una entrada. Ya no estaba en pijama ni descalza, sino que llevaba un abrigo de algodón con estampado negro y blanco de formas minúsculas y geométricas; unas formas peculiares que reconocía de los abrigos de su abuela. Sacó la cartera del bolsillo y encontró dinero para pagar el billete. Al cruzar el torniquete salió a una gran avenida luminosa en la que encontró muchas personas vestidas como en los años veinte. Había teatros y bares. Hombres trajeados con el pelo brillante por la gomina y mujeres con falda de vuelo y los labios de un carmín intenso.

Muy cerca de la entrada, uno de los nuevos edificios acogía una plazoleta, en cierto modo parecida a una corrala. El patio estaba lleno de mesas redondas orientadas hacia el escenario, en el que cantaba una mujer de piel tostada; tras ella, había un pianista y un trompetista, ambos vestidos de frac. Las mesas estaban llenas de parejas cenando a la luz de las velas mientras disfrutaban del espectáculo; de jazz se trataba; lo sabía porque sí, no porque pudiera discernir la música o apreciarla, sino porque lo sabía. En las terrazas del patio —tanto en la primera planta como en la segunda— había más gente disfrutando de la actuación, algunos en sus mesas y otros apoyados en la barandilla. A pesar del humo que desprendían los cigarros, del aspecto brumoso que aportaban, el ambiente era fresco. De las balconadas colgaban plantas llenas de flores; flores rojas a juego con los pintalabios y las marcas que dejaban éstos en las copas y en las boquillas de metal de los cigarros. El rostro de la cantante era fino, con cierta angulosidad; llevaba el pelo recogido en un moño alto que hacía que sus facciones apuntasen al cielo. Su vestido negro se enroscaba en su figura, destacando sus caderas hasta perderse en un torbellino en el suelo, donde formaba una suerte de charco brillante sobre las tablas de la tarima. La cantante la miró directamente y en sus labios se formó una suave sonrisa, tan sutil como podía permitirse sin desvirtuar la canción. Sus ojos, negros y profundos, invitaban a Ele a hundirse en el infinito. Sintió un tirón en la cadera como si la cantante tirase del anzuelo. La canción terminó y el público rompió a aplaudir, arrojando flores al escenario. La cantante hizo una reverencia y volvió a mirar a Ele, que seguía congelada y, paradójicamente, ruborizada. Bajó del escenario y caminó entre las mesas, recibiendo comentarios y agradeciendo al público; incluso llegó a estrechar la mano de una mujer entre ellos. Después caminó hacia los balcones, dirigiéndose hacia una puerta lateral. No volvió a mirar a Ele, pero al llegar a la puerta hizo una pausa y su cabeza giró hacia ella, como si intentase verla con el rabillo del ojo, u oírla. Ele se sobresaltó ante la posibilidad de que la cantante la estuviese invitando. Permaneció quieta mientras notaba una nueva ola de calor acudiendo a sus mejillas. Pensó en marcharse, aunque no sabía dónde; no tenía un destino definido, un objetivo claro y su intención inicial parecía haberse desvanecido de su mente. No tenía nada mejor que hacer ni deseaba buscarlo. Ele reunió su decisión en un pensamiento: «sólo estoy soñando».

Al empujar la puerta, se sorprendió de la nula resistencia que ofrecía; parecía una puerta de vaivén de las que tienen en las cocinas de algunos restaurantes; no había tenido esa sensación cuando la cantante había entrado, tan sólo unos momentos antes. En el interior había una sala de terciopelo rojo; en el centro de la misma había un sillón que daba la espalda a la puerta y sobre él, dos mujeres rubias, vestidas al estilo de los alegres años veinte, ambas fumando en largas boquillas doradas. Al fondo de la habitación había un espejo que cubría la pared casi por completo. En él podía ver a las mujeres desde el otro lado del sofá, sus cortos vestidos rectos y, por la actitud relajada de éstas, parte de la lencería que deberían haber ocultado. Se perdió en el espejo; era la primera vez que podía verse a sí misma en el reflejo dentro de un sueño. Las mujeres la contemplaban en una actitud divertida y curiosa, como si tuviera que hacer algo para entretenerlas. Ele no sabía qué decirles o qué hacer. La sonrisa de una de las mujeres se pronunció comprensiva, y le señaló hacia el cortinaje que cubría la pared de su derecha (o de su izquierda, ya que estaba desorientada por el espejo). Ele avanzó hacia las cortinas y encontró una entrada o una salida que siempre había estado allí, al alcance de cualquiera que se acercase a la infinita en apariencia tela. Al otro lado reinaba la oscuridad. La suave luz de la entrada se desvanecía y el nuevo espacio se transformaba en una caverna. Un ínfimo referente luminoso, de la intensidad de una vela, marcaba el camino a seguir. Poco a poco, sus ojos se fueron acostumbrando y pudo distinguir que se encontraba en un pasillo. Al fondo de éste, la luz rebotaba en una puerta entreabierta, muy similar a la puerta de su habitación en casa de sus padres; muy similar a cualquiera de las puertas de las habitaciones de sus amigos; muy similar al fin y al cabo a cualquier otra puerta. Alcanzó la entrada en sí y contempló la luz reflejada en la madera irregular, poco cuidada y mal barnizada de inicio en blanco roto. Esa era la pantalla en la que la luz rebotaba hacia el pasillo. La fuente original era un tocador de maquillaje cuyo espejo estaba rodeado por bombillas de un tono cremoso.

Delante del espejo se encontraba la mujer que la había llamado a encontrarse en aquella cueva. Sus ojos negros estaban fijos en ella a través del espejo; sonreía. Con el pelo suelto, su melena negra caía en una cascada de bucles oscuros y brillantes. Su rostro era, en apariencia, todavía más suave de lo que había visto en el escenario. Los enormes ojos negros venían enmarcando el suave deslizarse del puente de la nariz hasta la frontera de la boca. La boca, desprovista de maquillaje, seguía siendo de un rosa que tendía al rojo; los labios eran carnosos y brillantes, como si siempre hubieran estado húmedos, y siempre fueran a estarlo. Aún a distancia. Ele podía sentir el tacto de aquellos labios, su suavidad y elasticidad en la punta de sus dedos, podía oler la mezcla dulce de césped recién cortado y tabaco que contenían. La barbilla, larga y puntiaguda, ocultaba parte de la garganta de la cantante y era una pena, porque aquel cuello era suave, largo y atrayente. Terminaba en las clavículas; las suaves protuberancias óseas se expandían desde el hueco brillante del centro del cuerpo hacia el comienzo de los hombros, siendo interrumpidas únicamente por un ridículo hilo de tela que impedía que el camisón se deslizase hasta el suelo. La cantante se levantó y giró sobre sí misma para ponerse frente a Ele, haciendo una pausa para que pudiera seguir recorriendo su cuerpo con la mirada. El camisón era de color burdeos y en aquella oscuridad, sólo se distinguía de su piel por el ocasional reflejo de las bombillas; por su parte, la tela hacía lo posible por ser uno con la carne, y se pegaba a ella como si estuviera empapada; los pechos de la cantante eran como dos gotas de aceite recorriendo el cristal de la botella y sus pezones amenazaban con desgarrar la prenda. Marcaba también la caja torácica y la musculatura abdominal y se hundía con sumisión en el ombligo; no era así en las caderas donde se pronunciaba hacia adelante en la inserción muscular de la pierna, como desafío, o como invitación. La respiración de Ele estaba acelerada y sentía su propio aliento como humo caliente de un incendio interior. Se notaba febril y nerviosa. La mujer tostada tomó algo del tocador y se volvió hacia ella.

—Estos te quedarán muy bien —le dijo mostrándole unos pendientes—, ¿puedo?

La cantante le puso los pendientes; en aquel momento la excitación se había condensado en el pecho de la soñadora, en su miedo a respirar. Ele podía sentir la piel de la mujer café que, cruelmente, fingía estar concentrada en colocarle los adornos en el lóbulo de las orejas. El roce de los dedos era delicioso. Ele notaba su sexo hinchado, palpitante y húmedo. Una humedad caliente, oscura y profunda, como un pequeño mar al mediodía inclemente del verano. La mujer la llevó hasta el espejo y le mostró los pendientes. Eran una tira alargada y brillante.

—Quizá sería mejor si...

La mujer estaba detrás de ella y sólo le veía los ojos; esos ojos malditos y maravillosos. Las manos de la mujer surgieron desde detrás de sus propios brazos lo que provocó un sobresalto intenso en su pecho y en sus ya torturados labios exteriores. La cantante le desabrochó el abrigo de paño con suma calma. En el espejo pudo ver que revelaba un camisón similar al de la cantante, solo que era de color perla; un color que hacía juego con los pendientes como si estuvieran hechos el uno para los otros. Ella siempre había utilizado pendientes pequeños que no traspasaban los límites del lóbulo, ni tenían movimiento propio. Contempló su propio cuerpo recortado contra la oscuridad del cuerpo de la mujer detrás de ella. Contempló su propio cuerpo excitado y se sintió hermosa. Las manos de la cantante acariciaron sus brazos hasta tocarle las manos; el blanco contraste de su piel contra aquellos dedos tostados era casi doloroso a la vista. La mano izquierda de la mujer volvió a recorrer el brazo hacia arriba y al llegar a la altura de las costillas extendió el dedo índice queriendo levantar su pecho. Su seno, firme y erecto, luchaba por seguir el camino de la gravedad, volviendo a su posición original contra aquel dedo opresor y canalla. Cuando el pezón volvió a estar debajo del índice de la cantante, sintió que su vientre exhalaba vapor como una olla rápida y fue incapaz de contener un gemido. Notaba la humedad cálida derramarse por la cara interna de sus muslos y resbalar hasta un liguero que no sabía que llevaba hasta el momento, pero que amó. Dejó que sus ojos se cerrasen y que su peso se sostuviera contra el de la mujer; sintió los enormes senos de su torturadora contra la espalda, aplastándose y al mismo tiempo queriendo perforarle. La suave tela resbalaba contra la otra deliciosamente y sus rodillas temblaban. La cantante recorrió su espalda con su aliento, desde la parte posterior de su hombro hasta el principio de su cuello; al llegar allí notó los dientes hundirse en su piel, derramando otra nube húmeda sobre los muslos de Ele. Levantó la mano por encima de la cabeza y hundió los dedos en los rizos negros de aquella mujer; recorrió el cabello buscando la apertura de la oreja; mientras tanto, secuestró la mano de la artista e intentó llevarla hacia su ingle, el camisón allí parecía estar completamente empapado. Entre sus dedos, los dedos café se estiraron para recorrer con suavidad la cara interior de sus piernas, y entre las pestañas pudo ver en el espejo los ojos de expresión traviesa de la cantante. Temblorosa y con el aliento entrecortado, consiguió concentrar su voluntad en una mirada; una mirada seria que era súplica y orden al mismo tiempo. Los ojos de la mujer café se volvieron graves y ardientes; su mano tomó un camino ascendente hacia su sexo. Ele volvió a gemir cuando los dedos se colocaron uno sobre cada labio, sin rozar —o intentarlo al menos— al náufrago que sufría entre ellos. La mujer hizo ademán de abrirla con aquellos dedos y un momento más tarde cerró con cuidado, apretándole con autoridad, aún dulcemente. Ele tembló y se derrumbó hacia el espejo, sin embargo la cantante no soltó su presa. Ahora podía ver el rostro de ésta sobre su espalda, quizá mejor que el suyo propio que había sido cubierto por su propio cabello. La mujer estaba sobre ella, respirando intensamente. En otro planeta, por debajo de la cadera, notó una pierna haciéndose hueco entre las suyas, impidiendo, hábilmente, que las cerrase. La mano que la cantante tenía libre, la utilizó entonces para agarrar la tela del muslo de Ele y tirar —con nerviosismo y cierta torpeza— hacia arriba, destapando la parte baja de su espalda. Ele estaba de acuerdo con aquello, con todo aquello; furiosa y conforme. Notaba la piel desnuda contra el camisón de seda de su amante. Su mano furiosa y vengativa buscó con avidez el bajo del camisón de su nueva amiga y tiró de él. Ahora la piel estaba contra la piel y el vello púbico de la mujer café se aplastaba contra su culo; sentía los muslos contra la parte posterior de sus piernas. La cantante sonreía. Estuvieron así un instante eterno en el que se dijeron muchas cosas con los ojos, respirando como dos fuelles, uno sobre el otro. En aquel momento un sonido seco de nudillo contra madera sonó en la puerta. En el quicio había un hombre que Ele sólo pudo distinguir como rechoncho y trajeado.

—Tienes que firmar el contrato —le dijo a la cantante—, es urgente.

—Sí, lo sé —respondió entrecortadamente ésta—; déjalo sobre la mesa.

Ele no estaba avergonzada, estaba molesta.

—¿No hay otro sitio más privado? Alguno donde no nos interrumpan —le dijo a la cantante.

La cantante tiró de su cadera para ayudarla a levantarse, después la llevó hacia una segunda puerta mientras, en la primera, el hombre trajeado seguía titubeando con el contrato en la mano. Entraron a una habitación más grande, con una mesa de escritorio en el centro. había otros muebles y mesas alrededor de ella, archivadores, lámparas, e incluso un viejo ventilador. La habitación tenía una ventana triple con arcos; estaba tapada por una vieja persiana que dejaba pasar una cierta luz entre sus partes irregulares; Ele se preguntó si todavía servía, o su función era mantener la habitación en semipenumbra siempre. A pesar de tener pinta de abandonaba, no había polvo sobre los muebles. Lo más llamativo era la pared que enfrentaba a la de la ventana: era una cristalera y través de ella pudo ver el sillón de la entrada y a las dos mujeres rubias todavía fumando; tras ellas se encontraba la puerta por la que había entrado desde la sala principal del garito.

—Tranquila —dijo la cantante leyendo su mente—, no pueden vernos: el otro lado es un espejo.

La mujer café se sentó sobre la mesa y empujó el hilo de su camisón hasta el precipicio de sus hombros. El vestido cayó dejando al descubierto su pecho perfecto. Llamó a Ele con el dedo índice y ésta, reticente y desconfiada, no tuvo más remedio que acudir. Se había enfriado, aunque seguía deseando ese cuerpo. La cantante tiró de su cadera en cuanto la tuvo al alcance y abrió la boca bajo ella invitándola. Ele sintió cierta excitación en el cambio de roles y se tomó su tiempo hasta juntar sus labios con los de ella. Notó la lengua dulce que había supuesto que encontraría rozando sus labios en una súplica. Ele abrió su boca y dejó que su lengua entrase en la de aquella mujer. Normalmente, no sacaba su lengua de los límites de la boca para besar, en cambio una parte de sí quería invadir aquella garganta y aquel cuerpo. Agarró con decisión el pecho de la mujer tostada, y el cuerpo de esta tembló. Ele se sintió poderosa con el carbón entre sus dedos, apretando con suavidad. Mientras la besaba, levantó la mirada hacia el espejo y pudo ver a las mujeres charlando y riendo en el sillón, ajenas al verano que estaban viviendo a este lado del cristal. Ele rompió el beso para bajar con su boca hasta los pechos de la cantante; ella cedió y se tumbó sobre la mesa, apretándole el culo con los talones para que no se fuera. Ele no quería irse; quería morder aquel cuerpo y estremecer el alma que lo habitaba. Puso sus dedos sobre el sexo de la cantante y lo acarició con suavidad; ella cerró los ojos con fuerza, arrugando la frente. Ele siguió acariciando más fuerte mientras su acompañante se retorcía y mordía sus propios labios; su expresión era una mezcla de placer y dolor.

—En el primer cajón —le dijo entre gemidos—, ábrelo.

Una de las mujeres se había acercado al espejo para retocarse el pintalabios, se miraba y se hacía extrañas carantoñas, desconociendo que al otro lado del espejo estaba ella, observándola. Abrió el primer cajón del escritorio, como le había pedido su amante, en ella encontró un pesado amasijo de cuero, del que pendía una imitación de falo. Conocía el artilugio de una película porno que había visto con su novio, aunque jamás había imaginado tener uno en la mano y menos utilizarlo. Lo levantó en el aire mirando a la cantante con una mezcla de diversión y escepticismo. Ella asintió sonriente.

—Vamos, póntelo —le dijo—, ¿necesitas que te enseñe cómo?

Se le escapó una carcajada. Sin saber muy bien cómo, lo enrolló alrededor de su cadera dejando reposar el pene inerte sobre el regazo de la cantante. Ele lo agarró con firmeza presionando contra su propio pubis. Aquel artículo ni siquiera se acercaba a su sexo por su diseño, pero estaba decidida a seguir con el juego. Levantó lo que quedaba del camisón burdeos para descubrir el sexo palpitante de su compañera. Parecía refulgir en la oscuridad de lo brillante que estaba. En aquel momento, la otra mujer se acercó al espejo y se puso a charlar con su amiga. Parecían tener una conversación animada. Ele apoyó la punta del objeto contra la apertura natural de la carne y la cantante se sobresaltó. Al enfrentarse a la resistencia inicial pensó que no entraría, y tuvo que insistir un poco para descubrir que el objeto se abría paso, deliciosamente. No podía sentir nada en la extraña prótesis que apenas estaba conectada a su cuerpo, lo que sí notaba el cuerpo de la mujer tostada en cada centímetro que presionaba. La cantante tomaba aire entrecortadamente y la miraba con ojos vidriosos. Ele volvió a sacar el objeto despacio, dejando tomar aire a los pulmones de su víctima. La puerta se abrió detrás del sillón y una pareja entró cogida de la mano. Las mujeres les saludaron como a viejos amigos y se juntaron frente al espejo. Ele volvió a presionar contra su propia pareja, esta vez más fuerte, y ella exhaló un gemido profundo que la tomó por sorpresa. Era más fácil ahora, así que tiró con delicada decisión de su propia cadera hasta casi sacar del todo el artículo. Los pechos de la cantante temblaban y ella clavó su mano en uno con fuerza y volvió a empujar. Empujó tan fuerte que hizo temblar el pecho libre de la mujer que gemía bajo ella. En el espejo, las tres mujeres y el hombre parecían estar mirándolas. «Es un espejo», se dijo. La puerta volvió a abrirse y entraron dos hombres. Se decidió a no interrumpir su atención de la cantante. En ese trance la cantante le bajó uno de los tirantes y agarró uno de sus propios pechos. Ella la agarró por la muñeca y la sujetó contra la mesa, en un gesto aprendido. Empezó a empujar y tirar suavemente, intentando mantener un ritmo en la cadera mientras contemplaba la lucha en el rostro de la cantante. En el espejo, una de las mujeres rubias se colocó detrás de la otra abrazándola por la cintura. Más personas seguían entrando y pronto la habitación estaba tan llena que no alcanzaba a ver la puerta. Mientras tanto, bajo ella, la cantante se retorcía de gusto y la mesa se calentaba. Se sintió asaltada por la sensación de que había demasiada gente mirándose al espejo. No parecían hacer nada más que mirar, tocarse y abrazarse entre ellos, cariñosamente; se les veía contentos. La cantante entrelazó sus dedos con los suyos y apretó con fuerza, indicando que lo estaba haciendo bien. De repente, notó una presencia en la puerta; al girarse, descubrió al hombre trajeado con el contrato en la mano.

—No pares ahora.

El problema era que la voz no procedía del cuerpo de la cantante. La voz procedía de más allá del espejo, de otra mujer entre el público. Al pasear sus ojos sobre el gentío, descubrió que la miraban directamente a los ojos, como si no hubiera barrera después de todo. El horror la congeló.

—No importa —dijo la cantante—, no les hagas caso. Lo estás haciendo bien.

Ele retrocedió espantada, intentando no desmayarse. Se quitó el cinturón temblando y lo arrojó sobre la mesa. La cantante extendió una mano mendiga que ella la apartó de un torpe manotazo. Se aseguró de que el camisón cubría su carne, mientras el público se reía de su vergüenza. Apartó de un empujón al hombre rechoncho y buscó su abrigo. Avanzó a través de la oscuridad y luchó contra la cortina hasta encontrar la salida. Al llegar a la habitación vio a la cantante encarando la puerta y uno de los hombres del público avanzaba a través del marco vacío del espejo para ocupar el puesto que a ella le había repelido. El público jaleaba y aplaudía como si Ele no estuviera ni hubiera estado nunca. Ella comenzó a abrocharse los botones del abrigo lo más deprisa que pudo y terminó de hacerlo al cruzar la puerta. Ya en la sala, sus mejillas estaban cubiertas de lágrimas y su respiración estaba desbocada por el miedo. En el escenario había un cantante haciendo maravillas con su voz bajo el foco. Le dedicó a Ele una mirada seductora y confiada y le guiñó un ojo. Ele salió del patio corriendo para estupor del público y el cantante. Rompió a llorar al doblar la esquina de la calle. «¿Por qué me pasan cosas tan horribles?», se preguntaba. Como respuesta, pudo ver una página concreta del libro de Pedro. Se acercaba a ella desde el infinito, y las letras iban creciendo despacio. Allí estaba frente a la página y enmarcada entre el blanco de la maquetación se encontraba escrita la sentencia; entrecomillada como una frase importante, aunque sin citar al autor; como una broma cruel, como si el escritor fuera demasiado vago para intentar recordar al padre de la frase:

«En el mundo existen cosas terribles porque existen cosas hermosas. Este no es el equilibrio del mundo, sino la naturaleza de la mente humana».

12

En principio, lo que Pedro podía ver eran formas geométricas titilando en el suelo. Los cuadrados y rectángulos cambiaban y se movían. Eran formas rojas y de un brillo dorado. No entendía el mensaje que trataban de hacerle ver. Tras él, podía oír el fuerte aleteo de dos nuevos apéndices que llevaba pegados a la espalda. Extrañamente, sentía que siempre habían estado ahí y podía controlar su movimiento; la sensación era placentera, como si tuviera la capacidad de estirar su espalda en formas que nunca había imaginado. Sus alas eran enormes y blancas como las nubes airadas de la primavera. Rozaban levemente la apertura de su coraza. Ésta era un peto rojo de remates dorados, al estilo romano. Empezaba a entender lo que sucedía en el suelo: legiones angélicas se preparaban para la guerra. Pedro descendió en picado y frenó su caída con naturalidad, como si hubiera estado volando toda la vida. Los ejércitos se cuadraron a una voz militar y caminó entre los ángeles en formación. Una escolta le esperaba en el pasillo central entre las legiones; vestían de negro y dorado y se cuadraron para recibirle también. Al unirse a ellos, los soldados celestiales gritaron otra arenga. Las voces y el metal golpeando el metal eran intimidantes. Había una alfombra de color rojo sangre que llevaba hasta una tienda de campaña situada en medio de la formación. Pedro sabía que tenía que caminar hacia ella. Tras la cortina de color burdeos le esperaba la prueba que le permitiría ascender dentro de los coros angélicos. El ejército, ahora, guardaba silencio; un silencio atronador, más terrible incluso que los gritos y el choque de las armaduras. Caminó con decisión por el corredor y su escolta le seguía, a juzgar por el sonido tras él. Al llegar a su destino, abrió la cortina burdeos con decisión y la dejó caer, cerrando el espacio. Dentro de la estancia había un serafín con sus seis alas en reposo. En el centro de la habitación había un altar vacío hecho de mármol negro. El ángel frente a él tenía el rostro en calma y los ojos terribles; exhalaba pureza y amor. Su armadura era negra y dorada como la de su propia escolta. Desde detrás del ángel, atravesó la tela otro soldado vestido de negro; llevaba un recién nacido envuelto en una túnica roja y lo dejó sobre la mesa. El niño no estaba asustado, ejercitaba sus manos y sus piernas con la naturalidad propia de los bebés; era hermoso y sonrosado. El serafín le miró a los ojos y le ordenó que lo matase sin abrir la boca siquiera. Pedro mantuvo la mirada del ángel y supo que éste estaba examinando su proceso mental. Supo en ese momento que no ascendería porque era incapaz de matar al bebé. Sonrió en un gesto inconsciente que buscaba la compasión del ángel. La expresión facial del serafín no reflejaba ninguna emoción. Sus ojos dorados parecían girar despacio, casi imperceptiblemente. Desenfundó una espada enorme y cortó las piernas del niño. La criatura rompió a llorar mientras se desangraba; Pedro pensaba estupideces como que a esa edad los niños son incapaces de identificar la fuente concreta del dolor. El ángel le preguntaba sin palabras qué iba a hacer ahora y Pedro le miró furioso, porque ambos sabían que, ahora sí, iba a matar al niño.

«Recoge una flor», escuchó una voz dentro de su cabeza.

13

Las luces de la ciudad se habían venido abajo. Si bien las farolas seguían emitiendo su luz mortecina, los neones, las carteleras de los teatros y la iluminación que desprendía el interior de los bares se habían extinguido. La gente había desaparecido casi por completo. Las calles eran de un gris intenso y el viento agitaba los despojos de papel abandonados. Hacía frío. Ele no sabía si el frío era la causa de que llevase abrigo o el abrigo era la causa del descenso de la temperatura. Era un frío instrumental que ayudaba a expresar la sensación de abandono, de noche profunda y fin de fiesta.

Dos hombres vestidos con abrigo largo y sombrero repararon en ella por el ruido de los tacones. Aquellos tacones eran incómodos. Era el sonido de los zapatos antiguos de mujer, con cierta angulosidad en su diseño; un sonido del que se concluía que la línea del talón debía ascender hasta encontrar la costura de la media y desde allí recorrería los gemelos hasta alcanzar —no mucho más tarde— los bajos de la falda. También ella había visto a aquellos hombres y el coche blanco y negro alrededor del cuál desarrollaban su existencia. Un coche antiguo con un pequeño escalón bajo las puertas en el que, a todas luces, uno de aquellos hombres podría ir de pie, agarrado a la columna de metal entre las dos ventanillas con una mano, mientras con la otra sujetaba su ametralladora; una ametralladora antigua con mango de madera en la punta y tambor redondo que cumplía la función de cubrir el cuerpo del matarife y, al mismo tiempo, proporcionarle balas para matar a todos los policías de Illinois, si fuera menester. Abrigos largos varias tallas más grandes que servían para llevar armas grandes ocultas en su interior; prendas de ropa que no se llenarían con nada distinto a la violencia, haciendo sentir a sus huéspedes pequeños cuando no tenían una escopeta para rellenarlos. Eran, más que prendas, una condición emocional. Hubiera sido extraño pensar que aquellos hombres sonreían o tenían buenas intenciones, al igual que hubiera sido extraño no acelerar el paso. Ele no quiso girar la cabeza para comprobarlo y dio por sentado que la estaban siguiendo; los hombres así lo hicieron porque así funcionan los sueños. Uno piensa en la tensión y se tensa. Se preguntaba si era en ese momento, justo antes de alcanzar la esquina, que iban a dispararle. El sonido de los tacones y su infernal ínfimo eco le dificultaron escuchar con claridad los pasos de sus futuros agresores. Giró a la derecha en la primera calle y a la izquierda en la segunda. No había nadie a la vista. Ele pensó en Pedro y en lo ideal que sería que, si estaban destinados a volver a encontrarse, fuera en ese mismo momento.

La segunda calle no tenía salida. Sus ojos recorrieron la verja cerrada de lo que parecía una mansión hasta encontrar una pequeña callejuela que volvía a doblar hacia la derecha. Retomó el ritmo inicial de taconeo rezando para que no fuera un culo de saco. No lo era; sin embargo, era largo, estrecho y recto; podía ser la galería de tiro perfecta en la que aquellos hombres le dispararían a placer haciendo explotar la espalda de su abrigo de paño. Podía imaginar la sangre empapando el gris de su abrigo y el charco en el suelo y le pareció que no era mala combinación de colores. Un gris claro con alguna prenda roja era una combinación de ropa que usaba frecuentemente. Correría, debía hacerlo. A mitad de camino, apareció un gato negro. Justo cuando pensó que cruzaría el callejón para hacerle saber de su mala suerte, el gato se detuvo, se sentó y la miró a los ojos. ¿Podía ser Pedro? Podía ser que el escritor se manifestase en forma de animal espiritual. Un tótem de gente de ciudad, por supuesto; tenía que ser, a la fuerza, un gato, un gorrión o una paloma. Ele corrió hacia el gato y el gato corrió delante de ella. No pensó que corriera por miedo sino para ayudarla a escapar de sus perseguidores. Si no hubiera sido un sueño, aquel gato habría saltado una valla de la calle para escapar, en lugar de correr en línea recta. Llegando al final de la calle, las farolas se apagaron y el gris nocturno se transformó en gris de amanecer en la ciudad. El gato aceleró la marcha y siguió corriendo en línea recta para atravesar la calle. Un camión le pasó por encima y Ele frenó en seco sobre sus tacones y se llevó las manos al círculo rojo que formaba su boca, como si quisiera ayudar a contener el grito. El camión se perdió en la distancia y Ele —que buscaba un charco de sangre y pelo negro— encontró de nuevo al gato, esta vez mirándola desde el tejado de la casa baja de en frente. Si ella necesitaba el gato vivo, el gato estaría vivo; era lo mismo que el frío y el abrigo y, dolorosamente, igual que el asunto de la cantante.

Podía pensar en esto y podía reflexionar sobre el sueño en sí, sin despertarse; podía admitir que en efecto estaba en el Hotel con Pedro y que las palabras de éste habían sido veraces: los sueños de alta intensidad eran una oportunidad que no querrían desaprovechar. Era una realidad dolorosa. Podía obviar cualquier sueño común; etiquetarlo como pesadilla y proceder al olvido, pero en esta capa del sueño se veía obligada a comprender por qué necesitaba generar aquellas imágenes. Había una comprensión de lo que le estaba sucediendo, aunque era muy extraña: era como si la idea no pasase por su mente sino por su cuerpo entero; la cuestión es que no podía asirlo con su cerebro consciente, no podía definir sus conclusiones en palabras, sino que parecían asentarse en su forma de moverse, en su forma de ver el mundo, en sus entrañas.

El gato esperaba sentado, con las orejas de punta, los ojos amarillos cortados por una línea negra y la cola rebelde. Ele miró alrededor comprobando que no venía ningún otro camión, ningún coche y, por supuesto, ningún hombre en su traje de grandes tallas, sujetando su sombrero con una mano y una metralleta en la otra. Ele cruzó la calle y volvió a oír el sonido de sus tacones; se percató de que no le habían molestado para correr, ni había tenido que frenar su carrera, ni se había partido un tobillo. No le dolía la espalda ni el tendón de Aquiles, como le pasaba a su madre; el ruido de los tacones era también algo necesario para ella. Se preguntaba si aquella nueva consciencia de la realidad de los sueños, de su plasticidad y sus reglas relativas, eran similares a aquella película antigua que su padre se resistía a cambiar, siempre que la ponían en la tele. La del chico moreno con gabardina larga que vive dentro de un ordenador y acaba parando las balas en el aire y volando como un superhéroe. Se preguntaba si iba a ser como Neo o como Trinity y, en cualquier caso, si podría inflar a hostias a los dos hombres que la habían seguido. Si fuera el caso, iba a volver al local de la cantante para inflarles también, por el mal rato que le habían hecho pasar. De vuelta al gato, Ele cruzó la calle. Era la continuación del callejón trasero por el que venía, con su línea hundida en el centro y restos de una lluvia que solo podía ser atrezo o un problema serio del alcantarillado. El gato caminaba con la cola en alto por el tejado bajo del callejón y ella le seguía. Encontró un ángulo desde el que podía elegir entre mirarle directamente o a través del reflejo en el agua. El cielo iba cambiando de un azul grisaceo a un amarillo insulso. El gato se detuvo finalmente y se sentó mirando al infinito. Ele se quedó un momento inmóvil esperando que retomara su marcha, pero el animal no lo hizo. Siguió la mirada del felino para encontrar un hombre descargando una carreta al final de la calle. Era la primera persona que había visto en un rato. Su piel era de un color marrón oscuro, como esos chocolates del sesenta o setenta por ciento. Con solo mirarle podía saber que su piel sería suave como la de una vela. Sabía que la gorra de paño ocultaba una cabeza despoblada en su parte de arriba, que sus manos serían ásperas y que su tacto sería diferente; sabía que eran unas manos muy diferentes a sus manos blancas y suaves de no haber cortado leña en su vida. Se acercó a él sin hacer ruido y sus tacones guardaron silencio porque así lo quiso ella conscientemente. «Ha empezado a creer», recordó una frase de la película y se hizo gracia a sí misma. Aquel hombre la ayudaría porque, si no era así, si le hacía pasar otro mal rato, un momento extraño, iba a pagar por todas las que ya le habían hecho. Esperaba de corazón que no fuera otra pesadilla. El hombre iba a coger otra caja cuando reparó en ella.

—Buenos días —le dijo sonriendo.

—Buenos días —le respondió Ele.

En ese momento Ele se dio cuenta de que no tenía nada que decirle. No sabía lo que estaba haciendo allí, ni quién era su interlocutor;se produjo un extraño silencio entre ambos. El hombre llevaba unos pantalones de paño marrones que se sujetaban mediante tirantes sobre la camisa blanca. Por supuesto, llevaba las mangas enrolladas, dejando el antebrazo al descubierto. El hombre la observaba con curiosidad y sonreía sin mostrar los dientes.

—No eres de por aquí —le dijo finalmente—, ¿verdad?

—¿Se me nota mucho?

Ambos se sonrieron. El hombre entrecerró los ojos como si hubiera descubierto algo curioso. Miró alrededor comprobando que no les veía nadie.

—¿Quieres tomar un café?

Ele dudó antes de contestar. No tenía ganas de atravesar ninguna otra puerta. Detrás del hombre había un local con un gran ventanal decorado con caligrafía comercial; pintura descascarillándose que había anunciado en su día el nombre del bar y sus ofertas especiales. Era un semisótano, pero se veía bien desde la calle. Ele asintió y el hombre cogió otra caja de la carreta antes de guiarla hasta la entrada. Dejó la puerta abierta y el hombre no le dijo nada. Se perdió un momento en el almacén trasero y volvió a salir sin la caja. Encendió la cafetera y volvió a hablar mientras esperaba.

—Vienes del Hotel, ¿verdad?

La pregunta era un tiro a quemarropa. No esperaba que nadie le preguntase por el Hotel ni que alguien dentro de su sueño supiera de su existencia.

—Lo digo porque no te había visto antes —le dijo—, me parece que una de las pocas posibilidades es esa. Tranquila, tú no deberías decirle a nadie que eres del Hotel y yo no debería preguntarle a nadie por nada que no sea parte de este escenario.

—¿Cuáles son las otras posibilidades?

—Teniendo en cuenta que no eres una adolescente —respondió el tendero—, las otras posibilidades son que tengas una enfermedad mental y la casualidad. Esta última es descartable, porque no serías consciente de que estás soñando. Hubieras despertado al hablar del hotel.

—¿Tú eres real? —preguntó Ele— Es decir, eres una persona real que está soñando.

Lucas asintió. Ele supo inmediatamente que ese era su nombre, que decía la verdad y que no era un enemigo. También supo que Lucas acababa de saber cómo se llamaba ella. Se sonrieron.

—¿Por qué lo de la enfermedad mental?

—Bueno —comenzó Lucas—, normalmente, la capacidad de soñar aquí surge durante la adolescencia. Como te he dicho, no te había visto antes, ni aquí ni en otros parques. En los últimos años hemos visto por aquí a algunas personas que parecían conscientes y muy confundidas. Se dice que estaban probando algún medicamento para la ansiedad, depresión o alteraciones del sueño. Es difícil que un soñador casual adquiera consciencia del sueño y no despierte en ese momento. Muy difícil. Lo cual nos deja abierta la posibilidad de que seas de los que entran en el Hotel.

Ele tenía muchas preguntas y pocas ganas de confiar en Lucas. Él parecía comprensivo.

—¿Qué es el Hotel?

—Eso me lo tendrías que decir tú —respondió Lucas sonriendo—, yo nunca he estado en él. Yo soy de los que sueñan así desde siempre.

—¿No sabes lo que es el Hotel, ni lo que hace?

—No, nadie lo sabe, Ele. Algunos grupos de soñadores lo ven como una molestia. Lo que sabemos del Hotel es que abre la posibilidad para algunos soñadores casuales. Les permite acceder a esta vibración de sueño.

Cada respuesta le planteaba muchas más preguntas.

—Espera —preguntó extrañada—, ¿grupos de soñadores? ¿Parques?

—Parques temáticos —respondió—, sí. Así es como yo los llamo. Tienes éste, el de Roma antigua... De cualquier época. Son parques donde puedes tener cualquier fantasía en el ambiente que prefieras. Hay uno de la Alemania Nazi, incluso. Lo que quieras.

—Entonces —dijo Ele con el ceño fruncido—, ¿tu fantasía es descargar cajas en un bar desierto?

Lucas soltó una carcajada.

—No, yo soy un residente —respondió todavía riéndose—, yo trabajo aquí. Me dejan quedarme y me gusta. Además puedo pagar la estancia con mi trabajo. Sé que me lo vas a preguntar: no sé con qué se paga, sólo se paga. Estoy aquí de vacaciones. Principalmente, porque no quiero implicarme en otros grupos de soñadores, pero tampoco quiero estar a solas conmigo mismo.

—Háblame de los grupos de soñadores, Lucas... ¡No, perdón! Háblame de los parques ¿de quién son? ¿Quién los ha hecho?

—Lo que se dice por ahí es que son originales —respondió Lucas arqueando una ceja—; es decir, que un soñador del Imperio Romano, por poner un ejemplo, creó una fantasía de su época y esa fantasía se ha mantenido viva desde entonces debido a que los visitantes siguen acudiendo a ella. Así con todos; hay de Egipto y se dice que hay uno de las cavernas, pero nunca lo he encontrado.

—Osea que...

—Sí, más o menos. Esto es como eran los años veinte en la costa este de Estados Unidos. Aunque los soñadores lo han ido alterando. Mucho más desde que se inventó el cine. Vamos adaptando lo que era la percepción de las primeras personas que lo soñaron a los estereotipos que tenemos hoy en día. Yo ayudo al parque a mantenerse y a los soñadores, casuales o no, a cumplir sus fantasías. Este local es de contrabando de alcohol y, en ocasiones, corremos apuestas. En mi tiempo libre toco la guitarra como si hubiera hecho un pacto con el demonio en un cruce de caminos; conozco otros músicos a los que también les gusta esta época; nos reunimos a tocar, compartimos conocimientos... Esa es, realmente, mi fantasía. El resto del tiempo trabajo aquí para pagar mi acceso. Si me aburro, me puedo cambiar de parque, aunque este me gusta.

—¿Algún músico famoso?

Lucas sonrió y asintió, pero Ele supo que no quería decir con quién tocaba, por motivos que se le escapaban.

—Hay cosas que no entiendo.

—Conozco la sensación —respondió Lucas riéndose abiertamente.

Lucas llamó la atención de Ele apuntando al techo con el dedo índice; después apuntó a la cristalera y las letras de tinta volvieron a componerse como si estuvieran recién pintadas. Aún así, Ele era incapaz de leerlas.

—Eso quiere decir que podrías no ser negro.

—Ele, mi cuerpo real está en Estados Unidos. Ya es bastante difícil ser negro cuando estoy despierto. Sólo los que no sois negros pensaríais que ser negro es una fantasía. La verdad es que en los años veinte no podría tener este establecimiento, es una licencia que me tomo porque puedo.

—Lo siento.

—No lo sientas. Está bien. Cambiará.

Ele no sabía qué decir. Lucas le dijo con los ojos que no pasaba nada. Intentaba ser más moderna de lo que era en realidad. Menos machista, menos xenófoba, menos homófoba. Como todo el mundo.

—Los grupos —continuó Lucas—, ¿querías preguntarme por los grupos?

Ele asintió. El café estaba listo; Lucas se echó un paño al hombro y se ató un delantal. Agarró la cafetera y puso dos cafés de mentira. Olía bien, pero no sabría a nada y mucho menos les ayudaría a despertarse. Como en la vida misma.

—Se dice que son el motivo de que haya pirámides por todo el mundo; en Egipto, en Latinoamérica, en Asia... Se dice que los soñadores de verdad empezaron a juntarse aquí arriba y a contarse cosas... cosas útiles: cómo encontrar agua, cómo rotar las cosechas. Hay una historia curiosa, yo no me la creo pero ahí va: se dice que Edison le robaba las ideas a Tesla a través de los sueños. No es que se las robara; exactamente; parece que Tesla las compartía con él. Se dice que Tesla era una persona muy confiada y por eso le jodieron la vida. Tienes que tener cuidado con los grupos, Ele. Como he dicho, algunos consideran que el Hotel es un fenómeno molesto, algo que no pueden controlar. En general son grupos que utilizan lo que captan aquí arriba para intentar beneficiarse cuando están despiertos. Algunos de los grupos tienen mucho éxito. Son como sectas. Transmiten el conocimiento de generación en generación con los suyos. Dicen que hay incluso soñadores que están aquí, a pesar de que han muerto hace años en el mundo real. Tienes que tener cuidado, Ele. Sobre todo, no les digas tu verdadero nombre bajo ningún concepto porque podrían encontrarte cuando estés despierta. ¿Te puedo preguntar una cosa, Ele? ¿Te puedo preguntar por qué te eligió el Hotel?

Ele resopló e hizo girar los ojos en una mímica que venía a decir que ya quisiera ella saberlo. Lucas se rió.

—¿Puedo preguntar, al menos, qué estabas haciendo cuando te encontró el Hotel?

«Desesperar», pensó Ele llevándose la taza a la boca. Lucas recibió la respuesta y volvió a reírse.

—No creo que sea por eso, Ele. Gran parte de la población mundial estaría aquí arriba, si esa fuera la causa. No creo que el Hotel tenga tantas habitaciones.

La sonrisa de Lucas era cautivadora. Quizá porque sus ojos sonreían por él, que es la manera más fácil de saber que una sonrisa es auténtica. Tenía cierto atractivo, aunque no era guapo de revista. Lucas parecía darse cuenta de lo que estaba pensando y las comisuras de su boca se estiraron aún más hacia sus orejas. Ele supo que podía acostarse con él, si quería; que estaba casado en el mundo real, aunque aquí arriba, soñando, no le suponía un problema moral; si los sueños no eran libres, nada lo sería.

—Por un lado me dices que no debo confiar en otros soñadores —dijo Ele rompiendo la conversación silenciosa—, pero por otro lado me preguntas mucho por el Hotel.

Lucas pareció sorprendido por la afirmación, pero no le quedó otro remedio que asentir.

—Tienes razón —respondió—, te pido disculpas. No es algo que pase todos los días. Es una tremenda suerte encontrar a alguien del Hotel que quiera charlar. Nadie sabe nada, Ele. Los sueños no vienen con un manual. Aunque sueñes en esta vibración estás sujeto a que el inconsciente se manifieste la mayoría del tiempo. Hay pocos momentos de lucidez como éste en el que puedes hablar. Aunque te juntes con otros aquí arriba, ambos estáis sujetos a vuestras fantasías; es decir, si tu consciencia desciende, empezarán a suceder cosas extrañas y tu mente te soñará a ti. En ese momento, puede que tu sueño arrastre al mío y perdamos la oportunidad de aprender algo. La verdad es que me lo pregunto por mis hijas: me hubiera gustado que me vieran tocar aquí arriba, pero no parece que ésto sea hereditario. Y sí, me gustaría saber si hay alguna posibilidad de que accedan a través del Hotel, aunque sólo sea una vez.

Parecía sincero y le estaba enseñando muchas cosas. Ele se sintió un poco culpable, pero entre las cosas que Lucas le había enseñado estaba el hecho de que los humanos se seguían manipulando entre sí allí arriba. Intentando sacar provecho unos de los otros. El deseo de Lucas parecía inocente. No obstante, ella no estaba en una posición de hacer promesas; en primer lugar, porque no sabía prácticamente nada del Hotel y, en segundo lugar, porque no sabía nada del hombre que estaba frente a ella.

—Cuando vuelva te escribiré una recomendación —le dijo Ele—, incluso escribiré una reseña positiva sobre tu local.

A Lucas le hizo gracia la broma.

—Te tomo la palabra —le respondió sonriendo—, aunque no se si es bueno para mí. Hay soñadores que buscan el Hotel desesperadamente, Ele. Ten cuidado porque intentarán sonsacarte dónde está y cómo llegar hasta él.

Mientras Lucas decía estas palabras, Ele miró por la cristalera del bar. Con la misma magia con la que surgen las escaleras mecánicas desde debajo del suelo, con la misma gracia que un libro revela las palabras cuando se abre, el Hotel se hacía hueco entre los edificios de enfrente. Ele había visto el Hotel manifestado, pero era la primera vez que lo veía manifestarse. Volvió su mirada hacia Lucas que recogía las tazas, como si no estuviera al tanto de los indiscretos movimientos en la estructura de la ciudad de los sueños, y supo que el Hotel sólo estaba en su cabeza.

14

Perdido en su propia niebla mental, lo que escuchaba no le parecía muy diferente de la vida y lo expresó en voz alta, otra vez inconsciente de lo que podían suponer sus palabras. Ele no sabía cómo había vuelto a encontrar a Pedro, ni por qué estaban en un coche. Al tratar de recordar como había llegado hasta allí, le acudieron a la mente imágenes de osos polares.

—No puedes decir eso y quedarte tan tranquilo —le respondió—, ¿cómo puedes estar tan tranquilo? Esa actitud está mal, ¡profundamente mal! Es como si ni siquiera estuvieras aquí. ¿No te importa nada? ¿De verdad? Es como si no fueras partícipe de tu propia vida.

Pedro apretó los labios, frunció el ceño y guardó silencio. Era algo que siempre le había preocupado: su incapacidad para participar en su propia vida. La razón del enfado de Ele distaba mucho de ser su tranquilidad intrínseca. Ele estaba alterada por las cosas que había soñado y por la sensación de abandono. Con independencia de los motivos reales de la crítica, no era la primera vez que alguien se lo recriminaba. Quería explicarse, pero no sabía por dónde empezar. Buscó un lugar apartado y aparcó el vehículo.

—Ele, lo siento. No puedo controlar mis propios sueños. No he podido estar contigo cuando me has necesitado y te pido disculpas. Me gustaría decirte que no va a volver a suceder, pero no está en mi mano.

—Es que no te imaginas la mierda de sueños que he tenido.

Las últimas palabras fueron difíciles de entender porque se fundieron con un gemido. Ele estaba a punto de volver a llorar recordando su salida del club de jazz. Pedro le cogió la mano y ella se lanzó hacia su hombro. Había algo de culpa en aquel llanto. Pedro sabía que Ele se sentía obligada por una fidelidad que no le debía, mucho menos cuando estaban soñando. Pedro ni siquiera sabía si Ele era Ele o una proyección de sus propios sentimientos de culpa. Para el caso, era lo mismo. No era muy diferente de la misma vida; en ella tampoco podría estar siempre, ni ser el uno del otro, ni huir de la vida y sus bandazos. Hay algo terrible en vivir; en el cambio continuo de circunstancias sin ser nosotros los que decidimos. La vida se abre paso con fuerza y los cambios no siempre son de nuestro agrado. Se van conociendo cosas y personas y parece una injusticia que antes de conocerlas no se necesitan para nada y una vez conocidas, cuando se despiden, dejan un vacío tremendo. Se convierten en ausencia. En aquel llanto silencioso de Ele y en el llanto que Pedro reprimía —salvo un agudo picor de nariz y un nublarse la vista— se escondía la comprensión de esta realidad que se hacía cercana, familiar e íntima por momentos. Nostalgia temprana de lo irremediable. Por otro lado, aquella catarsis ayudaba a disipar la sensación de huída de la que estaba saliendo.

—¿Qué más te ha contado Lucas?

—No mucho más —respondió Ele reponiéndose—, aunque me ha enseñado a distinguir a los soñadores de calado de los soñadores casuales y de mis propias proyecciones mentales.

Estaba interesado, pero era escéptico. Cualquier teoría sobre los sueños contada dentro de un sueño podía ser exactamente eso: un sueño. No habría ninguna manera de hacer una reflexión decente hasta que estuviera despierto y le parecía imprudente aceptar un cambio de percepción vital basado en una enseñanza que había soñado. Aquello sólo podía conducir a la superstición. Se preguntaba si, cuando despertase, su nuevo estilo de ropa de andar por casa incluiría un capirote de papel de aluminio. «Locura, aquí vamos», pensó. Ele se rió.

—¿Sabes que en los sueños se puede hablar sin abrir los labios, verdad? Lo aprendí también de Lucas.

Pedro lo había sabido en un tiempo lejano, pero no lo había recordado hasta ese entonces. Ambos se rieron. Al menos se había quitado un problema de encima; iba a ser muy difícil que Ele le idolatrase si podía leer las estupideces que le recorrían el cerebro con regularidad, incluído ese pensamiento.

—Bueno —continuó Ele todavía riéndose—, parece que no puedes recordar la cara de tus propias proyecciones. Lucas dice que es porque no tienen identidad propia, sino que tienen la que tú les otorgas. Pone un ejemplo, podrías sentarte en una silla y saber que esa silla es tu mejor amiga de la infancia. La silla sería ambas cosas a la vez: la silla y tu amiga. Es una sensación rara, pero sucede, la verdad. Sin embargo, los soñadores tienen su propia identidad. Podrías recordar un rasgo como la cara o las manos.

— Y... ¿Cómo distingues si son soñadores de alta intensidad o de los normales?

—En primer lugar, los soñadores normales se despiertan con facilidad cuando se dan cuenta de que están soñando, ¿no te ha pasado nunca? Lo de despertar, digo.

—Sí —respondió Pedro—, alguna vez me ha pasado.

—Espera —dijo Ele reflexiva—, hay otra cosa que distingue a los soñadores de tus proyecciones: las proyecciones tienen contexto. Por ejemplo este coche y la huída. Ambos sabemos que estábamos huyendo, aunque no sabemos de qué, pero lo entendemos. No es ajeno a nosotros. De igual manera, una proyección tuya es perfectamente entendible por ti, aunque sea muy surrealista; aunque sea un unicornio o un dragón, parece perfectamente adecuada a tu sueño. No sé si me estoy explicando bien, ¿me estoy explicando bien?

—Sí —respondió él—, más o menos. Además me has dado un ejemplo. Yo no estaba huyendo: estaba buscando algo, aunque no recuerdo lo que era. En tu sueño, tú estabas huyendo, pero yo no. Es raro, pero para mí tiene sentido.

Ele le miró confundida un instante, pero notó un destello de esa consciencia enrarecida a la que se estaba acostumbrando. Lo comprendía, pese a que no era capaz de explicarlo.

—Vale —dijo Ele frunciendo el ceño—, ¿qué buscabas?

—No —respondió riéndose Pedro—, lo de los soñadores...

—Ah sí, los soñadores de calado. Puedes pensar en su cara.

Era una explicación parca y bizarra, pero tenía sentido. Pedro no era capaz de recordar la cara de ninguno de los demonios, o de los ángeles de su sueño; ni siquiera recordaba la cara del serafín. Respecto a Ele, ella recordaba a Lucas, a la taquillera, pero no así a la cantante. Sin embargo, para su sorpresa, recordaba perfectamente a la mujer rubia de la entrada; de hecho recordaba que no eran dos mujeres, sino una sola, y tenía la sensación de que era un hombre joven, no sabía la razón. Ambos se recordaban en la mesa del desayuno, se recordaban haciendo el amor, y el Hotel. Ambos recordaban a la recepcionista. Ambos recordaban la cara del otro y podían pensar en ella con facilidad. Se sonrieron.

—Buscaba al director del Hotel.

—Sí —respondió Ele—, lo acabo de recordar. Estamos buscando al director del Hotel. Pedro, me dan mal rollo los grupos de soñadores, Lucas dice...

Los ojos de Pedro sonreían. Él ya había estado en contacto con los grupos. No eran para tanto; eso era lo que intentaba decirle cuando le dijo que no era muy diferente a la vida misma. Cuando estaban despiertos habían estado en contacto con el poder. Vivían en una sociedad cuyo paradigma era la democracia y esto suponía elegir un grupo de gente para que les gobernase; elegir un grupo de gente a la que obedecer. Elegir un trabajo para servir a otros. En el mundo real estaban expuestos a este tipo de dualidades; los clientes mandaban sobre los empleados; los jefes mandaban sobre los empleados; los nobles sobre los vasallos, los líderes y sus seguidores. Era curioso que durante el día vivieran esta realidad de una forma tan difusa y ahora, que estaban soñando, se espantase. El ser humano tenía una seria dificultad para contemplar a sus semejantes como iguales. Porque soy guapo y tú eres feo; yo soy blanco y tú negro; soy hombre y tú eres mujer; soy rico y tu eres pobre; he leído mucho y tú no; cualquier motivo era bueno para considerarse por encima del prójimo y como especie gregaria no era difícil encontrar un grupo de personas para sustentar la idea, porque todo el mundo sabe que los números hacen la verdad.

—Lucas te ha dicho que no les dijeras tu nombre. Supongamos que podemos aplicar lo que nos dicen en el sueño como si fuera una realidad: no creo que te vayan a hechizar ni nada por el estilo; se me ocurre que es la única manera en la que podrían encontrarte fuera de un sueño, en caso de que pudieran recordarlo, claro. Nadie recuerda sus sueños completamente, o al menos yo no los recuerdo. Además, está el factor de que ni siquiera yo conozco tu nombre verdadero, Ele.

—¿Nunca lo has mirado en el buzón?

Pedro se rió mientras negaba con la cabeza.

—Ele —volvió a decirle—, es un sueño. Sigue la corriente.

Parecía más tranquila, pero, dentro de sí, seguía inquieta. Ambos lo sabían. La niebla fuera del coche empezaba a despejarse. Estaban bajo un puente de piedra que —aunque era extraño e impreciso— reconocieron como el Viaducto de Segovia. Estaban de vuelta en Madrid; un Madrid deforme y hecho de piedra anaranjada; a pesar de ello, lo podían reconocer por su contexto. Ele asintió, dándole permiso para volver a arrancar el vehículo. Pedro giró la llave y se pusieron en marcha. Las calles eran las que tenían que ser, pero estaban desordenadas; por ejemplo, no había edificios entre la Gran vía y el Palacio de Oriente, sino que parecían estar separados por una pequeña M-30 oval con un parque en medio. Había varios puentes y varias plazas enormes que ni siquiera reconocían, pero que identificaban con otras partes de la ciudad que les eran menos familiares, como Begoña o la parte de detrás de ese tanatorio que estaba cerca de una mezquita. Sin saber muy bien cómo, llegaron a la orilla del Manzanares. Éste era más ancho de lo que había sido nunca, lo cruzaban puentes de piedra de estilo romano y tenía cascadas y saltos de agua. Al otro lado del río podían ver un faro. Un faro que se elevaba junto al río sin que tuviera ningún sentido, porque por el río no pasaban barcos. Esta disonancia, este edificio exótico fuera de lugar, les hizo saber que era lo que estaban buscando. Ele lo miraba intrigada por la ventanilla y Pedro cruzó el cauce sobre un puente construido a modo de presa, desde donde el agua parecía caer muchos metros y el río terminaba abruptamente, así como la ciudad. Al cruzar a la orilla contraria se encontraron en un parque de color verde brillante, muy cuidado; en teoría, allí debía encontrarse la Casa de Campo, pero no se parecía en nada a lo que ellos recordaban; ni siquiera al parque del Oeste, ni a la zona de la Universidad Complutense. Era un parque demasiado llano, demasiado abierto y demasiado ajeno a Madrid. Pedro aparcó junto a la escalinata de entrada. La base del edificio era enorme, y en lo alto refulgía una cúpula de cristal. La puerta de entrada debía tener sus dos metros de alto y parecía pequeña en referencia a la pared circular del edificio. Era un faro gigante. Al lado había una casa de estilo colonial americano y una valla que ocultaba la parte de atrás de ambos edificios. Pedro y Ele se bajaron del coche con cautela y, al mirar alrededor descubrieron que el río había desaparecido y que el paraje estaba prácticamente desierto. Oyeron un rumor lejano de voces dentro del edificio y Pedro le hizo una señal a Ele para que entrasen. La puerta era fácil de abrir, a pesar de su tamaño. Dentro, la estancia circular estaba decorada con muebles de diseño antiguo en perfectas condiciones; sobre ellos había bandejas y candelabros dorados y un reloj, del mismo metal, que llamó la atención de Ele de forma extraordinaria. Las paredes estaban decoradas con cuadros marítimos, sables cruzados pulidos impecablemente, cabezas de animales y sus respectivas pieles extendidas de igual modo que cubrían el suelo de la estancia. Había una chimenea encendida, de medidas desproporcionadas al igual que la puerta. Una escalera ascendía siguiendo la curva de la pared y desaparecía en un techo de madera muchos metros más arriba. Desde allí surgían las voces que habían oído anteriormente y, dentro del edificio, podían escuchar además el crujido que causaba el pisar de muchas personas.

—Están haciendo la exposición —le susurró Pedro—, es su tapadera.

Eligieron un diván de madera brillante y terciopelo rojo abotonado para sentarse y esperar. El corazón de Ele se disparaba con la espera y Pedro le agarró la mano para tranquilizarla. Las voces fueron haciéndose más fuertes hasta que el primer pie se dejó ver en la escalera. Ele pensaba que el corazón se le saldría por la boca, al verlo. Dos hombres vestidos al estilo del barroco descendieron seguidos por un nutrido grupo de visitantes. En su descenso, Pedro y Ele pudieron escuchar su explicación sobre la cúpula celeste y sus anécdotas sobre las constelaciones. Los hombres les habían visto, pero siguieron hablando como si no lo hubieran hecho. En efecto, Pedro podía distinguir el rostro de ambos, mientras la mayoría del grupo se mostraba de un modo difuso ante él. Al llegar a la planta donde se encontraban los huéspedes del Hotel, un tercer hombre abrió la puerta del faro. Los hombres que daban la explicación se detuvieron con fingida casualidad junto al diván y dieron instrucciones al grupo de acompañar al nuevo guía que les serviría un refrigerio. Los cuatro esperaron sin decir una palabra hasta que el grupo salió del edificio y no fue hasta que el último cerró la puerta que se miraron a la cara. El más alto de ellos, que llevaba un traje gris brillante, inició la conversación.

—No esperábamos tu visita. Mucho menos acompañado. ¿A qué debemos el honor?

Ele se dio cuenta de que el hombre conocía a Pedro y que no lo consideraba exactamente un honor, sino una intrusión. Pedro y aquel hombre eran enemigos antiguos y tenían un acuerdo. Pedro estaba haciendo equilibrios sobre los límites de la tregua. Ella lo sabía porque él lo sabía.

—No nos han presentado —se dirigió a Ele mirándola a los ojos—, ¿vos sois?

—Una amiga —le interrumpió Pedro sonriendo—, es así como debes conocerla.

En ese momento, Ele estaba un poco tiesa por la impresión. Se sorprendió por la intromisión grosera de Pedro. No era necesario que respondiese por ella. Ella era una adulta y podía responder por sí misma. Otra parte de sí estaba agradecida por ello. Se dio cuenta de que el hombre del traje gris intentaba establecer un diálogo interno con ella. Se dio cuenta de que no era ella quien recriminaba a Pedro sino que eran los pensamientos de aquel hombre expresados con su propia voz interior. Ele cerró su mente y sintió como si tuviera que empujar a aquel hombre fuera de su cabeza. Él, a cambio, le devolvió una sonrisa depredadora, acompañada de una mirada capaz de congelar un infierno. Pedro le apretó la mano y le sonrió con confianza y ella sintió que tenía tanta fuerza como aquel otro soñador y, si bien era una novata, sabía cosas que aquel hombre desconocía. «Los sueños no vienen con un manual, Ele», recordó las palabras de Lucas. Era una verdad que se hizo evidente. El hombre sólo estaba probando su nivel de consciencia, por si era una soñadora casual y podía penetrar sus defensas. Ele supo que debía mantener su nivel de concentración mientras estuvieran allí, o descender tan rápido que arrastrase la consciencia de aquellos hombres antes de que consiguieran acceder a su mente. Intentaría la primera opción ya que no sabía si la segunda sería efectiva. Pedro estaba de acuerdo con aquella decisión; compartió con ella que la exposición la hacían para atraer a soñadores conscientes para intentar reclutarlos; también para atraer a soñadores casuales y obtener información mientras dormían. Aquella era la función del faro y no la de guiar barcos a puerto seguro.

Utilizaban la luz para atraer a las polillas. Ele supo en ese momento que esa luz estaba alimentada de sueños al igual que los parques, aunque lo que pagaban seguía sin poder entenderlo. Si estaban soñando, ¿cuál era el precio?

—Traslademos esta conversación a un sitio menos formal —sugirió amablemente el hombre de marrón—, allí podremos ofreceros un poco de vino.

«Vino de mentira con extra de mentira», pensó Ele; a Pedro se le escapó una carcajada. Ella también sonrió y se sintió un poco más animada; estaba un poco menos paralizada por el miedo y la actitud despreocupada de Pedro contribuía a que se sintiera fuerte de nuevo. Asintió con la cabeza y ella y Pedro siguieron a sus anfitriones hasta una puerta trasera en la que no habían reparado. Salieron al patio trasero, que Ele supuso que era lo que ocultaba la valla detrás de la casa. Era un patio de armas, una pista de carreras para galgos, un campo de justas y otras cosas. Ele podía ver varias funciones para aquel espacio dentro de su cabeza; era como si las viera superponerse unas con otras a pesar de que, en ese día, hacía las veces de jardín de recepción. En el patio había grupúsculos de soñadores charlando casualmente, pero al verles, uno de cada grupo se quedó mirándoles fijamente. Algo estaban haciendo. Con aire distendido, aquellos pequeños faros de atención dentro de cada grupo fueron separándoles de donde se encontraban Ele y Pedro, como si quisieran mantener en secreto la conversación en la que se entretenían. Había un hombre que no estaba integrado en ninguna de las congregaciones; estaba apoyado en la valla y se hizo notar al alejarse el resto. El hombre vestía de negro y les miraba con cara de amargura; había rencor viniendo de ese hombre hacia Pedro; rencor palpable. Tenía una pierna de madera que no desencajaba para nada con las chorreras y el pantalón por debajo de la rodilla que componían su vestimenta. «Este hombre es un pirata de verdad», le dijo Pedro sin mover los labios, a la vez que le saludaba con la cabeza. El hombre se acercó a ellos con la mandíbula apretada. El hombre de gris y el hombre de marrón fueron a integrarse con otros soñadores sin molestarse en despedirse siquiera, ni aún con un gesto.

—No estamos implicados en nada —les dijo abruptamente—, no hemos interferido con el Hotel ni queremos que el Hotel interfiera con nosotros.

Ele recordó las palabras de Lucas y comenzó a dudar sobre si aquel hombre era un soñador o un reflejo muerto.

—El director del Hotel ha desaparecido —respondió Pedro sin aspavientos—, quizá nos puedas ayudar.

—¿Por qué iba a hacerlo? ¿Qué saco yo con ello? No somos amigos del Hotel.

—Si no sabes nada —volvió a decir Pedro—, no sacas nada. Si quieres que nos vayamos nos iremos.

Ele podía leer la estrategia de Pedro. Aquel hombre conocía el Hotel y no le tenía aprecio porque no podía utilizarlo, pero sabía que el Hotel tenía cierto poder. Pedro estaba presionando a aquel hombre para saber si estaba implicado; el faro era demasiado ambicioso para dejar las cosas al azar, aún las que no controlaba. Que no lo controlasen ellos suponía que podía controlarlo alguna otra organización y eso era peor que no controlar el Hotel. Si les dejaba marchar sin intentar obtener información era porque estaban implicados.

—Si te ayudamos —volvió a decir el hombre de negro—, tienes que darnos acceso al Hotel. Esa es nuestra oferta.

—¿Para qué quieres acceso al Hotel? —inquirió Ele— Vosotros soñáis sin su ayuda.

El hombre la miró furibundo. Como osaba interrumpir la conversación de dos hombres, pudo leer. El don no era hereditario y eso provocaba un profundo dolor al hombre de negro. Quería el Hotel desde hacía muchísimo tiempo; con desesperación. Bullía de rabia al pensar que otro foco de influencia podía haber capturado el Hotel. Le ardía la sangre pensar que los hijos de otros accediesen a los sueños en lugar de los suyos; gente como aquella muchachita estúpida que no lo merecía. Con el Hotel, sus propios descendientes podrían escribir sus nombres en el libro del faro y extender su influencia. Ele soltó la conexión por miedo a que el hombre de negro se diera cuenta de lo que estaba sucediendo. Pedro sonrió y volvió a hablar.

—Si me ayudas, las cosas seguirán como hasta ahora. Sabes que soy un hombre de palabra y mantengo la tregua.

—Por la cuenta que te tiene —le amenazó el hombre—, sabemos tu verdadero nombre.

—Las amenazas no te darán el Hotel —respondió Pedro.

—Darás acceso a una persona de mi elección.

Ele quiso manifestar el Hotel y la pared detrás del hombre comenzó a vibrar. El suelo tembló, pero ninguno de los miembros del faro parecía darse cuenta. Pedro le dijo sin palabras que no lo hiciera y ella respondió que estaba segura de que no lo verían. A él le parecía un riesgo innecesario. La vibración se fue calmando y se desvaneció, liberando los oídos de Pedro y Ele de un ligero pitido del que sólo fueron conscientes al desaparecer.

—Lo valoraré —le dijo finalmente Pedro.

—En ese caso nosotros también lo valoraremos —respondió el hombre de negro—, vuelve a visitarnos cuando te hayas decidido.

Pedro y Ele deshicieron el camino hasta la escalinata del faro. Ele sentía cierta curiosidad por lo que escondían los pisos superiores, a pesar de que no quería pasar un segundo más en compañía de aquellas gentes.

—Sabemos tu nombre —reiteró el viejo marinero—, recuerdalo.

Pedro vaciló un momento en la puerta y, finalmente, se giró para volver a encararle.

—Conozco el libro del faro. He leído los nombres escritos en él y he tomado medidas para que el mundo os conozca. Si rompéis la tregua —advirtió Pedro—, si algo nos sucede a mí o a ella, contad con que se sabrá la verdad.

El rostro del hombre se convirtió en una mueca furiosa, no obstante, sus ojos se transformaron en dos vasijas de duda. Ele sintió en su piel que la energía del lobo de mar comenzaba a descender y pudo observar como el patio trasero se iba anegando hasta que la hierba formaba un minúsculo oleaje e iba cambiando de color. Oyeron un coro de voces maravilloso y la cara del marinero cambió rápido de la ira al pavor. Los demás grupos de soñadores, alarmados, corrieron a refugiarse en la casa. El edificio anexo vibraba queriendo transformarse; Ele, al igual que había visto el espacio vacío en todas sus posibilidades, vio que la casa colonial ocultaba un navío en sus cimientos. Ambos notaron el miedo tirando de ellos hacia el oleaje que comenzaba a ser más que evidente. Pedro tiró de la mano de Ele y cerró la puerta del faro tras ellos. Si hubieran permanecido un instante más, habrían sido absorbidos por la pesadilla del marinero. El salón estaba oscuro y parecía abandonado hace muchos años. La chimenea estaba apagada, pero la puerta dejaba entrar suficiente luz para que ellos pudieran ver la desvencijada escalera y las telarañas antiguas que le hacían de guirnaldas. Caminaron con decisión hasta la puerta. El vehículo había desaparecido y el agua comenzaba a salir por debajo de la valla. Pedro intentó buscar el Manzanares, pero parecía que estaban en otra ciudad. Con un chasquido de su mano, manifestó la puerta del Hotel, que apareció ante ellos sin hacer teatro. Cuando hubieron caminado unos pasos por la ya familiar moqueta, se dieron la vuelta y pudieron ver que estaban a orillas del río al que querían volver. Toda la vibración del sueño había desaparecido para dejar paso a la estabilidad del recibidor. Buscaron a la recepcionista pero no encontraron rastro de ella ni de su mesa. Ele pulsó el botón del ascensor y el agradable sonido de campanillas que anunciaba que la maquinaria había recibido su orden sonó. Las puertas se abrieron y ambos entraron en él.

—¿Por qué querías manifestar el Hotel? —le preguntó Pedro.

—Porque estaba segura de que no lo verían —respondió Ele—, ya lo había visto cuando conocí a Lucas. Él tampoco pudo verlo.

—No lo sabía —dijo Pedro—, sin embargo, me parece una forma de comprobarlo demasiado arriesgada.

—¿Y tú por qué le amenazaste con lo del libro?

—No lo sé. Él me amenazó y yo le amenacé. A veces tengo la sensación de que no he superado la adolescencia.

Ambos rieron. La puerta del ascensor se abrió como una cortina metálica. El pasillo era muy luminoso y, por el ventanal del fondo, contemplaron los tejados familiares de Madrid, ahora mucho más acordes a su aspecto real que cuando estaban soñando. Pedro entró en la habitación, se quitó la chaqueta y los zapatos y se tumbó en la cama. Ele se acurrucó junto a él y apoyó la cabeza en su hombro; recordaba como inmediato su llanto en el coche y a la vez le parecía que había pasado un siglo desde aquello; buscó los restos de sus lágrimas sin éxito. Se preguntaba si Pedro era capaz de leer su pensamiento todavía, pero no era capaz de acceder a la mente del escritor como durante el sueño. La sensación que tenía era todavía onírica; era como si la vida hubiera hecho un paréntesis y todo se hubiera detenido al otro lado de las ventanas. Se preguntaba si eran ventanas de doble cristal, de esas que no dejan pasar ningún sonido aunque tu casa esté al borde de la carretera; esas ventanas que inexorablemente tienen que venir acompañadas de un buen aparato de aire acondicionado porque de otra manera el verano se te haría intolerable.

—¿Qué va a pasar ahora, Pedro?

—Saldremos del Hotel y nos casaremos; así, en unos veinte años, cuando sea viejito, no tendré que pagar una enfermera. El trabajo de portero no está muy bien remunerado.

Ele le pellizcó el pecho fallando su objetivo en el pezón, pero Pedro se quejó como si hubiera acertado. Volvieron a reírse y apretaron su abrazo.

—No, en serio, ¿cuál es el siguiente paso?

—¿Cómo hiciste eso con el marinero, Ele? Me refiero a lo del libro. ¿Cómo le sacaste la información?

—Fue una corazonada —respondió pensativa—. Cuando estábamos con el hombre de gris, intentó averiguar mi nombre y manipular mi pensamiento; creo que casi lo consigue porque tenía miedo. Creo que es así como funciona y ellos lo saben. Me parece que cuando estás un poco inestable pueden acceder a tu mente. Lo del hombre de negro fue muy natural... se enfadó y conectamos. Se trata de una inestabilidad en las emociones... Fue como si estuviéramos echando un pulso de voluntades y como el pirata estaba distraído contigo, simplemente sucedió. Pude escuchar su ira.

Ele se quedó en silencio, pensando. No era muy diferente de la vida real. Instintivamente, manipulamos las emociones de los demás para desestabilizarles y obtener lo que queremos de ellos. Ese era el verdadero motivo de que se hubiera enfadado con Pedro varias veces ya: porque era ajeno a sus tejemanejes; su aparente independencia de la vida, su negativa a mancharse con las emociones de los demás, en especial con las de ella, era lo que le había hecho odiarle el día de la reunión, y más tarde en el coche.

—Eres muy inteligente —dijo Pedro admirado—, tendré que tener mucho cuidado, si me encuentro soñando contigo.

—Idiota.

—No —continuó diciendo—, en serio. Has aprendido más allí abajo de lo que yo he aprendido en años.

—Había leído tu libro. Además —le contradijo ella—, no es «allí abajo»; Lucas dice que es allí arriba.

—«Mi amigo Lucas dice» —repitió Pedro burlándose—, pero él no puede acceder al Hotel como yo. A lo mejor el Hotel está por encima.

Ele levantó la cabeza para mirarle a los ojos. Iba a reclamar su inmadurez en voz alta, pero se dio cuenta de que no era necesario. También cayó en la cuenta de un hecho que habían pasado por alto.

—Si nadie puede ver el Hotel, salvo los huéspedes elegidos por éste, significa que es un trabajo interno.

La sonrisa de Pedro se desvaneció y miró el techo reflexivo.

—Ele, creo que debería encargarme de esto solo. Creo que es hora de que salgas del Hotel y despiertes.

Ele se levantó de la cama y le miró enfadada.

—Eso que acabas de decir es horriblemente machista.

—No lo digo por eso —le respondió Pedro incorporándose—, deja que me explique.

—¿Quieres tener tu duelo al amanecer con el malo? Como en las pelis antiguas del oeste.

«O la mala», pensó Pedro, pero no se atrevió a decirlo en voz alta. Suspiró bajo la presión de las emociones de Ele. Ella esperaba su explicación con los brazos en jarras en actitud hostil. Era el momento de despedirse y, de ninguna manera, quería que terminaran así.

—Escúchame, Ele. Hay muchos motivos que me hacen pensar que debo hacer esto solo y entre ellos, puede que tengas razón, quizá es un arquetipo en el que me he educado. Siéntate un momento, por favor.

Ele arrastró una butaca frente a la cama y se sentó frente a él a regañadientes.

—Piensa en esto —continuó cuando ella se hubo sentado—, Ele: has leído mi libro, sabes que la primera vez que entré en el Hotel, lo hice huyendo de una realidad dolorosa para mí; insoportable. Pienso que tú has entrado en el Hotel por el mismo motivo.

Ele quiso replicar, pero no podía. Había pasado la mayor parte de su sueño huyendo de la cantante, de los mafiosos... Incluso después de encontrar a Lucas, al encontrar a Pedro en el coche, seguía teniendo la sensación de huída.

—Creo que quieres seguir con esto porque prefieres enfrentarte al malo antes que a tu propia vida. Yo preferiría que fueras valiente para vivir. Te confieso que yo no lo he sido. Yo también entré al sueño por no tener que tomar decisiones. He perdido muchos años de mi vida. Te tengo aprecio y preferiría que no lo hicieras. Además, eres más fuerte que yo y nadie conoce tu nombre verdadero; en caso de que falle, necesitaré que alguien nos rescate al director y a mí. Tengo la sensación de que el Hotel te buscará entonces.

—Pero sería mejor si fueramos los dos, Pedro.

—En teoría tienes razón, pero, si me desestabilizo o tú te desestabilizas, podríamos arrastrarnos el uno al otro a la inconsciencia. Es algo que siento que debo hacer solo.

Suspiró vencida. Era cierto que estaba huyendo. Era razonable lo que decía de los sueños.

—¿Cómo puedes vivir con esta sensación de soledad, Pedro?

—Con mucha práctica —respondió él—, sin remedio.

15

Estaba despierta. Se encontraba frente a la juguetería del barrio de Andy. La fuerza de la costumbre la había traído hasta allí, en lugar de llevarle al barrio de Laura. Ele, había esperado despertar en una cama y mirar el reloj despertador, quizá el estruendoso jadeo de Froid y su cálido aliento perruno proyectado hacia su cara; sin embargo, había venido a despertar de pie, en medio de la calle, a medio camino del metro y la casa de su novio —presumiblemente, ex— en la que había habitado los últimos años de su vida. Su móvil decía que era sábado por la mañana. Se preguntaba si su cuerpo había estado deambulando por la ciudad mientras ella dormía. Volvió a sacar el aparato del bolsillo con escepticismo y comprobó la fecha. Podía leer los dígitos del reloj y la información del tiempo. Nada relevante en las noticias. Contuvo su impulso de mirar las redes sociales porque no estaba preparada para asumir el cambio climático en su agenda. Miró a su alrededor preguntándose si podría ver el Hotel desvanecerse, pero el Hotel no estaba y no había evidencia de que hubiera estado jamás. Era capaz de sentir el fantasma del tacto en la planta de sus pies, sentía la moqueta gris, el tacto de sus manos sobre el panel de metal del ascensor, los labios de Pedro en su mejilla... Ya no llevaba el vestido de verano ni las zapatillas de corte bajo del sueño, llevaba de nuevo la ropa con la que dejó la casa de Lau para encontrarse con Pedro en el cine de la Prospe.

Habían pasado menos de veinticuatro horas. Era sábado por la mañana y el calor estaba en su ciclo de crecimiento. Extrañamente, había esperado un atardecer otoñal, las luces atenuadas correspondientes y el tránsito de una ciudad anestesiada. No era, de ninguna manera, lo que esperaba. Si bien su barrio... Si bien el barrio de Andy no era comparable a la densidad de población que podía encontrar en el centro, el tráfico de coches y personas le parecía muy saturado en comparación con el Madrid de sus sueños. Dentro de la peluquería, Marta hacía su danza alrededor de una clienta; no podía escuchar de lo que hablaban, pero la veía reír y girar la cabeza para hablar con su compañera o para mirar directamente a la mujer a través del espejo. Estaban animadas como si llevaran horas despiertas y litros de café consumidos. Recordó la cara de Pedro, tan real como aquellas caras que tenía frente a sí. En el bar de la esquina, había un hombre bien vestido sujetando un enorme periódico sobre la taza y el plato vacío que, presumiblemente, había alojado una tostada. A su lado, un grupo de jóvenes —de su misma edad calculaba— charlaba con alegría y reía con estrépito, sin que ello alterase su ritual lector del sábado por la mañana. Los árboles estaban quietos por la ausencia de viento, pero en ellos pudo ver y escuchar la presencia de los gorriones. Había una parte de su mente allí con todos ellos y la otra parte era reticente a abandonar el Hotel, todavía. Con cierto pesar fue volviendo en sí y con resignación emprendió su camino hacia el metro.

Estuvo a punto de ir a pagarle a la taquillera, cuando recordó que le quedaban cinco viajes en la tarjeta; eso no impidió que la mirase con extrañeza mientras caminaba hasta el torniquete de entrada. Bajó las escaleras mecánicas sabiendo que no tenía excusa para meter los pies bajo el cepillo; y aun así lo hizo. El tren tardaba en llegar y ella se sentó en uno de los bancos de metal frío de la estación. El panel marcaba cuatro minutos para la llegada del tren y Ele calculó que debía haber salido aproximadamente cuando puso sus pies sobre el primer peldaño de la escalera mecánica. Recordó que había visto subir unas pocas personas por la escalera sin prestarles atención. Las personas que iban ocupando el andén —pocas también— tampoco le prestaban atención a ella. Ele las vio caminar y sentarse con la mirada perdida y se preguntó en qué mundo de fantasía estaban. La mayoría de ellos buscaban un sitio para sentarse o un muro libre para apoyar la espalda y, acto seguido, sacaban su dispositivo móvil y su barbilla cedía hacia su pecho mientras su rostro se iluminaba. Había un hombre en el andén de enfrente sujetando un libro entre sus manos. Jugaba con él y hacía ademán de abrirlo y mirarlo pero enseguida lo cerraba y miraba hacia adelante y hacia los lados. No debía estar mirando nada en concreto porque no se dio cuenta de que Ele le estaba observando. De vez en cuando sonreía. Ele se preguntó si se había enamorado; si volvía de casa de su novia o de su amante o si iba hacia allí en ese momento. Se preguntó dónde estaban sus ojos que, a todas luces, no estaban en aquella galería subterránea ni en aquel andén. Se preguntó si para él, el resto de los pasajeros eran como árboles con la capacidad de caminar. El tren llegó y encontró múltiples asientos vacíos en él. Se sentó en un extremo de la fila y puso su rodilla sobre el asiento de al lado mirando hacia el túnel que formaban los vagones. Personas entraban y salían sin mirarse y sin hablar entre ellos. Ele apoyó sus manos en el cristal formando una cúpula y metió la cabeza entre ellas; buscaba la estación perdida en la oscuridad, como la había buscado cuando era una niña. Se preguntaba si existía. Se preguntaba si era otra fantasía urbana, como el Hotel. En la siguiente parada, una pareja entró en el tren y se quedaron de pie agarrados al poste vertical; se miraban acaramelados y sonreían con los ojos brillantes. Ele pensó en Andy y Nía; se preguntó si Nía había pasado la noche con Andy en su casa o si habría sido tímida y le estaba llamando esta mañana. Era demasiado reciente para que Nía se hubiera acostado con Andy con su propia ropa todavía en el armario. No, no habían pasado la noche juntos, al menos en casa de Andy; tampoco creía que la hubieran pasado en casa de ella; reflexionaba sobre la actitud de su amiga en los últimos años y la consideraba mucho más inteligente. Intuía que le vería hoy para desayunar, con actitud consoladora. Nía tenía un interés profundo en que Andy fuera algo más que un rollo casual; si lo pensaba fríamente, tenía más en común con su ex que ella misma. Había sido meticulosa y paciente y había ganado. Ele estaba totalmente conforme con aquello. Con todo aquello. Esperaba que les fuese bien, se casasen y vivieran una larga vida condenados el uno al otro.

Ele se bajó en la siguiente parada. Estaba lejos aún de la casa de Laura, pero le apetecía andar. Caminó por el parque que rodea a la M-30 hasta que llegó a Lopéz de Hoyos. Estaba cerca de la cafetería en la que había encontrado el Hotel; pero era la misma cafetería en la que se había encontrado con el grupo el día anterior. El día anterior. Le parecía que hacía un siglo de aquello. Sentía cierta curiosidad por la pared frente a la cafetería, pero también cierto rechazo por el lugar. Siguió caminando por el parque, viendo a los niños jugar. Las terrazas del final de la calle Padre Claret estaban relativamente llenas para ser verano. Los pocos que no habían dejado Madrid para ir a la playa, estaban allí tomando el vermú. A pesar de lo que prometía el informe del tiempo, el calor estaba siendo bastante clemente para lo que debía ser en aquella época. No estaba lejos de la casa de su amiga. Los edificios de la zona empezaban a estar separados por parques donde los perros corrían, similares al parque en el que ella sacaría a Froid. El perro debía estar desesperado por salir, si es que no había orinado ya en la casa. No podía culpar a nadie salvo a sí misma. Al llegar al portal y entrar en el ascensor, un vecino le pidió que retuviera la puerta. Le dio las gracias y subió con ella. No le hizo ninguna pregunta. Ele no dijo nada. Se bajó en el piso de Laura y entró en la casa vacía. El perro había miccionado en la cocina. Ele le puso comida y cambió el agua del cuenco; después llenó el cubo de la fregona y se encargó del desastre líquido. El perro era lo suficientemente listo para no mear en el parquet, lo cual le pareció sorprendente. Era un perro muy bueno, y así se lo dijo. Iba a sacarle a pasear. Quizá incluso le llevaría al Retiro esa tarde. Tenía todo el sábado y el domingo y pensaba dedicarse a Froid. La realidad recomponía en los crujidos que causaba el perro devorando su cuenco; había tocado tierra en él. Abrió el bolso y sacó el libro de Pedro. Había una anotación en color azul sobre la firma anodina de hace unos años. «Hay que tener valor para vivir. Hay que tener algo de fe para ser feliz», rezaba. No recordaba haber visto ningún bolígrafo en el Hotel. Acarició la zeta con el dedo índice, esperando mancharse y hacer un borrón; no fue así. Se preguntó si Pedro había estado hurgando en su bolso mientras soñaba. Fingió enfadarse de broma y sonrió; para él —aunque no fuera testigo—, para sí misma. El lunes volvería al trabajo... O quizá no.

16

Frío y humedad. Se preguntó si era lo que sentían los recién naci-dos al salir del vientre de la madre. Era el frío de un amanecer. La arena mojada estaba helada y el agua que se deslizaba con parsimonia sobre él, sobre la orilla, también estaba fría. Era una sensación térmica contextual, que no afectaba para nada a las funciones de su cuerpo. Dudaba mucho de poder resfriarse en un sueño. Era un náufrago; de alguna manera sentía que siempre lo había sido. Al levantarse, la ropa se le pegó al cuerpo y la arena también. La arena fría no le arañaría la piel porque también era una arena soñada. Caminó hacia la vegetación que delimitaba la playa por instinto. No sabía si era posible que hubiera árboles tan altos en el mar. No sabía si estaba en un manglar o en un delta. En definitiva, no sabía cuál era la coherencia biológica de lo que estaba soñando. Avanzó con dificultad, sacando y volviendo a hundir los pies en la arena fangosa. La tierra formaba islotes donde crecían los árboles y los juncos. Pedro se vio atrapado en una rayuela de agua es-tancada y arenas movedizas. Levantó la mirada y le pareció que el agua se acabaría; todo aquello sería un simple bosque si seguía avanzando. El agua se fue haciendo menos profunda hasta ser apenas una conjun-ción de charcos. Un tiempo indeterminado más adelante —ni corto, ni largo— el agua había desaparecido.

Estaba en un parque muy parecido al Retiro, aunque no era el Re-tiro. Entre los árboles podía distinguir animales salvajes; los identificó como mofetas porque eran blancos y negros, pero tenían el tamaño de un perro grande y la complexión de uno de esos osos hormigueros con el morro alargado, parecido al pico del tucán. Un perro comenzó a ladrar a uno de los animales; la mofeta se quedó inmóvil, sin retroceder y sin hacer ningún gesto hostil hacia el cánido. La dueña apareció corriendo entre los árboles con la correa en la mano. Llevaba ropa deportiva, de la que uno se pone los domingos para ir a pasear al perro. Estaba muy alterada y le gritaba al perro que dejase en paz a la mofeta, que no quería tener que pasarse el día limpiándole. Parecía que estaba acostumbrada a tener que higienizar en profundidad a su perro y a tratar con las mofetas. Parecía que era una relación cotidiana, del estilo «vamos a pasear al perro por el parque de las mofetas, porque para eso me he comprado la casa en esta ciudad, que tiene un parque con mofetas, para poder pasear al perro por el parque de las mofetas y verle discutir con ellas». La mofeta había perdido el interés en el perro y en su dueña, y parecía buscar algo por el suelo, a través del olfato. Pedro, que no estaba acostumbrado al animal como aquella señora, decidió que no tenía ganas de oler algo que nunca había olido en el mundo real y siguió su camino. Poco después, la arboleda se abría en un camino ancho de tierra por el que circulaban los visitantes habituales de cualquier parque de la ciudad durante el fin de semana. Había corredores, patinadores y otros dueños de perros. Las mofetas caminaban tranquilamente por allí también, sin mostrar preocupación por los humanos ni alterar sus quehaceres. Salvo algún perro más, ladrando a las mofetas mientras su dueño tironeaba de la correa, ninguno de los domingueros parecía estar asustado de los animales. Todos parecían muy hechos a que las mofetas camparan a sus anchas por un parque de la ciudad.

Ésta, la ciudad, comenzaba a dejarse ver por entre los árboles. Era una urbe a la orilla del mar; además de la playa al otro lado del parque, de donde Pedro venía, parecía ascender paralela a los riscos. No había ningún faro a la vista, aunque eso ya se lo esperaba. Siguió avanzando hasta los límites del parque, que también eran muy parecidos a los del Retiro, con su valla de piedra corta y sus rejas pintadas emergiendo de ella como una hilera de lanzas. Caminó siguiendo su recorrido a sabiendas de que, tarde o temprano, encontraría la salida. No fue tarde. Se vio inmerso en una ciudad moderna, ya sin mofetas, y siguió caminando mientras disfrutaba de la arquitectura soñada. Sabía que aquella ciudad no era suya. Aquella ciudad era un encolado de recuerdos de otro soñador. Recordaba sueños en los que la casa del pueblo de sus abuelos estaba a la vuelta de la esquina de la casa de sus padres en Madrid. No le parecía raro que hubiera una ubicación recurrente a la que un soñador regresase durante sus noches. A lo largo de su adolescencia, Pedro soñaba frecuentemente con la misma estación de trenes; un andén central, elevado sobre la ciudad, con su par de vías deshabitadas apuntando hacia el infinito y la sensación de no saber qué camino tomar. La gran diferencia que encontraba era que, en aquella ciudad, había algo de voluntario. No era un constructo subconsciente, ni la búsqueda de familiaridad de un soñador. Quizá en sus inicios lo había sido, pero allí había trabajo, horas invertidas en cambios intencionales. Después de haber entrado en el Hotel, Pedro se daba cuenta de que había personas que habían soñado mucho más fuerte que él; incluso los otros huéspedes del Hotel habían tenido años para hacer este tipo de construcciones. Pedro había estado en el Hotel brevemente y después lo había olvidado, tal como la consciencia olvida lo que es demasiado ajeno para contar con ello en nuestro día a día. A través de los años, principalmente como mención a su libro, Pedro lo observaba con asombro; en parte porque le maravillaba poder olvidarse de algo tan extraño como el Hotel y su vida dentro del mismo. El recuerdo era similar a esas canciones que desaparecen de nuestra vida y que un día, por casualidad, oímos en la radio o en un bar y recordamos el disco y el orden que ocupan en el mismo; al llegar a casa lo buscamos inmediatamente y lo disfrutamos con entusiasmo; después viene el momento de decidir si queremos descargarlo de nuevo, o preferimos el espacio para otra cosa; llega la hora de comer y vamos a la cocina mientras la canción y el disco entero vuelven a desvanecerse, quizá para no regresar.

Pedro se preguntaba con melancolía si una vez saliese del Hotel, éste se evaporaría de nuevo. No obstante, la situación era distinta. En estos días había entrado en el Hotel de una manera estable, sin la depresión ni su escolta de químicos. El detonante, si había alguno, parecía ser Ele; ella ya se había ido. Pedro buscaba al huésped que había secuestrado al anfitrión y sabía que el Hotel le había traído hasta aquel naufragio por ese motivo.

Aquella ciudad era una invitación; la extraña costumbre de enseñar la casa entera a nuestros invitados, aunque sólo vayan a utilizar una habitación para dormir, o el salón para cenar. Sujetando aquel pensamiento, Pedro recorrió las calles sin prestar atención a sus habitantes, o a la decoración y un rato más tarde —ni muy largo, ni muy corto— sus pasos le llevaron frente a un edificio muy particular. El edificio parecía recién construido. Su fachada estaba hecha de ventanales de espejo enormes y en ellos se reflejaba el cielo azul recién clarecido con nubes oscuras y toques rosados en sus puntas. En el mismo centro de la planta baja había una enorme apertura con una recepción dentro. A diferencia de su recepción, ésta no estaba en la calle, sino incrustada en el amplio recibidor del edificio. Pedro abrió la puerta de cristal empujando y puso sus pies —y los restos de la arena— sobre la cálida moqueta gris del edificio. Pedro jamás hubiera elegido decorar nada con moqueta, ni la casa ni la recepción; le parecía algo caro y sucio; un auténtico criadero de patógenos que, si bien inicialmente parecía maravilloso, hacía que la tostada de la ley de Murphy sonriera con entusiasmo; le entraron ganas de entrar al baño sólo para comprobar si el soñador era tan optimista que había extendido la moqueta hasta el borde de los urinarios. La recepción olía a coche recién sacado del concesionario y la puerta de cristal, al cerrarse, dejó crecer una suerte de silencio digno de ser reverenciado. Pedro estuvo allí un instante contrastando el placer que le proporcionaba el espacio de la acogida en contrapunto de la irritación que le causaba pensar en la moqueta. Se preguntó si era porque había sido pobre casi toda su vida y siempre había tenido que limpiar lo que ensuciaba. Quizá la persona que había construido aquel edificio tenía máquinas de vapor capaces de limpiar en profundidad aquellos materiales, tenía contratado personal para hacerlo y tampoco reparaba en cortar los pedazos no recuperables para sustituirlos. ¿Era envidia? ¿Le daba envidia la gente enmoquetaba sus casas?

Aquello sí podía llegar a preocuparle. Si bien es verdad que vivimos en una sociedad con tendencia a la ostentación, el lujo innecesario y mostrarlo, nunca se había sentido partícipe de esa actitud social. Sabía que había comprado cosas que no necesitaba —como cualquiera en esta sociedad— pero nunca se había visto compelido a adquirir un producto porque lo tuviera el vecino, o con el fin de restregárselo por la cara; nunca se había visto inclinado a desearle el mal a nadie que tuviera algo que él no se podía permitir. Sentía envidia por ciertas virtudes que veía en los demás de las que él mismo carecía, pero ningún deseo de que un destino funesto se llevase por delante a sus beneficiarios. Era egocéntrico, no deseaba ser esclavo de esos sentimientos, ni vivir para los demás. Si hacía algo por alguien, lo haría por el puro placer de hacerlo, no para manipular su reacción.

Aquella moqueta estaba poniendo de manifiesto un debate interno al que no quería enfrentarse en ese momento; debía centrarse antes de que su vibración le hiciera descender de consciencia y se preguntó hasta qué punto la sensación que le provocaba la moqueta era fortuita. En cualquier caso, en un sueño, la moqueta nunca se ensucia. El Hotel también tenía una moqueta y no le había provocado esa reacción.

Recordó lo que Ele le había enseñado de los desequilibrios emocionales y supo que la conversación había comenzado, aunque su interlocutor no estaba frente a él todavía. No quería entrar en el temor, pero en comparación con el Faro, con toda su pompa y su altanería, aquel soñador era extremadamente sofisticado. Fuera quien fuera, jugaba con elementos que Pedro no hubiera podido imaginar antes de encontrarse con ellos. ¿Acabaría en una jaula como el director del Hotel? ¿Tendría que ser rescatado?

Detrás de la recepción estaba el pasillo de los ascensores y, tras él, podía contemplar el patio a través de uno de los grandes ventanales que, desde fuera, eran espejos. Era un parque moderno, de piedra blanca y vegetación de un verde intenso; lo que identificó como bancos estaban constituidos por diseños cúbicos de aspecto incómodo; los árboles tenían una silueta fina y la copa recortada en forma de esfera perfecta; árboles alejados entre sí que le trajeron a la cabeza la elegancia aséptica de una pasarela de modelos; ambos exhibían una naranja solitaria y perfecta entre su follaje. Caminó hasta los ascensores convenciéndose de que dar rienda suelta a las pasiones no le ayudaría; prestarle demasiada atención al escenario que le habían preparado podía ser pernicioso. El juego elaborado de placer y displicencia era la manipulación emocional de una inteligencia terrible. Aunque era incapaz de leer el panel de números, los sutiles cambios en la luz evidenciaban la progresión del movimiento; no sabía si estaba subiendo al ático o descendiendo a los infiernos. No sabía dónde nacía la tradición de situar el infierno en el centro de la tierra; pero había encontrado muchos de ellos sobre la superficie de la misma y no encontraba motivo para pensar que uno de ellos no podía haberse elevado hasta las alturas. Cuando las puertas del ascensor se abrieron, se encontró con la última ofensa: había un recibidor con dos sillones rodeando una alfombra, sobre la alfombra una mesa de café de cristal, y a la izquierda de los asientos, rompiendo la simetría, un pequeño naranjo plantado en una maceta metálica; el cúlmen del egoísmo. Tener un árbol en una maceta bajo techo podía tener cierto alivio si, al crecer, se tiene intención de replantarlo. Sin embargo, aquel árbol formaba parte de la decoración despersonalizada de un saloncito que nunca nadie utilizaría. Si dos vecinos quedaban a tomar café no lo harían frente a aquel ventanal, ni en aquellos sillones. El árbol crecería cautivo, sin que nadie le prestase la más mínima atención. Para ser honesto, no sabía si el árbol sufriría, pero su sentido ético lo estaba haciendo. Le parecía un derroche de egoísmo humano. Con la nueva bofetada el edificio entero comenzó a exudar satisfacción. Pedro sabía con certeza cuál de los apartamentos era el origen de aquella sonrisa silenciosa; sabía dónde había sido previsto el encuentro con el soñador y comenzaba a vislumbrar su estrategia. «A esto podemos jugar los dos», pensó. Pese a la ansiedad con la que se veía atraído hacia el apartamento —del que intuía que hacía esquina y tenía la mejor vista— decidió acariciar las hojas del naranjo cautivo y sentarse a pensar un instante. El ambiente de satisfacción que supuraba el edificio dejó paso a la incertidumbre. El soñador que le había conducido hasta allí no esperaba que el escritor tomase sus propios tiempos para seguir el hilo que había preparado. Pedro miró por la ventana intentando adivinar cuál era la verdadera ciudad que subyacía bajo aquel recuerdo onírico; no fue capaz y supo que no debía haberla visitado nunca; al fin y al cabo, no tenía gran afición por los viajes y menos aún por visitar otras ciudades. Deseó tener un café en la mano para poder dejarlo sobre la mesa sin posavasos. Hubiera sido fantástico poder manifestarlo.

Lo que sí pudo hacer fue apoyar la manaza entera sobre el cristal cuando se levantó, asegurándose de que había dejado una huella horrible en aquel escenario ordenado.

Caminó hacia el apartamento con tranquilidad, sintiendo la tensión del pasillo. La puerta principal estaba abierta y daba acceso al salón que, como había imaginado, ofrecía una visión inmejorable de la ciudad y el gran azul del mar, tan solo interrumpida por los finos hilos que formaban las juntas de la cristalera. El salón era inmenso y estaba decorado al estilo minimalista para acentuar la sensación de amplitud. El dueño y señor de todo lo que veía estaba de espaldas a él, mirando hacia el infinito. Pedro sonrió por la extrema teatralidad con la que había preparado su primer encuentro. Caminó hacia el ventanal, que se extendía desde el suelo hasta el techo, y contempló el mar sin abrir la boca. Había elegido situarse a una distancia personal suficiente para que el soñador tuviera que acercarse a él o gritar para tener una conversación. Sin desviar la mirada del paisaje comprendió que el soñador sonreía y aprobaba su forma de manejar el tablero, mientras daba unos pasos para acercarse a él.

—¿Por qué?

Preguntó Pedro sin alzar la voz.

—Es obvio —respondió la figura—, porque el Hotel tiene mucho poder. A través de él puedo conseguir influencia en los grupos de soñadores y a través de ellos, puedo conseguir muchas cosas en el mundo real.

El silencio del escritor invitaba al otro soñador a continuar con su explicación.

—La condición de mortales es una pesadilla para los concilios —continuó—, estos hombres poderosos pueden amasar una fortuna inimaginable durante sus vidas, pero viven con el temor de que sus herederos no tengan sus mismas ambiciones y, por supuesto, sus mismos talentos. Para estas personas, que les salga un hijo poeta, pintor, o influencer, es un golpe terrible. En parte porque saben que otros soñadores conscientes podrían aprovecharse de ellos. Ya se ha visto a través de la historia: el fundador de una dinastía es un genio y sus herederos son unos verdaderos inútiles. Han hecho crecer unas esperanzas en torno al Hotel; piensan que si sus hijos pudieran tener acceso a los sueños conscientes, al igual que ellos, podrían otorgarles cierto conocimiento. También piensan que su consciencia podría seguir aquí, en los sueños, para guiarlos, y perpetuar sus apellidos.

Miró a los ojos del soñador. Hablaba de miedos como si fueran de otros, pero también estaban en él. Sabía que había estado en contacto con el Faro y posiblemente con otros grupos. Estuvo tentado de preguntarle quién era en realidad, a pesar de que era consciente de que no lo revelaría; también quiso preguntarle cómo había secuestrado al director del Hotel y, de la misma manera, sabía que no obtendría una respuesta.

—He venido a por el director y mi intención es llevármelo —le dijo Pedro—, aunque tenga que derribar la ciudad entera, incluido este edificio. ¿Qué propones?

—Este edificio existe en la realidad —le respondió sonriendo—, lo que te propongo es que yo te entrego este mismo apartamento en el mundo real... Sólo para empezar. Podrías trabajar conmigo... la chica también puede trabajar conmigo, si lo deseas. Puedes ser el recepcionista del Hotel. Seríamos muy fuertes juntos. Podríamos hacer grandes cosas aquí y podría convertirte en un hombre muy poderoso ahí fuera.

No le hizo mucha gracia que el soñador mencionase a Ele y se lo hizo saber con la mirada.

—Podrías tener una jovencita como ella todas las noches; incluso una distinta cada noche. Te voy a hacer un hombre rico. No te imaginas la vida a la que te puedo dar acceso.

Pedro miró hacia el horizonte y apoyó el índice en el cristal. Pensó en lo que le había dicho el desconocido y en las conversaciones que había tenido con Ele. Recordó su risa cuando le dijo que se casaría con ella para no tener que pagar a una enfermera que le cuidase durante su senectud. Recordó la primera vez que la vió en el portal e imaginó la primera vez que se conocieron, durante la presentación de su libro. Las piezas comenzaban a tener sentido y un pensamiento comenzó a formarse en su cabeza: el Hotel le había exigido trabajar como portero en el edificio a cambio de no pagar la factura; ese era el motivo por el que se había encontrado con Ele. El director, Ele y las enfermeras estaban conectados. No podía verbalizarlo, pero lo comprendía. Pedro atravesó el cristal como un fantasma y alzó el vuelo.

—La verdad es que no me gusta tanto el apartamento, lo siento.

—Eres un imbécil —respondió el soñador.

Fueron las últimas palabras que pudo oír antes de alejarse aleteando hasta la playa. Probablemente tenía razón. Probablemente era un imbécil y lo había sido toda su vida. Podría tener un ático como aquel en el mundo real y vivir nadando en la riqueza, pero había elegido intentar rescatar al director de un Hotel mágico que solo existe en los sueños. Era la prueba definitiva de que era un idiota. Sin embargo, no podía parar de sonreír.

«...pues así llegué a saber

que toda la dicha humana,

en fin, pasa como un sueño...»

17

Apretó los labios y exhaló con resignación. Había visto el Hotel desaparecer entre los edificios y se encontraba inmerso en el mundanal ruido. La M-40 y su procesión de luces, cortando el aire y abusando de sus bocinas. Objetivamente —pensaba—, los conductores de Madrid no eran tan proclives a hacer cantar a sus coches como los valencianos. Idiosincrasias intrascendentes. Decibelios más, decibelios menos, estaba en una ciudad despierta. El recuerdo de sus obligaciones hizo que se le acelerase el pulso. Era un deber escogido, se recordó; podía empaquetar sus cosas y marcharse para no volver. Valencia, por ejemplo, era un buen lugar para vivir; su gente alegre, sus edificios luminosos, su comida sabrosa, su algarabía; Sorolla. Quizá podía buscar un pueblo no muy cerca de la urbe, por el tráfico, ni del agua, por la humedad, pero lo suficiente para ir al cine, de cuando en cuando, y a mirar el mar fuera de la temporada turística. Tenía cierto miedo a vivir en un pueblo; nunca lo había hecho. Se había criado en una ciudad, envuelto en el anonimato que proporciona la masa de habitantes.

Había fantaseado muchas veces con dejar Madrid. Emigrar a las islas Canarias, por ejemplo. Tenía unos amigos en el valle del Tiétar y le gustaba la zona. Ellos le habían contado que el invierno era muy aburrido porque tenían que estar encerrados en casa, aunque Pedro estaba perfectamente cómodo sentado entre cuatro paredes escribiendo; desde luego, cuando se distraía y proyectaba la vista a través de la ventana, prefería ver un mar de árboles a un muro de ladrillo. Aún así, encontraba resistencia que le recordaba a la época en la que se emancipó de la casa de su padre. Empezó viviendo con amigos, porque cuando uno es joven siempre busca el refugio en el grupo. La primera vez que vivió solo, se dio cuenta de que podía haberlo hecho desde el principio, que no era tan difícil. «Más vale lo bueno conocido que lo malo por conocer». Esa es la prisión en la que muchos vivos esperan a la muerte. El miedo no te mata de inmediato, te ahoga lentamente; te estruja el color de forma lenta e implacable; te avergüenza, te impide pedir ayuda. Tenía miedo de fugarse y miedo de llevar a cabo la tarea que le aguardaba.

Había vivido inconsciente desde que publicó el libro, pensando que el Hotel era un sueño, pero existía. Los grupos de soñadores, el Faro y su libro de los nombres, la tregua... Su propio nombre era conocido en la trama onírica y había vivido ajeno al peligro que este hecho entrañaba. La razón por la que nadie había emprendido represalias se le escapaba; no obstante, tenía la sensación de que esa época tranquila había terminado. Ayudar al director del Hotel era tomar partido; era el lado neutral en apariencia, pero estaba en el punto de mira de los concilios de los soñadores. Le parecía de justicia pensar que ya había cumplido con el Hotel; había trabajado en la portería todo lo que le habían permitido las circunstancias; podía coger sus bártulos y salir del escenario; quizá el Hotel solo quería que Ele tuviera acceso a los sueños de alta intensidad y ahí terminaba su misión. Había cumplido con el favor y no tenía que pagar la factura. No tenía deuda, se repetía. Por otro lado, si no quería jugar, podría haber aceptado el apartamento. En realidad no, porque aceptar la oferta del otro soñador le condenaba también al tablero, a llevar una vida que no elegía. Elegir, curiosa palabra. De todo lo que había hecho en su vida, tenía la sensación de que había sido libre pocas veces. Como había leído en el I Ching, a lo más que podía aspirar era a conocer sus propios condicionamientos; pensaba que los conocía; sabía que iba intentar rescatar al director y sabía que iba a intentar frustrar los planes del soñador, no porque le hubiera llamado imbécil —eso también—, sino porque le parecía lo correcto. Quizá no lo era, pero era lo que sentía que debía hacer. ¿Por qué tomaba aquella posición subjetiva? Al fin y al cabo, tampoco conocía la función del Hotel, sus intenciones, su fondo; prácticamente, no conocía la situación de los sueños conscientes. No sabía nada y, sin embargo, se atrevía a posicionar todos los elementos de su vivencia como aliados y antagonistas. ¿Basado en qué? ¿En sus prejuicios? Había juzgado a las agrupaciones de soñadores con propósito como los malos de la película cuando ellos no habían elegido soñar de aquella manera. Ni él, ni el soñador de la ciudad de las mofetas eran parte activa en los planes del Hotel. El soñador había tomado un recurso que estaba al alcance de su mano y pretendía utilizarlo para su beneficio personal. ¿Era por la moqueta? ¿Por la mente emprendedora de aquel hombre que había visto una oportunidad y quería aprovecharla como otros no lo hacían? ¿Sentía envidia, odio de clase, repulsión por los ricos? No era por eso. Todo en aquel paisaje indicaba que el director del Hotel no se había ausentado por su propia voluntad. De otra manera no se explicaba por qué el Hotel le había exigido el favor en ese preciso momento. Había algo extraño en el edificio en el que había comenzado a trabajar hace unos meses, lo intuía. Con todas sus diferencias, su fachada, las mimosas, el barrio en el que se encontraba, le resultaba muy similar al edificio del soñador.

Llevó su mano hacia el nudo de la corbata con intención de aflojarlo, solo para caer en la cuenta de que no llevaba puesto el traje de portero. Llevaba puesta la misma ropa con la que había acudido a la protesta vecinal de la Prospe. Miró el móvil y eran las nueve y media del sábado: habían pasado más de veinticuatro horas desde aquello. Jamás hubiera imaginado que Ele se presentaría sola ni, desde luego, el drama postadolescente que conllevaría esa decisión. Ese pequeño mamón de Andy dirigía un grupo de activistas de alquiler y, aún peor, algunos de sus integrantes ni siquiera estaban al tanto, como por ejemplo, su propia novia. Se preguntaba si el petimetre ya habría tomado medidas para que le despidiesen o todavía estaría sobreactuando la decepción como la tarde anterior. En cualquier caso, daba igual porque todo terminaría esa misma noche.

—¿Se encuentra bien?

Se giró sobresaltado para descubrir un coche de la policía local. Un joven agente, asomado a la ventanilla del coche, esperaba su respuesta.

—Sí —respondió Pedro—, me he quedado hipnotizado con las luces de los coches. Me han recordado a mi infancia.

—Operación salida —respondió el agente sonriendo—, todos los años igual.

—Pensaba que mejoraría con los GPS inteligentes.

—Sí, algo ha mejorado —volvió a decir el policía—, pero la mayoría de la gente sigue cogiendo las vacaciones por quincenas. Las reservas igual, por semanas, por quincenas. Pero bueno, merece la pena. Pasamos todo el año trabajando y unas horas más de atasco no hacen la diferencia.

—Lo malo son los accidentes.

—Sí —respondió el joven—, sobre todo por los mirones. Al final hay más accidentes por el tapón que generan. La gente es muy morbosa... Pero también va mejor: los coches son cada vez más seguros y la gente más consciente.

—Es un alivio escucharlo.

El policía se giró hacia la parte interior del coche para atender la radio. Le hizo una señal a su compañera y se giró para desearle buenas noches. Pedro contempló la patrulla perderse entre el tráfico y, finalmente, desaparecer cuando doblaron una esquina al final de la avenida. «Qué simpático», pensó. Hace veinte años le hubiera parecido imposible que un agente de policía se dirigiese a él por el mero hecho de saber si se encontraba bien. Se preguntaba si era por la edad, por la pérdida de ese miedo inconsciente a la autoridad, o porque los cuerpos de seguridad del estado estaban mejorando, al igual que los coches. Le hizo sonreír con esperanza. Siempre había temido el momento de hacerse mayor, de que cualquier tiempo pasado le pareciese mejor y que la muerte se le viniera tan callando. No obstante, guardaba cierta admiración por las nuevas generaciones, con su forma caótica de hacer las cosas, con sus revoluciones cotidianas. Todos los viejos de todas las épocas han pensado siempre que antes se vivía mejor. Pedro no esperaba ser diferente; había temido llegar a una edad donde se haría, por fuerza de naturaleza humana, un nostálgico; un inconforme del tiempo presente y un detractor del futuro. Sentía cierta alegría, cierto orgullo de su persona, por estos pensamientos. No, no estaban peor que en la edad media, ni los héroes de antes eran mejores que los de ahora; sólo eran más violentos. La sociedad seguía teniendo problemas, pero estaban avanzando. Pensó en Ele, en su inteligencia, en su valentía; pensó en las maniobras que había organizado en torno a no decirle que sabía que había escrito un libro y cómo, a su manera desordenada, le había llevado al huerto. Se cuestionó si debía agarrarse a ella. Tenía el temor de haber pasado tanto tiempo sintiéndose mal que, cuando la vida le arrojaba un dulce, fuera incapaz de aceptarlo sin preguntarle si era de menta, de fresa o si estaba hecho con lácteos. «Imbécil», recordó. Había muchas probabilidades de que fuera cierto. Recordó el refrán: más vale pájaro en mano que ciento volando; sí, pero en ese refrán nadie le pregunta al pájaro. ¿Tú qué quieres pájaro? ¿Prefieres estar en mi cazuela o irte con los ciento volando? Era el gran problema de tratar con humanos en lugar de con aves: que si les preguntas te pueden dar una respuesta que no es la que tú quieres escuchar. Es fascinante cuando un humano se olvida de que está tratando con otro y comienza a tratarlo como un objeto. Bajo la oferta del soñador —el apartamento, la riqueza, el poder— dormía la realidad de languidecer hasta que le llegase la última hora. El ser humano es un animal tan gregario que ha empezado a llamar vida a la sociedad; y no es lo mismo. El Hotel, por el contrario, le ofrecía el misterio; la desconcertante sensación de vivir sin saber lo que va a suceder mañana; ese vértigo al que todos tenemos acceso y que paliamos, en general, con horas de televisión, compras compulsivas y propuestas de ocio novedosas, por los que Pedro había perdido el interés hace tiempo. El Hotel tenía un propósito que se le escapaba. Lo único que sabía era que permitía a los que no habían desarrollado el don de soñar intensamente acceder a los sueños de alta intensidad; no sabía si era una creación humana o divina; no sabía como escogía a los nuevos soñadores ni por qué; una gran parte de su motivación para seguir la voluntad del Hotel era, precisamente, satisfacer la curiosidad que le causaban estas preguntas. Esperaba que el director tuviera la deferencia de responderlas.

Caminó alejándose de la carretera en dirección a la parte del barrio que había conocido levemente durante sus meses de empleo en el edificio. La agrupación de portales en la que hacía las labores de portería, a pesar de las diferencias aparentes, tenía un lazo consanguíneo con la construcción del soñador. Dudaba de que Ferraro fuera la persona con la que había conversado; no le menospreciaba: le parecía un administrador eficiente; sin embargo, volaba demasiado bajo para ser el soñador. El comportamiento de su actual jefe distaba mucho de la sofisticación y la altanería necesarias para tomar el Hotel por la fuerza. Obviando el hecho de que le hubiera reconocido en el sueño por asociación subconsciente, tal como le había explicado Ele. Tenía la certeza de que no se encontraría con ella en el edificio; si había tramado reunirse con él a espaldas de su grupo, imaginaba que tenía un plan B. Cuando decidiera recoger sus cosas de la casa de Andy, Pedro ya habría dejado la escena. No sabía si sus caminos volverían a cruzarse, pero estaba conforme; estaba conforme con todo aquello. Andy, por su lado, gozaba de la inteligencia suficiente para ser el soñador y, sin embargo, era demasiado joven, casi una semilla; no albergaba ninguna duda de que hubiera tenido el valor, la ambición y los medios de hacerse dueño de aquel extraño fenómeno del mundo onírico, aunque le parecía demasiado embebido de sí como para conocer la intrincada realidad que se gestaba cuando todos cerramos los ojos por la noche. Ya podía ver el edificio en el que trabajaba. El vigilante de los fines de semana, Walter, estaba sentado en la pecera, mirando hacia el infinito. Pedro se preguntó si le dejaría acceder a su casa. Su contrato laboral especificaba que era su residencia y lo tipifica como gratificación en especie en su nómina. No obstante, si la promotora había decidido despedirle de un día para otro, desconocía cuál sería su política con respecto a su acceso a las propiedades que había depositado en la vivienda.

De momento, no veía cajas en la puerta, lo cuál era buena señal, aunque no lo suficiente para confiarse. Se dio cuenta de que se había detenido en medio de la calle y que miraba hacia la portería como un chacal a su presa. Sacó su paquete de tabaco y lió un cigarro. Se sentó en un banco a reflexionar. Se preguntó si el vigilante habría recibido instrucciones de avisar a Ferraro en el momento que intentase acceder al inmueble. Se preguntó si el amable policía sería el mediador si estallaba un conflicto con el administrador. Consiguiera o no entrar en el apartamento, todo aquello jugaba en su contra. Necesitaba dormir dentro de la comunidad y acceder al mundo de los sueños de alta intensidad sin ayuda del Hotel, lo cual ya le parecía un reto por sí mismo. Si el Hotel pudiera manifestarse dentro del edificio, el director no habría tenido problemas para escapar. Si hubiera un conflicto directo, aunque consiguiera convencerles de dejarle entrar a su vivienda temporal, tendría problemas para dormir; por no mencionar que la propiedad podía tomar cualquier medida para impedírselo. Walter parecía un buen hombre, pero no podía confiar con que desobedeciese las órdenes de sus empleadores y, aunque le dejase entrar sin avisar a nadie, no quería causarle problemas. Los cubos de basura estaban frente a la verja del pequeño patio donde los guardaban y Pedro se preguntó si el vigilante la había dejado abierta. Extrajo su llavero del bolsillo y se preguntó si la llave de la puerta trasera —que por lo que le había contado el antiguo portero, siempre había estado cerrada— funcionaría. Era lo único que podía hacer. Si la llave no funcionaba o Walter le descubría, se vería en una situación incómoda. Por no hablar de que todo aquel conflicto podía estar sólo en su cabeza. Podía ser que Walter no tuviera ningún aviso de detenerle o que la promotora no estuviera relacionada con el soñador, o que el Hotel fuera solo una ficción, una locura. ¿Y entonces qué? Entonces tendría que dar las mínimas explicaciones posibles sobre el motivo por el cual intentaba entrar en su apartamento sin que le descubriese el vigilante de los fines de semana, y rezar para que sus jefes no descubrieran este ataque de locura transitoria y le despidieran como consecuencia. Entonces tendría que volver al psicólogo y, posiblemente, al psiquiatra. Si el Hotel no existía, era portero de un edificio y estaba jodido. Sí, existía la posibilidad de que hubiera elaborado una fantasía con varios inquilinos del edificio y de que estuviera en mitad de un brote psicótico. La posibilidad de despertar en un trabajo que despreciaba, achacado además de una enfermedad mental, era de un gris tirando a negro. Si ese era el caso, no había nada en su mano para poder evitarlo y tendría que pedir ayuda. Eso sería mañana, hoy sólo tenía esa realidad.

Se levantó del banco y emprendió camino rodeando el edificio frente a su apartamento, de tal manera que Walter no le viera acercarse a la verja del patio trasero. Caminaba apretando la llave entre sus dedos, intentando obtener la respuesta del dolor que le causaba el metal al incrustarse en su mano. Al doblar la esquina dos veces, se encontró, por fin, en la calle de su edificio. Su pulso se aceleraba más y más al acercarse a la verja, hasta que por fin llegó el momento de empujarla. Intentó recordar si chirriaba al abrirse y rezó porque la puerta no hubiera adquirido ese hábito en su ausencia. Pensó en dejarla entreabierta, pero le dio miedo que el peso la abriese del todo e hiciese ruido golpeando la pared. Ya dentro, apretó el picaporte hasta su límite y empujó la puerta hasta que estuvo cerrada, soltando la presión despacio y casi sin respirar. Escuchó el ligero sonido del metal al entrar en el hueco del cierre y soltó el asidero rogando para que estuviera bien encajado. Por favor, que Walter no quisiera estirar las piernas en ese momento. El patio interior se veía desde los apartamentos de enfrente, aunque ninguna de las ventanas era la de Andy. Algunas luces estaban encendidas, pero mientras caminaba —con el corazón palpitando en sus oídos— ninguno de los vecinos se asomó por ellas. Estaba frente a la infame puerta trasera, rezando para que la llave funcionase, porque no chirriara, porque no estuviera pegada y, sobre todo, por no haber dejado ninguna caja ni objeto en su recorrido que pudiera empujar o derribar al abrirla. Introdujo la llave en la cerradura y giró; no parecía estar dañada y eso era bueno. A pesar de estar desbloqueada, el primer empujón no la abrió; insistió y la puerta cedió de golpe emitiendo el mismo sonido que los botes envasados al vacío y una vibración en la esquina superior; por suerte su agarre era firme y sólo recorrió unos centímetros antes de que pudiera detenerla. Pedro permaneció en silencio, intentando descubrir si sus acciones habían alterado la paz del edificio. Miró hacia la verja que estaba cerrada; la figura del vigilante que había imaginado allí de pie, descubriéndole, no estaba. Empujó suavemente creando la mínima apertura posible y entró en su habitación. Cerró con cuidado y aplicó la llave de nuevo. Por un momento estuvo inmóvil en la oscuridad, temiendo que cualquier movimiento le delatase. Cuando sus ojos se adaptaron a la penumbra que provocaba la luz artificial de las farolas, se quitó los zapatos y se apoyó en la cama con toda la precaución de la que fue capaz. Ya tumbado, se dio cuenta de que sus calcetines estaban empapados en sudor y de que no se había quitado el cinturón. Dejó ambas prendas en el suelo con la misma lentitud con las que se las quitó. La radio del vigilante sonaba muy poco al otro lado de la puerta, y los cortos chirridos de la silla de la pecera atestiguaban que estaba allí. No le fue difícil acostumbrarse a ellos; cayó en la cuenta de que no había cenado y le molestó no haber pensado en ello hasta aquel momento en el que un viaje a la cocina le parecía una misión imposible. Pasó un buen rato, mirando al techo, convencido de que no conseguiría dormir, hasta que se durmió.

Cuando abrió los ojos, la luz que invadía el apartamento era de un rosa chicle trastornado. Pensó que estaba soñando y no despertó, lo que significaba que lo había conseguido: estaba soñando consciente dentro del edificio; ahora sólo tenía que encontrar al director. Sin saber cómo, estaba de pie en medio del pasillo. Sus gatos estaban en el quicio de la ventana de la cocina y parecían venir de pasear por el patio. Se acordó entonces de que los había dejado con una amiga al aceptar el trabajo. No había puerta del apartamento y el cristal de la portería, la silla y el mostrador habían desaparecido. Podía ver la calle desde el quicio, pero sabía que no podría salir; había un campo de fuerza invisible del que era muy consciente. Las mimosas del patio interior habían desaparecido; los muros de los edificios estaban cubiertos de grandes paneles de espejo que reflejaban el cielo; el suelo entre los portales de la colonia también se componía de dicho cristal. La única interrupción para la vista en aquel espacio diáfano era una agrupación de sillones de diseño plantados al aire libre, ocupando un lugar cercano a la sala en la que se reunían los amigos de Andy. Allí estaban, el grupo completo, incluyendo a Ele. Quiso acercarse a saludarla, pero se dio cuenta de que no era capaz de enfocar su cara, hecho que señalaba que no era una Ele real, sino la proyección de su mente. Se quedó mirándolos un rato, observando su propia proyección subconsciente de aquellas reuniones. Incluso discutiendo, guardaban una armonía muy separada de la situación real del grupo en aquel momento. Buscó el portal veinte, del que entraban y salían las enfermeras cada ocho horas. El espejo en el que debería haber estado el portal, se transformó en un ascensor. Mientras caminaba hacia él, miró hacia abajo esperando ver el reflejo de un cielo perfecto, como recién pintado. En su lugar, pudo ver como el edificio se proyectaba hacia abajo, creando un doble subterráneo. Entró en el ascensor y pulsó el botón de la planta menos dos, que coincidía con el piso al que iban las enfermeras, aunque en el duplicado del edificio, el que correspondía al Hades. Salió al pasillo en la parte interior de los espejos; estaba constituido como un balcón al patio interior que se extendía hasta tocar los edificios de los extremos, los perpendiculares, que hacían que la colonia tuviera la forma de un cuadrado. Pudo ver a la enfermera salir de un apartamento y dejar la puerta abierta. Su rostro también estaba difuminado. La luz que desprendía la vivienda, formaba un trapecio anaranjado en el pasillo y el contraste le hizo pensar en que estaba amaneciendo. Se preguntó si los sueños de su enemigo estaban emplazados en una alborada eterna. Caminó hacia la puerta ignorando a la enfermera y entró. El interior se había transformado en una habitación de hospital, con su baño inmediatamente situado a la izquierda de la entrada, la ventana en oposición de la puerta y una cama entre ambas. Sobre el lecho, descansaba una mujer muy mayor conectada a diversas máquinas que imaginaba que emitían luz y pitidos, aunque no alcanzaba a percibirlos claramente. Su pelo blanco, se extendía casi hasta el final de sus brazos y alrededor de su cabeza, formaba puntas como si fuera una estrella o una corona. La mujer abrió los ojos y le sonrió, invitando a que se sentase junto a la cama.

—Eres el director —se sorprendió Pedro.

La mujer asintió y la sonrisa hizo que se le arrugase el contorno de los ojos. Sin abrir la boca, le hizo comprender que había dejado que todo el mundo pensase que era un hombre para ocultar su identidad; no, no era trampa: ella nunca le había dicho a nadie que fuera un hombre, tan solo les había dejado insistir en su creencia. Lo curioso de aquello es que ya se habían conocido; la primera vez que estuvo en el Hotel tenían, por fuerza, que haber tenido un encuentro; pese a ello, no lo recordaba. El portero se preguntó cómo había sido capturada y ella le respondió que era fruto de la casualidad: el soñador y ella se habían conocido en el mundo real y sólo por eso había conseguido acceder a su cuerpo físico; un cuerpo que, como podía observar, se encontraba en su crepúsculo. Pedro, pudo contemplar la historia de cómo aquel hombre, bajo el disfraz de la generosidad, había convencido a la familia del director para que la trasladase a aquel apartamento y cómo la mantenía viva, a pesar de que su cuerpo quería rendirse.

—¿Quién es el Soñador?

—No importa —respondió la mujer sonriendo—, nada de eso importa, ya lo comprenderás.

—¿Qué es el Hotel?

La mujer sonrió. Se veía que quería reírse, pero su cuerpo le lastraba; las lágrimas hicieron que se le iluminasen los ojos. Era una pregunta que le habían hecho muchas veces en su vida, y que le habían hecho muchas veces durante muchas vidas a todos los directores del Hotel.

—El Hotel no se puede explicar con palabras —respondió la directora—, porque no pertenece al mundo de las palabras. La parte de tu mente que se ocupa de ponerle nombre a todo, no puede sujetar este concepto. Sólo la parte que experimenta la vida lo entiende.

Era una explicación muy rara. No obstante, había una parte de él que sentía que la respuesta era familiar y suficiente. Inasible y parte de su propia existencia.

—El Hotel ha estado ahí desde hace mucho tiempo —continuó la mujer con actitud divertida—, a mí se me presentó por primera vez en Woodstock y se me ofreció su dirección poco antes de los ochenta. En aquel tiempo no era un hotel, sino un casino. Lo que se conoce ahora como "El Hotel" no tiene una forma definida. Mejor dicho, no tiene una forma definitiva.

—Ya —preguntó Pedro—, pero ¿qué hace exactamente? ¿Cuál es su función?

—No lo sé —respondió la anciana—, te puedo explicar lo que he vivido y te adelanto que tú tampoco lo entenderás. El Hotel te lleva hasta gente que tiene sueños peculiares. Lo que yo creo es que ofrece posibilidades. Desconozco el criterio con el que elige a la gente, la verdad. De esos sueños algunos tienen un impacto en la sociedad y, de entre estos, algunos acercan a la humanidad a la vida. ¿Y tú qué haces? Elegir, observar, aprender. Custodiar, de alguna manera. No haces mucho, la verdad; firmar contratos en su mayoría. Pedir favores a los que entran en el Hotel, relacionados con otros sueños que tienen otros huéspedes. En realidad, si lo pienso, el Hotel no le cumple los sueños a nadie: son los otros soñadores los que te ayudan a cumplirlos. En breve, lo sabrás. No digas que no sabes que te vas a hacer cargo del Hotel, porque lo sabes. Muy dentro de ti lo sabías desde que nos conocimos; yo también lo sabía cuando entré en aquel casino, a pesar de que estuve tan fascinada con la nueva realidad como lo estuviste tú. También a mí se me olvidó un tiempo. No sufras por ello, no es un pecado, ni nada parecido. Simplemente, sucede.

Pedro estaba muy confuso. Todo lo que había olvidado se le vino a la mente en aquel momento. La primera vez que entró en el Hotel, los años que pasó en el olvido, el momento en el que le pidieron que se presentase a la oferta de trabajo de la promotora... Todo. ¿Renunciaba a su vida si aceptaba el Hotel?

—Puedes decir que no, si quieres. Tampoco es un pecado. ¿Crees que sería tan malo que el otro soñador se hiciera con el Hotel? No lo sería. Sólo sería diferente. En el gran esquema de las cosas, no mucho; lo que sucede es que tenemos un concepto de la importancia personal muy erróneo. La vida es mucho más fuerte que lo que puedan hacer los seres humanos. La vida se manifestará. Bueno, no lo dilatemos más. Elijo entregarte el Hotel. ¿Qué vas a hacer?

El portero había pensado en sacar al director de la prisión. Había imaginado que se le cumpliría otro sueño y a Ele también.

—No seas ridículo, Pedro. Tendrías que sacar mi cuerpo del edificio para meterme en el Hotel y mi cuerpo está en coma. ¿Cuál es tu plan? ¿Noquear a la enfermera y sacarme en brazos? Eso es un delito. Si me muero antes de llegar a la puerta es peor todavía. Aunque sería divertido verte explicándoselo a la policía, yo no estaría ahí para reírme. No puedes sacarme del apartamento. Te lo voy a repetir una vez más: elijo entregarte el Hotel. ¿Tú qué eliges?

18

La realidad reclamaba su presencia con la voz de su amiga, aunque sólo llegó a tiempo de entender las palabras «se me hace raro que ya no te llames Ele». Laura tenía mucha razón. A ella misma se le hacía un concepto muy extraterrestre. Habitar su propio nombre completo que había permanecido en el armario, como las perneras de un pantalón de senderismo; aunque en estas, la diferencia de lavados hace que parezcan de distinto color. Eso lo tenía ganado: su propio nombre, elongado, tenía un tono uniforme, pese a que su enunciación recordaba al nombre de algún figurante de «Sisí, Emperatriz». Tenía edad suficiente para reclamarlo y futuro para volverlo a cambiar, si no le convencía.

—Estás preciosa con ese moreno —le dijo a su amiga—, me das mucha envidia. Seguro que Mer está tostada como un kiko.

—Sí —respondió Laura—, lo está. Casi el primer día se puso como un tizón y yo venga a echarme crema solar, rezando por no pelarme. Te echamos mucho de menos, te tenías que haber venido.

—¿Ligasteis?

Laura se rió, culpable de la vanidad de la carne. No es que su objetivo fuera conquistar a un oriundo del caribe, sino que había decidido irse de viaje con una mujer enamoradiza y con una apetencia sexual que rozaba el arte. Mer construía su vida alrededor del amor y los amoríos, con increíble resistencia a los desengaños y valentía desmesurada para volver a levantarse; era un titán de las relaciones; un monstruo hambriento que cabalgaba todas las fases del romance como si fuera la primera y la última vez que lo hacía; desde los inicios la historia, que recordaban a los clásicos de los hermanos Grimm dulcificados por el cine de dibujos animados, hasta los dramáticos desenlaces que también habían ocupado violentamente la gran pantalla. Pasaba página, terminaba el libro y empezaba otro como el más ávido de los intelectuales; sus amigas, en cambio, sospechaban que siempre era el mismo libro dotado de otra cubierta. No obstante, no eran capaces de afirmar que ellas no hicieran lo mismo. ¿Acaso no lo hacemos todos? Repetir una estructura que conocemos de antemano —si no en nuestra propia carne, en la de los que nos precedieron— buscando un canon caduco y, notablemente, doloroso. Aunque fueran libros más largos. En cambio, Mer era aficionada al relato corto y a la novela extensa por igual, y era feliz con el placer y con el dolor que esto supone. ¿Quiénes eran ellas para decirle que estaba equivocada? Nadie; no eran nadie. La vida (quizá deberíamos decir la sociedad) nos impone un régimen de éxitos y fracasos que se van alternando caprichosamente a lo largo del tiempo y a lo subjetivo de nuestras percepciones. En el punto en el que se encontraban las tres, les había servido una cucharada de humildad y reconocimiento del hecho de que nadie sabe vivir. Esto ya lo decían «Violadores del Verso» con una base de cadencia obsesiva. No estaban para darse lecciones, estaban para apoyarse las unas a las otras; para un abrazo infinito sin juicios de valor. Así había sido y así debía ser.

Aunque en este punto, a Laura se la llevaba un poco la vergüenza; el arrepentimiento de saber, también, que uno puede amar a sus amistades hasta el límite que establecen las convenciones sociales. Ella sabía desde hace años que Andy no era trigo limpio. Laura se había encontrado con esa parte oculta del idolatrado activista en varias ocasiones. En varias fiestas, el galán la había secuestrado de la reunión para tener conversaciones íntimas. En una primera ocasión, lo había recibido con cierto afecto, cierto convencimiento de que Andy se estaba encariñando de ella porque sabía que su amiga la amaba. No obstante, la reiteración, la idea fija de Andy por encontrarse con ella en la cocina para tener confidencias había llegado a intimidarla. Una forma de hablar, siempre correcta, siempre dentro de los límites, pero a su vez agresiva. No sabía si la palabra era agresiva, tampoco sabía verbalizarlo de otra manera; el caso es que hace tiempo que procuraba por todos los medios —constreñida por la etiqueta— evitarle. Como había dicho su abuela, Andy era más fino que el coral; era un criminal de guante blanco y ella lo sabía. Probablemente, Ele... La artista antes conocida como Ele, o Elle, había elegido ignorarlo. Y otra vez, ¿acaso ella misma no lo había hecho? La respuesta era sí. Incluso había saltado semáforos en rojo flagrantes. ¿Qué nos hace falta para aprender a mirar? En su cabeza visualizó la coreografía de los operarios de portaaviones, con sus auriculares de protección y las grandes banderolas agitándose en una compleja danza.

Ni su madre ni su abuela eran partidarias de la idea de que advirtiera a su amiga del peligro. «Entre padres, hijos y hermanos, que nadie meta las manos», le dijeron. Los novios no estaban en aquella perla del saber popular, pero se entendía una relación como la semilla de una nueva familia. Laura había protestado y sus ascendientes habían intercambiado una mirada de sabiduría femenina. «Laura, si le dices lo que piensas y la relación prospera, habrás perdido una amiga y te pondrán de vuelta perejil; serás la mala de la película. Por no olvidar lo más importante, que ella te perderá a ti», sentenció su madre; y no había ninguna mentira en ello. La dinámica social les abocaba a quedarse para recoger los pedazos. Laura ejercía su testimonio preguntándose si la culpa que sentía era suya o epigenética; la alternativa podía ser, de la misma manera, un vestigio cultural: la necesidad de ostentar un valor que buscaba el autosacrificio. Esta lucha interna jamás sería percibida por su grupo de amigas. Ella y su familia daban una imagen de pragmatismo que otros consideraban un remanso de paz; debajo de la superficie del lago hay un movimiento frenético, en muchas ocasiones.

—Pues —respondió finalmente Laura—, te puedes imaginar: Mer no tenía la maleta deshecha y ya estaba tirándole los trastos al personal del hotel. Yo intenté reñirle porque me parecía muy feo molestar a alguien que está trabajando, pero a él no parecía causarle disgusto. Al día siguiente trajo un amigo y nos llevaron a bailar, todo muy bien, pero con esos toques micromachistas de la cultura latina. Total, muy bien. Lo pasamos bien.

—Lo siento. Si hubiera ido con vosotras, podríamos haber hecho algo juntas y no te hubieras visto arrastrada.

—No es verdad. Mer nos hubiera arrastrado a las dos a las aventuras que se le cruzasen y nosotras la hubiéramos seguido por lo de siempre: por no dejarla sola. Lo sabes, lo sé; y aunque nos quejemos amargamente, ambas sabemos que Mer es la sal de nuestras aburridas vidas y que, además de dar mucha conversación, es la que nos mueve fuera de nuestro sofá. Si no fuera por ella, tendríamos tres hijos cada una y trabajaríamos en una fábrica del siglo XIX sumidas en penurias dignas de Charles Dickens.

Ambas rieron por la exageración y reconocieron la virtud de su amiga ausente. Hubo un momento de silencio en el que tuvieron tiempo de observar la vida que se desarrollaba alrededor de su mesa, en la terraza. El sonido ignorado de los coches y los gorriones robándole pedazos de patatas fritas a las palomas.

—¿Cómo se lo ha tomado Andy?

—Con una nubecita de leche y con tres cucharadas de azúcar espero. Fuera de bromas, no es asunto mío cómo se lo haya tomado. Ya no... y si lo pienso bien, antes tampoco. Me ha mantenido aislada de su mundo emocional estos años, Laura. La primera vez que me deja ser partícipe de sus horas bajas no va a ser esta, porque no es correcto; porque ya no me interesa, también hay que decirlo.

Le costaba imaginar a Andy con una rabieta de ruptura, o llorando, o incluso triste; las únicas veces que le había visto preocupado o enfadado era por problemas que tenían otros a los que él tenía que ayudar. Era un salvador, una figura brillante que resolvía entuertos y rescataba damnificados por todo el globo, pero sin ponerse perdido de barro, hablando de manera figurada, claro.

—Al principio —continuó su amiga—, intentó negociar; muy bien, muy maduro, muy Andy en definitiva. Parecía que había tenido tiempo de racionalizar lo de la cafetería y consideraba que quizá había exagerado. Intentó venderme la historia de las tensiones en su trabajo, los retrasos de sus proyectos del blog y sus preocupaciones por algunos de los movimientos que estamos apoyando. Entonces le pregunté por lo que había dicho Nía y se hizo el loco; bueno, más bien, la hizo la loca a ella; «nada que ver con la realidad», me dice. Total, que le dije que no pasaba nada. En realidad, no tenía que ver con eso; yo no era feliz con la relación antes de saber lo de la empresa de su padre. No estaba contenta con él, no tenía nada que ver con ella. Es que no ha sido honesto conmigo desde que nos conocimos. Le iba a decir que necesitaba un tiempo para pensar y todas esas frases vacías y, de repente, me doy cuenta de que no lo siento; no siento nada de lo que le voy a decir. Y como no lo siento, pues no lo digo, para variar. Le digo que voy a recoger mis cosas y me voy. Él me dice que no le parece correcto, que él merece explicaciones más profundas, que ambos nos las merecemos por el tiempo que llevamos juntos y que, si hay una manera de salvar lo nuestro, que deberíamos intentarlo; aunque sea para cerrar bien y quedar como amigos. Yo, en ese momento, lo pensé y no me veía tomándome un café con Andy como estoy ahora contigo, aquí, en esta terraza; esto último no lo dije porque me parecía una agresión innecesaria. Le dije que iba a coger lo básico en una mochilita y que me pasaba en unos días con cajas. Eso era verdad porque yo tenía que sacar a tu perro y fumarme un porro del tamaño de Taiwán y, en general, buscar la felicidad aunque a él le parezca inconcebible que la pueda encontrar lejos de él o sin su ayuda.

Laura casi echa el café por la nariz de la carcajada. Su amiga siempre había sido muy apocada y no esperaba ese coletazo de cinismo.

—Y nada —prosiguió con el relato—, él en su estilo maduro me propone que le avise para, si me resulta más cómodo, no estar en casa. Yo ya sabía que iba a estar en casa cuando volviera, pero le digo que sí, que le aviso. Y así fue, me paso y estaba allí porque tenía que recoger algo. Tiene un regalo para mí: un libro de la obra de Rothko; a mí ni me va ni me viene Rothko, ni creo que Andy le hubiera caído bien a este señor. Le doy las gracias y empiezo a empaquetar y se pone a llorar. Y yo le dije que todo iría bien, porque lo pienso, porque sé que le irá bien; quiere un abrazo. Se lo doy e intenta besarme y se pone muy patético. En aquel momento yo me asusté porque no le había visto llorar por sí mismo en la vida, ni sabía por dónde podía salir y le dije que prefería volver en otro momento. Esto a él no le sentó bien, pero yo ya iba de camino a la puerta porque si pasaba algo prefería que fuera en la escalera y delante de más gente, a ser posible. No sabía; no creía, pero no sabía; porque el diálogo ya iba por donde no tenía que ir, en plan «después de todos estos años en los que yo no te he pedido nada». Muy mal. Luego se arrepiente y ruega, y luego vuelve a recriminar y vuelve a rogar. Total que me fui y tuve que volver días más tarde con mi padre, y ya que estuviera mi padre le tranquilizó y me dejó coger mis cosas. Esto ha derivado en que le he bloqueado en todas las redes sociales, en resumen.

—No me lo esperaba, ni de él ni de ti. Bien hecho, tía. Es un poco triste que haya tenido que ir tu padre, pero es lo que hay.

Otra vez la culpa agitaba su látigo dentro de la cabeza de Laura. La culpa y una tentación apabullante de confesar su silencio de los últimos años. No era lo que necesitaba su amiga. Necesitaba que alguien la cogiera de la mano y la acariciase, y así lo hizo. La persona que había conocido en otras circunstancias, no parecía triste o preocupada. Agradeció la mano con un apretón y la mantuvo entre sus dedos, pero sonriendo con una renovada actitud que venía a decir que todo estaba bien; que todo estaría bien. Algo dentro de Laura se revolvió con este pensamiento; la actitud de su amiga era apabullante. No tenía nada, ni novio, ni trabajo, ni una casa o un espacio propios, y sin embargo parecía abierta a lo que pudiera venir. Era una vagabunda optimista. Una mujer viento.

—No te lo digo por nada —dijo Laura con cierto aire de preocupación—, puedes quedarte en casa el tiempo que necesites pero, ¿qué plan tienes? Digo, ahora que has dejado el trabajo. ¿Qué harás?

—De momento —reflexionaba su renovada amiga—, me voy a París. Quiero ver el museo Cluny desde hace demasiado tiempo. También quiero estar bajo la Victoria de Samotracia. Andy pensaba que París era un destino vulgar, sin embargo quiero verlo. La verdad es que Andy no me dejaba pagarle nada por vivir en la casa, ni hacerme cargo de ningún gasto. Me parecía generoso hasta la ofensa, aunque ahora me planteo si había motivos ulteriores. No tengo prestación, pero tengo bastante dinero ahorrado y me voy a dar algunos caprichos. Entre ellos ir con vosotras a Málaga en agosto.

Lo que Laura no le preguntaría era por su visita al Hotel. Ni podía ni sabía cómo contarle lo que había vivido en el mundo de los sueños, o lo que había aprendido de los sueños conscientes. Laura, no imaginaba que había tenido intimidad con el portero de su edificio y no podía preguntarle si le había vuelto a ver. En cualquier caso, si hubiera sido capaz de hacerlo, no podía darle una respuesta que no hiciera pensar a su amiga que había perdido algún tornillo mientras ellas estaban en el caribe. Sí, había vuelto a ver al escritor, pero sólo soñando. Pedro se había personado en el vuelo libre de su mente, de noche, para hacerle saber que estaba bien, que no hacía falta que le rescatase. Si no podía contar esto, tampoco comprendería la profundidad con la que vivió la ruptura con Andy. No podía explicarle que había aprendido el juego de las emociones mientras soñaba, que su ex había intentado desequilibrar con sus distintas formas de juego y que no, no lo había conseguido; porque ahora estaba preparada. Estaba lista para ser ausencia; dispuesta a buscar su propia felicidad, sola o acompañada. Sabía que tarde o temprano olvidaría a Andy, a Pedro, el Hotel y a sí misma; contaba, no obstante, con el conocimiento intrínseco de sus propios sueños, sin la intervención de esa parte de la mente que se encarga de ponerle nombre a todo. Olvidaría como sólo se olvida lo mágico de nuestras vidas; por motivos prácticos, porque emboba y distrae del presente, y nos mantiene esperando caballeros y dragones que nos salven y nos capturen, indistintamente. Estaba decidida a vivir con los pies en la tierra y el corazón en el cielo. Sabía que los libros tienen un final evidente a diferencia de la vida, en la que los eventos se superponen hasta que ya no es; o quizá sigue siendo pero el yo se desvirtúa. En la vida no hay nadie que nos indique que un proceso se está acabando, ni se moleste en escribir un punto final, acompañado de las palabras «fin» o «vale».

AGRADECIMIENTOS

No hubiera podido llevar a cabo este proyecto sin la paciencia y crítica benevolente de **Laura Bonilla, Ramiro Torrealba** y **Elena Moltó**. **Elena** es dueña de una isla y podría pintar otra en cualquier momento. **El Barón de Torrealba** es dueño de un olivar y es capaz de hacer la felicidad con sus propias manos, en forma de pan, cinturones de cuero, o cualquier otra cosa de apariencia diminuta y que ocupa un espacio enorme en el alma de los demás. **Laura** duerme en lo alto de las casas, lo cual evidencia que es una princesa; además, siempre que me atascaba, me prometía que me llevaría a darle una zanahoria al burro, si terminaba el capítulo.

Rafael y **Lucía** me prestaron confianza. **Rubén** fue un crítico despiadado que me hizo repetir varios primeros capítulos; no obstante, yo también —antes incluso— censuré su obra y le recriminé por no escribir una novela siendo muy capaz o más todavía; por pura reflexión sobre mis duras palabras fue que decidí probarme a mí mismo. **Juana** me puso —o intentó, juzguen ustedes— los pies en la tierra; me enseñó que no podía enseñarme a escribir, sólo a leer, y me puso deberes deliciosos. En el amor de los breves y casuales encuentros que permite esta extraña adicción por la soledad, la intimidad de estar con uno mismo en una habitación vacía, les debo agradecer su influencia.

No quiero dejar de mencionar a aquellos que se reconocen como **mis amigos**, estén o no en el momento presente de mi vida. Nadie puede transitar por la vida solo y aspirar a la felicidad. Destaquemos aquí a **Javier** y su costumbre de sacarme de delante de los Panzer. Estuvieron, están, y estarán en mi corazón.

Mi familia, junto con el torbellino emocional que acarrean los lazos de sangre, siempre lo hizo lo mejor que pudo. Nunca me faltó nada.

Esther, te quiero mucho y estoy muy orgulloso de ti. Es merecido.

Printed in Great Britain
by Amazon